凶犬の眼

柚月裕子

角川文庫
22079

目次

登場人物相関図

広島県警

県警本部捜査四課
課長 斎宮正成

中津郷駐在所
巡査 日岡秀一

「小料理や 志乃」 晶子

心和会

会長 浅生直巳

北柴組
組長 北柴兼敏

傘下

杉本組
組長 杉本昭雄

浅生組
若頭 富士見 亨

義誠連合会
会長 国光寛郎

明石組

組長 武田力也
若頭 豊永克己

仁正会

会長 溝口 明

尾谷組
組長 一之瀬守孝

瀧井組
組長 瀧井銀次

烈心会
会長 橘 一行

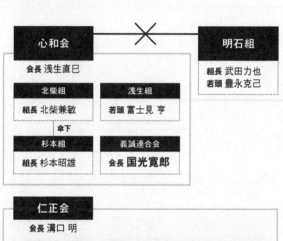

プロローグ

雪が降っている。

一切の音はない。外もなかも、恐ろしいほど静かだ。

待合室の椅子に座る男は、部屋に入ってからずっと床を見つめている。脚が震えているのは、寒さのせいだろう。背広の上下に薄手のコートという出《い》で立ちは、真冬の北海道では寒すぎる。

男が羽織っているコートの衿《えり》を掻《か》き合わせた。ほぼ同時に、部屋のドアが半分開く。

刑務官だった。

若い刑務官は蔑《さげす》むような目で男を見ると、ドアの外から事務的な口調で確認した。

「面会希望者だね」

男が上目遣いにちらりと刑務官を見る。無言で肯《うなず》いた。

「こっちだ」

刑務官は顎《あご》をしゃくり、男をドアの外へ促した。

男が椅子から立ちあがり、待合室を出る。

待合室の隣にある面会室に入ると、刑務官は男に命じた。

「ここで待つように」

そう言い残し、刑務官が部屋を出ていく。

面会室は透明なアクリル板で、ふたつに仕切られている。男はアクリル板の前にあるパイプ椅子に座った。

ほどなく、アクリル板の向こう側にあるドアが開いた。その先から、さきほどの刑務官に連れられて、ひとりの男が入ってきた。背はさほど高くない。しかし胸板は、ねずみ色の獄衣の上からもわかるほど厚かった。頰は削《そ》げているが、血色はいい。

刑務官は腕時計を見た。

「面会時間は十五分。時間になったら呼びにくる」

刑務官は受刑者の腕に結ばれている縄を解《ほど》くと、面会室から出ていった。

受刑者は嬉《うれ》しそうに口の端をあげ、アクリル板の前に置かれている椅子に座った。

面会人が笑みを返し、からかうような口調で言う。

「模範囚ともなると、やっぱり扱いがええのう。こうやってさしで話せるんじゃけ」

面会室にはビデオカメラが設置されている。遣《や》り取りを録画しているのだ。通常は刑務官が立ち会う決まりになっているが、模範囚は別だ。

受刑者は薄着の面会人を見つめると、気遣うように言う。

「ここは、寒いじゃろう」

暖房など滅多に使わない刑務所の室温は、外気とほとんど差がない。一般人が使用する面会室だからと言って、暖房に配慮することなど官の思考にはない。

面会人はわずかに口角をあげた。

「おかげで、この傷が痛む」

面会人の左頬には、傷痕《きずあと》があった。目じりから口元にかけて、鋭い刃で切り裂かれたような痕がついている。術者の腕が良かったのか、あるいは時の経過ゆえか、傷痕は薄く、不自然な一筋の皺《しわ》に見えなくもない。

受刑者が薄い唇を引き上げるように笑う。

「極道らしい、ええ面構えになったのう」

よしてくれ、というように面会人が顔の前で手を振った。

ふたりの乾いた笑いが、部屋を包む。

やがて受刑者は真顔になり、改まった口調で小さく頭を下げた。

「よう来てくれたのう、兄弟」

兄弟と呼ばれた面会人は、受刑者の謝意を手で制した。

「水臭いこと言うなや。ほんまはもちいと早《はよ》う来る予定だったんじゃが、つまらん面倒事が続いてのう」

面会人が眉間《みけん》に皺を寄せる。が、すぐに表情を緩めて話を変えた。

「こないだ本屋で面白そうな本、見つけたけ、窓口へ差し入れしとくわい。あとで受け取ってくれや」

「すまんのう。本がなによりじゃ。楽しみじゃわい」

「好みに合うかどうかわからんが、のう」

「合うも合わんも、活字ならチラシでも嬉しいよ、刑務所におるとのう」

「ほんま、兄弟は本が好きじゃのう」

「ああ。いまは女子《おなご》より、本じゃ」

哄笑《こうしょう》が弾《はじ》ける。

ひとしきり笑うと、ふたりは沈黙した。

面会人が、しみじみとした口調で言う。

「あとひと月で、先代の三回忌じゃのう。早いもんじゃ」

受刑者は小さく息を吐いた。

「わしには、そがあに早うは感じんがのう。亡《の》うなったんが、ついこないだのようじゃ」

面会人ははっとした顔をすると、受刑者に詫《わ》びた。

「すまんかった。なかにおるこんなにゃァ、早いもくそもなかったのう」

受刑者が慌てる。

「そんなつもりで言うたんやない。顔をあげい、兄弟」

ふたりのあいだに、沈黙が広がる。

やがて面会人が、口を開いた。

「そういやあ、前に墓の件で、兄弟と話をしたことがあったろう」

唐突に出た話に、受刑者は意外そうに聞き返した。

「鳥の糞《ふん》の話か」

面会人が肯く。

「なんぼ掃除しても、墓に鳥が糞を垂れていく。汚れがひどうて困っとるいう話じゃったが、それがどこの鳥かわかったよ」

受刑者は眉根《まゆね》を寄せた。

「墓の向かいの林の鳥じゃあ思うとったが、違うんか」

「違う」

面会人は小さく、しかし、きっぱりと言った。

受刑者の顔色が変わる。椅子から身を乗り出すと、恐ろしい顔で面会人を睨《にら》んだ。

「そりゃあ、ほんまか」

面会人は声を潜め、言葉を続けた。

「わしもてっきり、向かいの雑木林じゃと思うとった。じゃがのう、鳥の巣はもちっと近《ちこ》うにあった」

受刑者が驚いたように目を見開いた。

「近くに？」

面会人が肯く。

「ああ。近くも近く。すぐ側じゃ。あんまり近すぎて、わしもすぐにはわからんかった。あれよ、墓の横にでかい杉の樹があったじゃろう。そこに——鳥はおった」

受刑者の顔が、見る間に紅潮する。信じられないという表情で、面会人を凝視している。

受刑者は唾《つば》を呑《の》み込み、絞り出すような声で訊《たず》ねた。

「間違いないんか」

面会人は、大きな溜《た》め息を漏らした。

「間違いない。この目で確認したけ」

受刑者はしばらくのあいだ、どこか遠くを睨んでいた。が、やがて怒りとも悲しみともつかない表情を見せると、パイプ椅子の背にがっくりと身を預けた。

「ほうか、ほうじゃったんか」

部屋のなかに、重い空気が立ち込めた。

沈黙を破ったのは面会人だった。

「どうするんない」

訊ねられた受刑者は、伏せていた面をあげて面会人を見た。意を決したように言葉を発する。

「あの杉はええ樹でのう。雨の降る日は雨除《あまよ》けになり、暑い日には日陰を作ってくれとったんじゃ。じゃが、その樹が墓を汚しとる大本じゃァいうんなら、切り倒さにゃあいけん」

受刑者の顔が苦渋で歪《ゆが》んでいる。

面会人はだまって受刑者を見つめた。

奥のドアが開いて、刑務官が入ってきた。

「そろそろ時間だ」

受刑者は椅子から立ちあがった。椅子に座っている面会人を見下ろしながら言う。

「親父の法事までには片ァ付けるよう、組の者に言うとくわい」

受刑者は縄で手首を括《くく》られると、振り返らずに部屋をあとにした。

一章

「週刊芸能」平成二年五月十七日号記事

ジャーナリスト山岸晃《やまぎしあきら》が読み解く史上最悪の暴力団抗争　明心《めいしん》戦争の行方

緊急連載

――平成二年二月八日、午後九時十五分。大阪府吹太《ふきた》市のマンション、ゴールデン・ハイム花咲《はなさき》の地下駐車場に突如、銃撃音が響いた。エレベーター横の非常階段に身を潜めていた心和《しんわ》会のヒットマンが、明石《あかし》組トップを襲撃したのだ。

ボディガード役の畑山《はたやま》組組長・畑山博司《ひろし》（38）は即死。同行していた明石組若頭の豊《とよ》永克己《ながかつみ》（50）も頭部を撃ち抜かれ、四時間後に死亡した。

明石組四代目組長の武田力也《たけだりきや》（48）は三発の銃弾を受けるも、自力で車まで戻り、運転手の組員に最寄りの畑山組事務所へ向かうよう指示したとされる。車内電話から急報を受けた畑山組はすぐさま救急車を手配し、武田組長は大阪警察病院に搬送された。

警察病院前には、急を聞いて駆けつけた明石組系組員百名近くが集結。警備の機動隊員と大阪府警捜査四課捜査員、マスコミ関係者、野次馬で周辺の道路は埋め尽くされた。輸血のため中に入ろうとする組員と警察官が揉《も》みあいになり、怒号が飛び交うなどあたりは騒然たる空気に包まれた。武田は治療の甲斐《かい》なく翌朝五時に死亡した。当日夜には本家で仮通夜が、二月十日には武田家としての密葬が行われた。葬儀終了後、明石組執行部は緊急幹部会を開き、事後の対応を協議したとされる。

明石組幹部のひとりは筆者に、執行部から打ち出された方針をこう明かしている。

「不言実行、信賞必罰や」

総力を挙げ、徹底した殲滅《せんめつ》戦を仕掛けるということだ。事実、武田組長暗殺からこの方、明石組は心和会に対し容赦ない報復を繰り返している。明心戦争の死者はこれまでのところ双方あわせて十二名に達しているが、その八割が心和会側だ。

四代目の座をめぐって明石組が分裂したのは平成元年七月である。

分裂当初、組を割った心和会側の勢力は一万人弱、明石組に残ったのは七千人と言われていた。が、三ヶ月後、明石組が出した心和会への義絶状を境に、勢力は逆転。半年後の平成二年一月には明石組一万二千、心和会三千弱と、瞬く間に差は開いた。

追い詰められた心和会が乾坤一擲《けんこんいってき》、トップの暗殺に走ったのは、戦略として理解できようというものだ。しかしその場にナンバーツーの若頭が居合わせたのは、ある意味、誤算だったのではないか。大阪府警《や》の捜査関係者が語る。

「トップとナンバーツーを同時に殺られた以上、明石組はよほどの釣《つ》り合いをとらないかぎり手打ちにできない。心和会会長・浅生直巳《あさおなおみ》（62）の命はもちろん、最高幹部の首をずらりと並べて、心和会を解散に追い込むまでとことんやるはずだ。抗争の長期化は避けられそうにない」

暗殺部隊のリーダーは、心和会の本流、浅生組の若頭・富士見亨《ふじみとおる》（45）と目されている。事件後、姿を消した富士見の行方は未《いま》だ不明だ。すでに海外へ逃亡したのではないか、との噂もある。

実のところ、警察と明石組が血眼になって追っている人物がもうひとりいる。心和会常任理事の義誠《ぎせい》連合会会長・国光寛郎《くにみつひろお》（35）だ。

「うしろで糸ひいとったんは国光や。ぎょうさん金つこうてきっちり絵図ゥ描いて、あれだけ大それたことォ出来るんは、あいつしかおらへん」

明石組幹部の証言である。

また警察も、事件現場のマンションに半年前から義誠連合会関係者が部屋を借りていたことや目撃証言などから、事件への関与が明確になったとして、国光ほか義誠連合会組員の逮捕状をとり、この四月、殺人幇助《ほうじょ》の容疑で全国に指名手配している。

筆者はこの国光こそ、今後の抗争終結の鍵《かぎ》を握る人物と見ている。

（以下次号）

華やかなネオン街を走り抜け、脇道に入る。

細い道が入り組んでいるが、迷うことはない。二年前に幾度となく通った道だ。夜道を丸く切り取るライトのなかに、和看板が見えた。行灯《あんどん》の形の和紙の部分に墨字で「小料理や　志乃《しの》」と書かれている。

日岡秀一《ひおかしゅういち》は乗ってきたバイクを店の脇に停めると、跨《また》っていたシートから降りた。格子の引き戸を開けると、懐かしい声が出迎えた。

「いらっしゃい」

言ってからこちらを見た晶子《あきこ》は、驚いた顔をした。手にしていた包丁をまな板の上に置くと、急いでカウンターのなかから出てきた。日岡に駆け寄り、両手で日岡の二の腕を摑《つか》む。

「秀ちゃん、久しぶりじゃねえ。元気にしとったん？　少し痩《や》せたんちゃうの？　仕事でこっちに来たん？」

晶子は矢継ぎ早に訊《たず》ねる。なにから答えていいかわからず、日岡は困惑した。

「元気でした」

とりあえずそう答えて、カウンターの椅子に座る。

いそいそとカウンターのなかに戻った晶子は、熱いおしぼりを日岡に差し出した。

「こっちに来るんじゃったら、前もって連絡くれたらよかったのに」

受け取ったおしぼりで手と顔を拭《ふ》きながら、日岡は志乃へ来た経緯《いきさつ》を伝えた。

「広島の叔父《おじ》が一昨日《おととい》亡くなって、今日、葬儀じゃったんです」

満面に笑みを浮かべていた晶子の顔が曇る。

「ほうね」

「去年、肺を悪うしたんですが、身内は医師からあまり長くはない、いうて言われとったみたいです。自分の身体のことですけ。叔父もなんとなくわかっとったんでしょう。覚悟はしとったみたいで、さっぱりとした最期じゃったようです」

晶子は目を伏せ、しんみりとした口調で言った。

「だんだん歳を取ると、人の死ィいうんが、無条件に辛《つろ》うなってくるんよ。秀ちゃんの叔父さんに会《お》うたことはないけれど、やっぱり切ないわいね」

日岡は晶子を元気づけるため、努めて明るさを装った。

「せっかく広島まで来たから、足を延ばして晶子さんの顔を見たい思うて寄りました」

日岡の意を察したらしく、晶子はいつもの顔に戻りおどけて見せた。

「あんた、お世辞が上手《うも》うなったね。こんなおばさんの顔を見たいじゃなんて」

「そんなことありません」

世辞ではなかった。はじめて出会ったとき、晶子は四十五歳だった。あれから二年が経つが、晶子はなにも変わっていない。高い位置でまとめた黒髪も、抜いた衿《えり》から覗《のぞ》く白い項《うなじ》も、昔と同じだ。強いて変わったところを挙げるなら、ときおり見せる翳《かげ》りある目元に、憂いの色が加わったことくらいか。色香が増して見えるのは、そのせいだろう。

晶子は改めて、日岡に視線を向けた。上から下まで、めずらしそうに眺める。

「ねえ、秀ちゃん。あんた、もしかしてバイクで来たん？」

日岡は黒い革ジャンを羽織り、ジーンズを穿《は》いていた。革ジャンは転倒した際に身体を守るためだ。バイクに乗るときは、真夏でも着用している。

「去年、手に入れました。あのあたりは交通の便が悪いけん、自分の足が必要で」

いま日岡が住んでいる城山町《しろやまちょう》は芸備《げいび》線が通っているが、朝と夜の一日二本しかない。バスの便も悪いから、住民のほとんどは、車で移動する。

一年前の四月に、日岡はそれまで勤めていた呉原《くれはら》東署捜査二課から、比場《ひば》郡城山町の駐在所へ異動になった。階級は巡査のままだ。

比場郡は広島市から北東に、山を三つほど越えたところにある。中国《ちゅうごく》山地のど真ん中で、瀬戸《せと》内海《ないかい》と日本海《にほんかい》の中間あたりだ。山間《やまあい》の土地のほとんどは田畑で、人口は減少の一途を辿《たど》っている。四つの町村から成り立っているが、日岡がいる城山町中津郷《なかつごう》はなかでも一番どん詰まりにあり、なにをするにも不便なところだった。

山奥の駐在所勤務は、有体に言えば左遷だった。

晶子が意外そうな顔で訊ねる。

「でも、なんで車じゃないん？　荷物運ぶにしてもなんにしても、車のほうが便利でしょう」

日岡は首を振った。

「田舎は道がすごく狭くて、逆に車じゃ動きづらいんです。それに、俺には車で運ばなければいけんほどの荷物もありませんから」

晶子には言わなかったが、乗ってきたバイクは一昨日亡くなった叔父の形見みたいなものだった。バイク好きの叔父は、三台のバイクを持っていた。自分の命が長くないとわかったあと二台は処分したが、一台は名義を変えて日岡に譲った。車種はYAMAHAのSR500。叔父が一番大事にしていたバイクだ。

バイク好きには一目置かれる車種だ、と叔父は自慢した。バイクに詳しくない日岡も、ボディの深い黒や磨きこまれたマフラーの銀色は、素直に美しいと感じた。クラシカルなデザインも好ましい。

そんな名車を自分が譲り受けていいものか、日岡は迷った。しかし、子供のいない叔父夫婦のたっての願いと、ちょうど足を探していたこともあり、叔父の愛車を引き継ぐことに決めた。

機動隊時代は——と、日岡は話を続けた。

「よくバイクに乗っとりましたが、呉原にきてから足は車じゃったでしょう。なんでもそうじゃけど、長く離れとると勘が鈍るんですよ。じゃけん、いまのバイクを手に入れたときは、ちゃんと扱えるか不安でした。でも、幸い、いまのところ一度も事故は起こしとりません」

晶子が昔を懐かしむように、遠くを見やった。

「そうじゃったね。あの頃はガミさんを助手席に乗せて、よう動いとったね」

ガミさん――日岡のかつての上司、大上章吾《おおがみしょうご》巡査部長の名前を口にした途端、晶子の目元が憂色に染まった。不用意に記憶の扉へ手をかけた自分を責める。

日岡は話題を変えた。

「なんか、食うもんありますか」

晶子は我に返ったように日岡を見ると、首を傾げた。

「今日は飲まんの？」

肯《うなず》く。

「飯を食ったら、比場に戻ります。忌引きは今日しか取れなかったんで、明日の勤務までには戻らんといけんのです」

晶子は店の柱にかけてある振り子時計を見た。日岡もつられて目をやる。まもなく夜の八時だ。

「ここから比場までじゃと、五時間くらいかしら」

頭のなかで計算した。夜だから道は空《す》いている。四時間あれば着く。夜中の二時に帰ったとして、睡眠時間は六時間ある。充分だ。

「そんなにかかりません。十時に出れば、余裕です」

もっと早く店を出ると思っていたのだろう。晶子の顔がぱっと明るくなった。

「ほうね。じゃったら、いまから蛸飯《たこめし》作るわ。秀ちゃん、好きじゃったろう。ちょうど、ええ蛸が入ったんよ」

自分だけのために、いまから作るのは大変だ。日岡は丁重に断った。

「気持ちはありがたいですが、わざわざ作らんでもええですよ。なんか、あるもん出してください」

「なに水臭いこと言うとるん」

晶子は首を振り、譲らなかった。すでに冷蔵庫から蛸を出し、まな板の上に置いている。

「そのうち炊きあがるけん、これでも食べて待っといて」

言いながら晶子は、タチウオの刺身と肉じゃがを、カウンター越しに日岡の前へ置いた。熱い茶も添える。

活きのいい刺身と煮込んだ醬油《しょうゆ》の匂いが、食欲を刺激する。日岡は頭を下げると、箸《はし》を持った。

叔父の葬儀のあと、御斎《おとき》があった。御斎の席には膳《ぜん》がつく。が、日岡はその場に出席しなかった。なるべく早く志乃に来たかったこともあるが、両親への遠慮があったからだ。

日岡が僻地《へきち》の駐在に異動になったことは、親類の誰もが知っている。昇進ではないことも、わかっている。左遷させられるにはそれなりの理由があることも――

しかし、日岡が警察官であるというだけで、表立ってはみんな称賛した。偉い、すごい、と言われるたびに、両親は肩身の狭い思いをする。

前回、志乃に来たのは去年の冬だった。広島市に来なければいけない用事があり、そのときに、今日のように足を延ばして志乃に来た。

あの日はバスと電車を利用した。平地に雪はなかったが、山道はいつ降ってもおかしくない空模様だった。安全のためバイクは使わなかった。

広島を訪れた理由は、特別公務員暴行陵虐罪事件に伴う証言をするためだった。

二年前の昭和六十三年春、呉原金融の社員である上早稲《うえさわ》二郎《じろう》が行方不明になった。呉原金融は、五十子《いらこ》会の傘下にある加古村《かこむら》組のフロント企業だった。所轄の呉原東署は、上早稲の失踪《しっそう》に加古村組が関わっているとの見立てで捜査を進めた。読みどおり、上早稲の失踪には加古村組がからんでいた。上早稲の遺体は広島の離島、赤松島《あかまつじま》から発見されたが、上早稲を略取誘拐し、暴行を加えて殺害した犯人は、加古村組の組員だった。

この事件は、呉原の覇権をめぐり、かねて一触即発の状態にあった尾谷《おだに》組と五十子会との、凄絶《せいぜつ》な抗争事件を誘発した。

県下最大の暴力団・仁正《じんせい》会の副会長を務めていた五十子正平《しょうへい》は、尾谷組に近い仁正会幹事長・瀧井《たきい》銀次《ぎんじ》の画策により除名処分となり、のちに愛人宅マンション駐車場で射殺される。五十子会若頭・浅沼真治《あさぬましんじ》も銃弾に倒れ、傘下の加古村組若頭、野崎康介《のざきこうすけ》も呉原市の路上で刺殺された。これら殺人事件の犯人は、ともに呉原市で古くから暖簾《のれん》を掲げる尾谷組の組員だった。抗争はさまざまな利害と対立を生み、抗争勃発《ぼっぱつ》から二年近くが経ったいまでも、火種は熾火《おきび》のように燻《くすぶ》っている。

尾谷組と五十子会の全面戦争では、大小含めて多くの事件が立件されたが、いまだ結審に至っていない事件も少なくない。そのひとつが、上早稲二郎拉致《らち》殺害事件だ。この事件では四人の実行犯が逮捕されたが、そのなかのひとり、苗代広行《なわしろひろゆき》の弁護士が減刑を目論《もくろ》み、捜査段階で違法な情報収集、被告人に対する暴行や脅迫的言辞があったとして、警察関係者に証言を求めていた。

苗代が逮捕される前に、日岡は大上の命令で、苗代に喧嘩《けんか》を吹っかけていた。それが弁護士の耳に入り、裁判での証言を求められたのだ。

警察としては、日岡の出廷を阻みたかったようだ。

世の中は、清濁併せ呑《の》むことで成り立っている。日岡は抗争事件の裏側を知りすぎていた。警察に都合が悪い事情が漏れることを危惧《きぐ》したのだろう。いまの上司である比場警察署の角田智則《かくたとものり》地域課長は、証言台に立たないよう勧めた。

角田の提案を、日岡は丁重に退けた。弁護士から聞かれたこと以外は答えないことを条件に、出廷日の休暇届を受理してもらった。今回は凌《しの》いでも、裁判が長引けば証人召喚状が届き、いずれ出廷しなければいけなくなるかもしれない。面倒事はさっさと済ませてしまいたかった。

角田はなんとか日岡が考え直すよう説得していたが、やがて諦《あきら》めた。いくら言っても日岡の考えは変わらないと悟ったのか、寝た子を起こすような真似はしないほうがいいと考えたのかはわからない。おそらく後者だと、日岡は思っている。

尾谷組と五十子会の抗争事件に、日岡は関わり過ぎた。かつての上司、大上は尾谷組に肩入れしていた。その関係を県警は、そのまま日岡と尾谷組に当てはめた。

このまま日岡を呉原に置いておくと、収まりかけた火種がいつ燃えあがるとも限らない。そう案じた県警本部は日岡を僻地の駐在所へ飛ばした。三年後には必ず自分のもとへ戻す、と所轄二課課長の斎宮正成《いっきまさなり》は言ったが、日岡は信用していない。斎宮も、そして左遷の絵図を描いた県警監察室の嵯峨大輔《さがだいすけ》警視も、できれば厄介者はずっと遠くにいてほしい、と思っているはずだ。

いずれにせよ、いまのところ二度目の呼び出しはかかっていない。自分よりも角田の方が、ほっとしていることだろう。

「はい、どうぞ」

蛸飯が炊きあがると、晶子はどんぶりによそい日岡に差し出した。日岡は受け取ると、どんぶりに口をつけ箸で掻《か》き込んだ。蛸の出汁《だし》が出ていて美味《うま》い。あっという間に平らげる。食べっぷりの良さが嬉《うれ》しかったのだろう。晶子はカウンターのなかから手を差し出した。

「おかわりはたくさんあるけん。もっと食べんさい」

遠方からわざわざ訪ねてくる日岡から、晶子はいつも金を受け取らない。出世払いでええよね、と笑って済ませる。今日もおそらく、晶子は金を払わせないだろう。しかし、遠慮が利かないほど、晶子が作った蛸飯は美味かった。好意に甘えて日岡は、空になったどんぶりを差し出した。

二杯目からは、時間をかけて味わった。

腹が満たされると、日岡は茶を啜《すす》り、革ジャンの内ポケットからハイライトを取り出した。圧迫で半分潰《つぶ》れかけた煙草を伸ばし、口にくわえる。狼の絵柄があしらわれたジッポーで火をつけた。大上章吾から預かったままのライターだ。

カウンターの隅にいた晶子が、怪訝《けげん》そうに日岡を見た。

「秀ちゃん。あんた、いつから煙草吸うようになったん」

日岡は下に向けて煙を吐くと、軽く頭を掻いた。

「半年ほど前からです」

晶子が不機嫌な顔になった。健康によくない——目がそう言っている。日岡は言い訳じみた口調にならないよう、言葉を探した。

「城山町は平和なとこです。自分がすることといえば毎日のパトロールと、獣に畑の野菜を食われた住民の不満を聞くことくらいです。そうはいうても勤務中に酒を飲むわけにもいけんし、昼寝もできない。煙草でも吸うとらんと、手持無沙汰《ぶさた》でしょうがないんですよ」

嘘ではなかった。が、自分でも、言い訳にしか聞こえない。

駐在所のある中津郷地区は、なにもない土地だった。店と呼べるものは日用品を置いている小さな商店だけで、娯楽といえば月に一度、集落の公民館で開かれている民謡会くらいしかない。夜のネオンや暴力沙汰とは、無縁の土地柄だった。

時間だけが、ただ、だらだらと流れていく。その虚《むな》しい時間を潰すために、煙草を吸いはじめた。

理由はそれだけではない。大上のジッポーを身近に置き、いつも触っていたかったからだ。

二年前、日岡は警察組織に牙《きば》を剝《む》いた。上の命令に背いたのだ。後悔はなかった。むしろ、使命感にも似た想いがあった。いまでも、自分がとった行動は正しいと思っている。

しかし結果として、県北の僻地に追いやられ、無為に等しい時間を過ごしている。この一年ちょっとのあいだに、使命感も熱い思いも薄れてしまっていた。

啖呵《たんか》を切り組織に刃向かったはいいが、いま自分はなにをしている。日がな一日、田《たん》圃《ぼ》や畑を眺め、住民から貰《もら》った野菜を食って、夜は布団に包《くる》まって眠る。靴の底をすり減らし、胸をひりつかせていた呉原での日々は、遠く記憶の底に沈んだままだ。

日岡は吸っていた煙草を、カウンターの隅の灰皿で揉み消した。力を入れ過ぎ、フィルターが潰れる。

灰皿が置かれているのは、大上がいつも座っていた席だった。

――あんな山奥で、自分はいったい、なにをやっているのか。

ライターを握り締める。警察組織の薄汚さも嫌だったが、投げやりになっている自分にもっと嫌気がさしていた。

日岡は椅子から立ちあがった。

「また、来ます」

晶子が慌てて止める。

「ええじゃない。まだ」

日岡は無理に笑顔を作った。

「腹の皮がつっぱったら、目の皮がたるんできました。寝ぼけて事故を起こす前に帰ります」

晶子が残念そうに俯《うつむ》く。

茶番を承知で財布を取り出そうとしたとき、二階からひときわ高い笑い声が聞こえた。動きを止める。

上の客席に人がいる気配は感じていた。しかし、客が誰かなど気にも留めなかった。手を止めたのは、いましがたの笑い声に、聞き覚えのある声を聞きとったからだ。独特のだみ声の、掠《かす》れた笑い声だった。

日岡は二階を指さして訊ねた。

「誰ですか」

黙っていたことで、ばつが悪かったのだろう。晶子は困った顔で答えた。

「実は、守《もり》ちゃんと瀧井さんが来とるんよ」

一之瀬守孝《いちのせもりたか》は、抗争事件のときに日岡が肩入れした尾谷組の二代目組長だ。瀧井組組長の瀧井銀次は、大上と懇意にしていた男だった。ふたりとも、日岡にとっては旧知の間柄でそれなりに親しい関係にある。晶子もそれは、よく知っている。なのに、なぜ晶子は、ふたりがいることを日岡に教えなかったのか。

晶子は言い訳をするように、言葉を続けた。

「お客さんが一緒じゃけ、邪魔しちゃいけん思うてね。言うたらあんた、挨拶《あいさつ》にいくじゃろ」

晶子の愛想笑いが空《うつ》ろに響く。

——自分に会わせたくない客ということか。それとも、内緒にしておきたい人物ということか。

薄く唇を嚙《か》んだ。

そのとき、二階の襖《ふすま》が開く気配がして、誰かが下りてきた。

一之瀬でも瀧井でもない。客だ。後ろにひとり、部下らしき若い男がついている。

日岡は一度あげた尻《しり》を椅子に戻し、階段の隙間から男を盗み見た。

脱色した長い髪を後ろでひとつにまとめ、夜だというのに金縁のサングラスをかけている。白いポロシャツに綿のジャケットを羽織り、ラフなスラックスを穿いている。ゴルフ帰りのような出《い》で立ちだ。

一階に下りた男が、晶子に声をかける。階段の先を指さした。

「ママさん。トイレはこの奥でしたな」

訊ねられた晶子は、我に返ったように、強張《こわば》った笑顔で答えた。

「ええ、この通路のつきあたりです」

「おおきに」

志乃の店内は狭い。大人がひとりやっと通れる幅しかない。

日岡の横を通るとき、男は日岡に向かって軽く会釈した。日岡も会釈を返す。横目でさりげなく男を観察する。

――この顔、どこかで見た覚えがある。

頭のどこかを、電極で刺激されたような気がした。

濃いサングラスに隠れて目は見えないが、顎《あご》の線や通った鼻梁《びりょう》、薄い唇などに見覚えがある。なにより、耳の形が、印象に残っている。

一之瀬と瀧井の客ということは、極道者だろうか。だとしたら、日岡が覚えていないはずはない。

男は三十代後半の一之瀬と、同じ年回りに見えた。極道者ならば、男が醸し出す貫禄《かんろく》と年齢から、そこそこの肩書きを持っているはずだ。県内の暴力団幹部の顔は、県警が保管している前歴カードで記憶している。心当たりがないということは、男は県内の極道者ではない。少なくとも、仁正会関係者ではない。

いったいどこで見たのか。

懸命に記憶を辿る日岡の横を、若者が通り過ぎる。背広の上下に、開襟シャツという出で立ちだ。髪は短く刈り込んでいる。後ろ姿を見つめた。

右側の腰のあたりが、不自然に膨らんでいる。その膨らみ方には馴染《なじ》みがあった。拳《けん》銃《じゅう》をベルトに挟んだときのものだ。右の腰に差しているということは、男は右利きなのだろう。上着を必要としない五月下旬に、酒席でさえ背広を脱がないのは、拳銃を隠すためだ。

ヤクザだ。間違いない。

日岡は晶子に訊ねた。

「あの客は？」

晶子は目を背けると、ぎこちない動きで流しを片づけはじめた。

「ありゃあねえ、建設会社の社長さん。引退した尾谷の組長さんや守ちゃんたちと、長い付き合いなんよ」

建設会社の社長が、拳銃を所持した護衛を連れているはずがない。

そんな見え透いた嘘が通るわけがないと、晶子ならわかっているはずだ。それでもあえて嘘を吐くということは、男の身元を言えないよほどの理由があるのだろう。

日岡の胸に、かつてのヒリヒリとした感覚が蘇《よみがえ》る。

心臓が速く打ち付けている。

日岡は椅子から立ち、晶子に告げた。

「やっぱり、ふたりに挨拶だけしてきます。大丈夫、長居はしません」

晶子はなにか言いかけたが、止めても無駄だと思ったのだろう。困惑した顔のまま口を閉じた。

階段をあがると、襖の前に膝《ひざ》をついた。なかに声をかける。

「お楽しみのところ失礼します。日岡です」

日岡が言うと、茶の間から聞こえていた談笑がぴたりと止まった。慌ただしく立ちあがる気配がして、勢いよく襖が開いた。

一之瀬だった。

はじめて会ったのは、一之瀬がまだ若頭だった頃だ。いまは尾谷組の二代目を継いでいるが、組長ともなるとやはり貫禄が違った。

「おお、日岡さん。来とったんか」

会うのは一年ぶりだ。久しぶりの再会にもかかわらず、一之瀬の顔は喜色より戸惑いの色が強かった。

「ほんまに日岡さんか」

一之瀬の後ろから、瀧井の声がした。冷静を装っているが、声が明らかに動揺している。

日岡は拳《こぶし》を床につけると、尻をあげるように頭を下げた。面はあげたままだ。前のめりの姿勢をとり、部屋のなかに頭を突っ込む。

「ご無沙汰しとります」

日岡はあたりを、すばやく見回した。

部屋には一之瀬と瀧井のほかに、見知ったふたりの男がいた。ひとりは天木幸男《あまぎゆきお》。一之瀬が尾谷組二代目を襲名したあと、若頭になった男だ。傷害罪で長く服役していたが、呉原の抗争事件勃発《ぼっぱつ》直後に出所し、一之瀬の二代目襲名とともに若頭に抜擢《ばってき》された。

もうひとりは瀧井組の若頭、佐川義則《さがわよしのり》だった。瀧井の右腕だ。佐川とは以前、瀧井組の事務所で顔を合わせたことがある。

広島で一目置かれる極道たちが、ひとりの男をもてなしている。ただの客でないことは、明らかだ。ますます男に興味が湧く。

「ずいぶんと楽しそうな酒ですね」

なにげない会話から客の素性を探ろうとした日岡は、続く言葉を一之瀬に遮られた。

「いやあ、日岡さんとは積もる話をしたいとこじゃが、あいにく今日は取り込み中でのう。また席を改めて、ということで勘弁してつかあさい」

一之瀬は茶の間の入り口にしゃがんだまま、動かない。日岡を部屋に入れる気はないらしい。

瀧井が急《せ》かすように言う。

「近いうちに連絡するけん。そのとき、な」

よほど日岡を、この場から立ち去らせたいらしい。

男と一之瀬たちの関係性を見極めたい。日岡は、男がトイレから戻るまでなんとか時間を稼ぎたかった。適当な話題を探していると、背後で声がした。

「おやおや、おふたりのお知り合いでしたか」

振り返ると、先ほどの男が立っていた。トイレで用を足し、戻ってきたのだ。

「こちらさんは？」

男が問う。

顔を戻すと、一之瀬が困惑した様子で首の後ろを掻いていた。どう答えていいか、考えあぐねているようだ。

誤魔化してもいずれわかる。そう思ったのだろう。瀧井が諦めたように答えた。

「おまわりさんじゃ」

「ほお」

男はにやりとしながら言う。日岡が警察官だと聞いても、動じた様子はない。日岡が男を堅気じゃないと思ったように、男も日岡を平凡なサラリーマンではないと感じていたらしい。

「どちらの？」

男は日岡の所属先を訊ねた。

日岡は膝を、一之瀬から男に向けた。

「前は呉原東署の二課におりましたが、いまは県北の駐在所に詰めとります。で、そちらさんは？」

部屋の空気が、張りつめた。

男が口を開くより早く、瀧井が答えた。

「この人はのう、建設会社の社長じゃ。名前は吉岡《よしおか》さんじゃ」

瀧井の言い方には、たったいま取ってつけたような焦りがあった。

「どこの建設会社ですか」

日岡が訊ねる。

「広島じゃ」

「広島のどこですか」

執拗《しつよう》に訊ねる日岡に、瀧井があからさまに不機嫌な顔をする。

男はさも楽しそうに笑いながら、日岡の横をすり抜けて部屋に入った。奥の上座に腰をおろすと、一同に首を巡らせた。

「酒席は賑《にぎ》やかな方が楽しいがな。このおまわりさんも、一緒にどうですかねえ」

「親父《おや》っさん！」

男の斜め後ろに控えた若者が、顔色を変え、わずかに語気を強めた。男は声に出して笑うと、日岡に視線を向けた。

「ところでおまわりさん。そないに、わしの耳、めずらしいでっか」

男は日岡がずっと、男の耳を気にしていることに気づいていたのだ。

日岡はかつて大上から、手配写真の顔を覚えるときは耳の形を記憶しろと教えられた。いくら変装しても、耳の形だけは変えられない、というのが理由だった。

——ええか、一般の犯罪者は身を隠すために整形することもあるが、極道はよほどの事情がない限り整形なんかせん。極道は顔で飯ィ食うとる。文字通り、面子《メンツ》そのものじゃけえのう。

大上の教えは、すべて頭に残っている。

男の耳には、特徴があった。先端は悪魔のそれのように尖《とが》り、逆に耳たぶは丸みがあって大きい。

頭の中で男の髪を黒く染めて短くし、髭《ひげ》を取る。その顔立ちに、ある男の顔が、ぴたりと重なった。

国光寛郎——

日本最大の暴力団組織、明石組の二次団体である北柴《きたしば》組の若頭だった男だ。が、明石組が分裂した後、北柴組は新たに結成された心和会につき、自ら義誠連合会を率いる国光は、心和会の直参に取り立てられた。今年の二月、明石組四代目の武田力也が暗殺され日本中を騒然とさせたが、国光は暗殺を手がけた首謀者のひとりとして、殺人幇助の容疑で全国に指名手配されている。

いま同席している一之瀬の親分、尾谷組初代組長の尾谷憲次《けんじ》は、北柴組組長の北柴兼《かね》敏と兄弟分だ。いわば、一之瀬と国光は従兄弟の関係だ。国光はもともと広島県福中市《ふくなか》の生まれであることに加え、尾谷組が仁正会に加盟して以降、広島には明石組と近しい勢力はない。逃亡の手助けを一之瀬がしていても、不思議はなかった。

　日岡の背中に、どっと汗が噴き出した。

　この男が国光ならば、所轄で古巣でもある呉原東署二課に連絡して、応援を手配すべきだろう。しかしそれでは、一之瀬と瀧井に迷惑がかかる。第一、人違いならえらいことになる。幸い、今日はバイクで来ている。相手が車を使ったとしても、尾行しやすい。男が店を出たら後をつけて、住居を突き止めるほうがいい。居場所を特定した上で、念のためということにして、所轄へ連絡すればいい。

　動悸《どうき》が激しくなる。

　――手柄を立てれば、所轄へ戻れる。

　日岡は膝を擦《こす》ってわずかに後ろへ下がると、男の問いを無視し、身体を折って頭を下げた。

「お誘いは嬉しいですが、今日はこれで失礼します。みなさん、ごゆっくり」

　襖を閉めようとする日岡を、一之瀬が引き留めた。

「日岡さん」

　襖に手をかけていた日岡は、動きを止めた。

　一之瀬が険しい声で言う。

「なんかえらい勘違いしとるようじゃが、吉岡さんは堅気ですよ」

顔をあげると、瀧井が厳めしい顔で日岡を睨《にら》んでいた。一之瀬もほかの者も、殺気立った表情で日岡を見ている。当の男だけが、薄ら笑いを浮かべていた。

日岡はなにも答えず、襖を閉めた。

店を出てバイクに跨ると、晶子があとを追いかけてきた。

「ちょっと待ちんさい、秀ちゃん」

晶子を見やりながら、ヘルメットを被《かぶ》る。

「いつも甘えてすみません。次は必ず払いますから」

晶子は怒ったように言う。

「お勘定のことなんか言うてるんやない」

晶子は日岡を睨んだ。

「あんた、うちを馬鹿にしとるの？　あんたがなにを考えとるか、うちがわからんとでも思うとるんね」

険しかった晶子の顔が、悲しげに歪《ゆが》む。

「そがなこと、止めときんさい。あんた、ガミさんの跡を継いだんじゃないん」

かつての上司の愛称に、日岡の胸が痛む。

顔を背けた日岡を、晶子の声が追ってくる。

「ねえ、秀ちゃん。違うんね」

日岡は晶子の声を振り切り、エンジンをかけようとした。そのとき、晶子の後ろから声がした。

「日岡さん、でしたよのう」

晶子が驚いた声をあげた。日岡も声のしたほうへ目をやる。

店の引き戸の前に、先ほどのサングラスの男が立っていた。連れの若者はいない。ひとりだ。

男はサングラスを外した。店の灯《あか》りを背にしているため、はっきりとは見えない。しかし、吊《つ》り上がった眉《まゆ》と、それと対照的に目じりが大きく下がった特徴的な目は、間違いなく国光だった。

国光は日岡へ近づいた。晶子が気圧《けお》されたように、後ろへ退く。

バイクの横に立つと、国光は日岡を見据えた。

「あんたが思っとるとおり、わしは国光です。指名手配くろうとる、国光寛郎です」

日岡は息を呑んだ。

現役の警察官に、正体を明かす国光の意図がわからない。

国光は日岡の前に立つと、日岡の目を見据えた。

「のう、日岡さん。ちいと時間をつかい」

国光の言葉遣いが故郷の広島弁にかわった。

「時間？」

「そうじゃ、時間じゃ」

国光はズボンのポケットに両手を突っ込むと、夜空を見上げるように天上を見やった。

「わしゃァ、まだやることが残っとる身じゃ。じゃが、目処《めど》がついたら、必ずあんたに手錠を嵌《は》めてもらう。約束するわい」

国光は視線を日岡に戻すとにやりと笑い、日岡の肩を強く叩《たた》いた。

「まあ、いずれ改めて、挨拶にいきますけん」

国光は日岡の返事を待たず、店のなかへ戻っていく。

店の外に残された日岡の耳に、国光のつぶやくような低い声が残っている。

国光が言う、やることが残っている、とはどういう意味だろう。武田を殺したいま、まだなにかしらの使命を抱えているというのか。日本最大の暴力団組織のトップの命を奪うこと以上のものが、果たしてあるのだろうか。

「秀ちゃん」

考え込んでいた日岡は、晶子の声で我に返った。

見ると、晶子が心配そうに見ていた。晶子は日岡に一歩近づいた。

「秀ちゃん、国光さんのこと、あんたがどうするかはわからん。でも、よう覚えといて。例のもの、あんたに渡す準備は、いつでもできとるんよ」

例のもの——店の裏口にある冷蔵庫の陰に、大上が自分に託したものがある。警察の不祥事が記されたノートと金だ。

日岡はハンドルを握ると、キックを強く踏み下ろした。五回目でやっとエンジンがかかった。

「また、来ます」

日岡は地面から足を離し、スロットルを全開にした。

二章

「週刊芸能」平成二年五月二十四日号記事

緊急連載
ジャーナリスト山岸晃が読み解く史上最悪の暴力団抗争　明心戦争の行方　第二回

明石組四代目組長・武田力也（48）暗殺の陰の首謀者と目される国光寛郎（35）は、ある意味、現代ヤクザの典型のような人物だ。暴力派であると同時に知性派であり、経済ヤクザとしても著名で豊富な資金を有している。一説にはその資産、数十億と噂される。

昭和三十年、広島県福中市に生まれた国光は、高校時代までを福中で過ごした。父親は大手商社を経て独立した貿易会社社長で、地元では資産家として知られている。両親と姉の四人暮らし。

裕福な家庭に生まれた国光だが、中学時代から素行が悪く、高校時代は自ら番長としてグループを率いるなど不良仲間のあいだでは有名な生徒だった。しかし、頭は良かったらしい。高校時代の同級生はこう証言する。

「他校の不良グループとよう喧嘩《けんか》しとったみたいですが、成績は学年でもつねに十番以内でした。地頭がええんでしょうね。うちの学校は進学校でしたから、あの成績なら広大はおろか、阪大でも京大でも狙えたはずです。でも本人は、親父さんの仕事の影響もあってか、将来、船乗りになりたい、言うとったみたいです。神戸《こうべ》の商船大学を受験したんも、それが理由でしょう」

昭和四十八年、国立神戸商船大学への入学を機に、神戸市垂水《たるみ》区に移り住んだ。国立大学に入学し、将来の船長を目指した国光の歯車は、どこで狂ったのか。三代目明石組の直参だった北柴組組長・北柴兼敏(67)との出会いが、そのきっかけらしい。当時を知る組関係者が語る。

「明石組の枝の若い衆と国光が、盛り場で喧嘩になったんや。原因は知らんけど、国光が若い衆をボコボコにしたいうて聞いとるで。それでその組に目ェつけられて、事務所へ拉致《らち》られたらしい。そんときたまたま、北柴の親分が居合わせはって、国光はすんでのところで命助けられたんや」

スカウトされたのか、自ら志願したのかは定かでないが、国光は昭和五十年、二十歳のときに大学を中退し、北柴組の若衆となる。違法ゲーム機の販売や東南アジアからの大理石不法輸入をシノギの中心に据えた国光は、瞬く間に頭角を現して義誠連合会を立ち上げ、若頭補佐として北柴組執行部に登用された。地上げや株のインサイダーに手を染め始めたのも、この頃だとされる。

国光の名がヤクザ関係者のあいだで一躍広まったのは、昭和五十五年に起こした傷害致死事件だった。相手はあろうことか、同じ明石組の二次団体幹部で、高速道路の出口付近で待ち伏せし、日本刀でこれを斬殺したものである。原因は覚せい剤の密売がらみだったとされる。死んだ幹部が先に発砲していたこと、斬りつけたあと国光が自ら救急車を呼び、救命措置を施していたことなどから、殺人罪ではなく傷害致死罪と認定され、裁判で懲役七年の判決が確定する。

指を詰め、詫《わ》びを入れたとはいえ、本来であれば、同じ明石組の、それも序列が上の幹部を殺害したのであるから、当然、組としての厳しい処断がなされるはずであった。ところが、明石組執行部は国光を不問に付し手打ちとする。億を超える金が動いたとされるが、真相は詳《つまび》らかでない。

昭和六十年、仮釈放で熊本刑務所を出所した国光は、神戸に戻らず、しばらく九州《きゅうしゅう》を拠点に活動する。そのとき知り合ったのが、西日本を中心に手広く不動産業や建設業を経営する会社社長S氏だ。

このS氏との出会いが、武闘派経済ヤクザとして名を馳《は》せた国光の、大きな転機になったことは間違いない。

（以下次号）

穂先が剣のように尖《とが》った稲が、天に向かって真っすぐに伸びている。

青く晴れ渡った空からは、夏の強い日差しが降り注いでいた。広島県に梅雨明け宣言が出されたのは、つい二日前だ。

日岡は、田圃《たんぼ》の真ん中を突っ切るように敷設された農道を、バイクで走っていた。バイクといっても、自分が所有しているYAMAHA・SR500ではない。前任者から引き継いだ九〇CCの黒い単車──通称、黒単だ。管区の広い交番や駐在所では、自転車ではなく単車が使われる。中津郷駐在所の黒単は四代にわたって使用されており、塗装がところどころ剝《は》げるなど年季が入っていた。エンジンが一発でかかったことは、ほとんどない。

のんびりとした速度で、日岡は大戸見山《おおとみやま》の麓《ふもと》へ向かう。大戸見山は、日岡が受け持つ中津郷地区にある里山のひとつだ。大戸見山の西側には四天山《してんざん》、向かって南側には比場山脈が連なっている。

山の大半は杉で覆われていて、いまの時季、比場郡は稲と杉の緑に染まる。深い緑の山並みに囲まれた淡い緑の稲穂の海は、抜けるように青い空と相俟《あいま》って、美しいコントラストを織り成していた。

バイクの上で日岡は、頭に被《かぶ》った半帽タイプのヘルメットの角度を、片手で整えた。今朝の新聞に、今日の広島県内の最高気温は三十二度との予報が載っていた。昼前のいま、すでに三十度近くまであがっているはずだ。

しかし、そこまでの日射しを、日岡は感じなかった。バイクに乗って風を受けていることもあるが、自然に囲まれたこの土地の独特の風土が、体感温度を下げているのだろう。

中津郷は周りを低い山で囲まれた盆地だ。山からの湧き水が豊富で、川がいくつも流れ込んでいる。冷たい湧き水が土地の空気を冷やしてくれるのだ。山頂から吹き下ろしてくる山風もそうだ。ビルと呼べるようなものはなにひとつなく、役場の出張所も小学校の分校もせいぜい二階建てで、農家の大半はいまだに平屋造りだ。風を遮る建造物がそもそもない。盆地特有の蒸し暑さとは、無縁の土地柄だった。

農道のどん詰まりを右折し、さらに奥へ進む。県道とは名ばかりの山道を、カーブミラーで対向車を確認しながら前進する。小石でもはねてバランスを崩したら大変だ。運が悪ければ、すぐ横に迫る崖下《がけした》の藪《やぶ》へ転げ落ちる。

慎重にハンドルを捌《さば》きながら五分ほど走ると、あたりに迫っていた山肌が急に遠のいた。

目の前に、そこだけぽっかり木々が切り取られたような敷地が広がる。山裾《やますそ》に近い敷地の奥には、平屋の一軒家があった。敷地の入り口から一軒家までは、砂利道で繋《つな》がっている。道の両側の畑には、茄子《なす》やサヤインゲンなど、夏野菜がたわわに実っている。

家の近くまでやってくると、犬の鳴き声が聞こえた。飼い犬のタロウだ。柴犬《しばいぬ》との雑種で、三歳になる若犬だった。母屋の脇にある犬小屋に鎖で繋がれている。自分のテリトリーに入ってくる日岡に向かって、甲高い鳴き声でキャンキャンと吠《ほ》え立てた。怪しい人間とそうでない人間を見分けることができれば、優秀な番犬なのだろうが、タロウにその資質はないようだ。駐在勤務になって何度となく訪れている日岡を、いまだに威嚇するのだから、自分の役目がわかっているとは思えない。

黒単を停めてヘルメットを脱ぐ。ポケットから出したハンカチで、乱暴に頭を拭《ふ》いた。ハンカチを仕舞ったとき、母屋の脇の納戸から男が出てきた。この家の主《あるじ》、黒田《くろだ》赳夫《たけお》だ。

黒田は日岡を見ると、満面に笑みを浮かべた。

「おお、駐在さんじゃないの。こがな山奥まで、ご苦労なことじゃのう」

日岡はバイクから降りると、ぺこりと頭を下げた。視線の先に黒田の長靴が映る。土で汚れ、真っ黒だった。

「畑仕事ですか。暑いのに、よう精が出ますの」

日岡は声をかけた。駐在勤務になってからは、できるだけ土地の言葉を使うようにしていた。標準語で話そうものなら、恰好《かっこう》つけしい――だの、よそよそしい――だのと、あとで陰口を叩《たた》かれるのが田舎だった。

視線に気づいた黒田は、長靴の踵《かかと》を地面に強くぶつけた。底にこびりついた泥が、ぱらぱらと地面に落ちる。

「わしら、お天道様が相手の仕事じゃけ。暑いときにゃァ暑う、寒いときにゃァ寒うならんと、仕事にならんのよ。ほれ、前に冷夏の年があったじゃろう。町のもんは涼しゅうてええかもしれんが、わしら百姓にゃええ迷惑じゃ。あの年は夏野菜がてんで駄目でのう。わしらも収穫が減ったが、そのぶん値段が高《たこ》うなって、結局みんなの財布に応《こた》えてしもうた。この暑さに、感謝せにゃァいけん」

主人がやってきて大人しくしていたタロウが、急にまた、玄関に向かって吠えはじめた。威嚇する吠え方ではない。なにかをねだるような、甘えた鳴き方だ。

開けっ放しになっている玄関から、妻の里子《さとこ》が顔を見せた。手にアルミの片手鍋《なべ》を持っている。犬の餌だろう。日岡を認めると、嬉《うれ》しそうに声をあげた。

「ありゃァありゃァ、声がするけ、誰じゃろ思うて出てみたら、駐在さんじゃったんの。いつから来とったんね」

里子は次に夫を見ると、打って変わって剣突を食わせた。

「あんた、なにしとるんね。こがな暑いなか外に突っ立っとったら、暑気中《あた》りしてしもうがァ」

「こんくらい、わしァなんともない」

半袖《はんそで》の肌着一枚で覆っている筋肉質の胸を、黒田が自慢げに突き出す。とても四十過ぎの身体には見えない。盛り上がった胸筋は、まだ二十代のそれだ。

里子は褒めるどころか、黒田をきつい目で睨《にら》んだ。

「あんたのことなんか言うとらん。うちが心配しとるんは、駐在さんじゃがね。ほら、こがあに汗かいて気の毒に」

制服の後ろが、汗で濡《ぬ》れているのが自分でもわかる。

身につけている対刃防護衣には、無線やライトをはじめ、細々とした装備品が入っている。ベルトに装着している銃や警棒を含めると、かなりの重さだ。ただでさえ暑いのに、この重さをぶらさげての巡回はこたえる。

いつまでたっても昼飯をくれない里子に、業を煮やしたのだろう。タロウが一声、片手鍋を持ったまま話し込んでいる里子に吠えた。

里子は外へ出てきた本来の目的を思い出したらしく、急いでしゃがむと、タロウの前に鍋を置いた。

「ごめんごめん、待たせたね」

目の前に置かれたアルミ鍋に、タロウが勢いよく鼻っ面を突っ込む。中身は、白飯に味噌汁《みそしる》をかけた猫まんまだった。

里子は立ちあがり、身に着けていたチェック柄の割烹着《かっぽうぎ》の裾で、手を拭いた。日岡を見やる。

「駐在さん、お昼まだじゃろう。そうめんでも茹《ゆ》でるけん、食べていきんさい」

日岡はとりあえず丁重に断った。

「いやいや、勤務中じゃし、今日はこれを返しに来ただけですけ」

日岡は言いながら、バイクの後ろに備え付けているリアボックスからスーパーのレジ袋を取り出した。なかには、蓋《ふた》つきのプラスチック容器が入っている。三日前に、身欠きニシンの煮つけをもらったときのものだ。日岡は時折、管轄内の住人から、野菜や惣《そう》菜《ざい》をもらう。田舎ならではの風習だ。住民から警察官が心づけを貰《もら》うなど、街中では考えられない。場合によっては服務規律違反になってしまう。

——田舎じゃあのう、へんに遠慮したり、杓子《しゃくし》定規に行動しよったら、反感を買うけ。気をつけいよ。

そう教えてくれたのは、前任の巡査長だった。日岡は助言に従い、住民の好意はなるべく素直に受けるようにしている。もっとも、一度は丁重に断った上での話だ。すぐに食いつくと、それはそれで、礼儀知らずと陰で謗《そし》られる。

「空のままですいません」

頭を下げ、洗った容器を渡す。里子は逆に申し訳なさそうな顔で言った。

「こんなもん、わざわざ返しにこんでも、ついでのときでええのに」

里子はレジ袋を受け取ると、いそいそと家のなかへ入っていく。玄関先で立ち止まると、日岡を笑顔で手招きした。

「ほれ、そんなところに立っとらんで。なかへ入りんさい。ちょうど、昨日漬けたキュウリとみょうががあるけえ、ね——」

最後の念押しで里子は小首を傾げ、科《しな》を作ってみせた。日岡の返事を待たずそのまま台所へ消える。

色気を振りまく女房の背中を、黒田が鼻で笑い飛ばした。

「ふん。ええ歳してみっともない」

口をへの字に曲げた黒田が、日岡に向き直って苦笑いを浮かべた。

「まァ、あがっていってつかあさいや。朝方、夫婦喧嘩したもんじゃけ、ふたりきりで飯食うんもなんよう、息が詰まる。それにありゃァ、駐在さんのこと気に入っとるけえ、昼ゥ食うとるうちに機嫌が直るかもしれん。人助けじゃ思うて、のう、頼むわい」

夫婦喧嘩の仲裁も、職務のうちだ。

日岡は被ってきたヘルメットをバイクシートの上に置くと、キーを抜き取りズボンのポケットへ入れた。

「すいません。じゃァ、お言葉に甘えますけん」

大股《おおまた》で玄関に入っていく黒田のあとについて、日岡は土間にあがった。


会話らしい会話もないままそうめんを食べ終え、冷たい麦茶を飲んでいると、里子が台所から西瓜《すいか》を持ってきた。

「裏山の湧き水に浸《つ》けといたけえ、ええ塩梅《あんばい》に冷えとる。食べてみんさい」

「おお、こりゃあ、よう熟れとる」

団扇《うちわ》で顔を扇《あお》いでいた黒田が、盆の西瓜に手を伸ばす。その手を、里子はハエを叩き落とすようにぴしゃりと弾《はじ》いた。

「お客さんが先じゃろうが」

バツが悪そうな顔で、黒田が叩かれた手をもう片方の手で擦《こす》る。日岡は慌てて仲裁に入った。

「自分はいま腹がいっぱいですけ。ちいとこなれてからいただきます。お父さん、先にどうぞ」

「ほうですか」

里子は残念そうな顔をしたが、すぐに厳しい顔になり黒田を見た。

「しょうがないけえ、あんた、冷えとるうちに食べんさい」

あからさまなえこひいきに、黒田は乱暴に西瓜を一切れ取ると、ふてくされた顔でかぶりついた。食べながら、愚痴っぽく言葉を返す。

「お前、なんぼ駐在さんが気に入っとるいうても、ここまで差をつけることはなかろうが。駐在さんも大切にせにゃいけんが、自分の亭主もちいとは大事にせえや」

黒田の文句に、里子の目がさらにきつくなった。

「それを言うんじゃったら、あんた。なんぼ、雅《みやび》のキョウコちゃんが気に入っとるいうても、自分の女房も少しは大事にせんと、いけんのんじゃないん」

雅というのは、城山町役場の近くにあるスナックの名前だ。城山町は日岡たちが住んでいる中津郷から一番近い町で、女の子のいる飲み屋も数軒ある。地区の男たちのなかには、月に何度か羽を伸ばしに行く者も少なくない。キョウコはたしか高校を出たばかりで、城山町では一番若いホステスだったはずだ。

黒田は藪蛇だったと言わんばかりに肩を竦《すく》めた。

「じゃけえ……昨日、遅うなったんは、健治《けんじ》のやつが酔いつぶれてしもうて、なかなか起きんかったからじゃ言うとるじゃろう。わしゃァ、なんも悪いことしとらんで」

「そがなことはわかっとる。若い女子《おなご》にもてるほどの甲斐性《かいしょう》があんたにないんは、うちがよう知っとるけ」

黒田が怪訝《けげん》な表情を浮かべる。

「じゃったら、なにが気に入らんのなら」

里子は口惜《くや》しそうに、黒田から顔を背けた。

「あんたが鼻の下ァ伸ばして、だらしない顔でへらへらしとる思うと、情けない、言うとるんよ」

どうやら、夫婦喧嘩の原因はこれらしい。

黒田は、ほお、と面白そうに言った。

「こんなァ、妬《や》いとるんか」

「誰があんたなんかに――」

里子の目元が、赤く染まった。語気を強める。

「近所に風《ふう》が悪い、言うとるんよ、うちゃァ」

世間体が悪いと言う里子に、黒田が色をなした。

「馬鹿くさい！　フチガミもシモもムカエも、ここいらの亭主はみんな行きよるんじゃけ、風が悪いもなにも、ありゃァせんじゃろうが」

近隣の農家の屋号をあげ、黒田が反論する。

「まあまあ、落ち着いてください、お父さんもお母さんも」

日岡は慌てて仲裁に入った。夫婦喧嘩は犬も喰《く》わないというが、目の前で展開される喧嘩は、警察官としてさすがに止めざるを得ない。

「娘さんも去年嫁がれて、息子さんもこの春立派に自衛官になられて、夫婦水入らずになられたばかりでしょ。仲ようせにゃァ。それより、お母さんは――」

日岡は里子を見て、取って置きの切り札を出した。

「若いころ中津郷小町、言われとったそうですね。美人で有名じゃったと聞きました」

里子が口元を押さえ、科を作って大仰に首を振る。満面の笑みだ。案の定、途端に機嫌が直った。

「誰が言うたん、そがなァこと。照れくさいがね」

「フチガミの横田《よこた》さんです」

「フチガミの信二《しんじ》はのう」

満更でもない口調で黒田が口を挟む。

「むかし、ラブレター出したことがあるんじゃ、これに」

里子を指さして笑う。

「あんたもやめんさい。そがあな話――麦茶の新しいの、淹《い》れてくるけん」

顔を赤くした里子が、空の薬缶《やかん》を手に冷蔵庫に向かった。

薬缶に氷を入れながら、そうじゃ、と思い出したように振り返る。

「忘れとった。もし、駐在さんが来たら、うちにも顔を出すよう言うてくれい、いうてムラカミから頼まれとったんよ」

ムラカミというのは、駐在所の近くにある畑中《はたなか》家の屋号だ。近くと言っても、中津郷の駐在所は周囲の民家から離れた場所にぽつんとあり、畑中家とは百メートル以上の距離がある。屋号のムラカミは村の上、むかし庄屋だったことが由来だ。フチガミと親戚《しんせき》筋に当たることから、託された伝言を思い出したのだろう。

「畑中さんが、ですか」

「そう、修造《しゅうぞう》さん」

修造は畑中家の当主だが、気難しい一家言あることで知られていた。亡くなった先代は村会議長を務め、修造も町会議員をすでに三期務めている。次はいよいよ、県会に打って出るとの、もっぱらの噂だ。

畑中家に呼びつけられるようなことをした覚えはない。わざわざ里子に伝言を頼む理由も、わからなかった。

怪訝な思いが表情に出たのだろう。黒田は手にしていた団扇の先を日岡に向けた。

「そがな考え込むようなことじゃないよ。ほれ、このあいだの事故、あれの礼が言いたいんじゃと」

合点がいった日岡は、ああ、と声を漏らした。

四日前、自転車と軽トラックの接触事故があった。現場は、今日、日岡が通ってきた黒田家へ続く山道の途中だった。

事故の通報を受けたのは、あってないような勤務時間を終え、その日の日誌をつけていたときだ。電話をかけてきたのは、里子だった。電話に出た日岡に、里子は動転した口調で叫んだ。

「事故、交通事故ですけ！」

事故が起きた状況、人身なのか物損なのか、怪我人の有無など、日岡は順を追って訊《たず》ねた。しかし、里子はかなり動揺しているらしく、一向に要領を得ない。ここでもたもたしているより、現場に急行した方が話は早い。そう判断した日岡は、黒単で、里子が言う山道へ駆けつけた。

現場はすぐに見つかった。

黒田家へ続く山道の途中に、軽トラックが、山肌に運転席側のドアを擦りつけるようにして停まっていた。側には、一台の自転車が倒れている。どうやら、この二台が事故車両のようだ。

日岡は道の端にバイクを停めると、双方の車両を調べた。軽トラックの方は、車のボディに擦れた疵《きず》がある程度で、目立った損傷はない。運転手や同乗者に、大きな怪我はないように思えた。自転車の方も、ハンドルが曲がっていることを除けば、車体に問題はなさそうだった。

車両だけを見れば、里子が動揺するような大きな事故とは思えないが、安心はできなかった。車に乗っている者は頑丈なボディに守られているが、自転車を漕《こ》いでいる人間は身ひとつだ。転倒しただけで、打ち所が悪ければ大怪我を負うこともある。

それにしても、いったい誰が事故の当事者なのか。

あたりを見渡すが、人影は見当たらなかった。通報してきた里子の姿もない。

とりあえず、里子の家へ向かおうとバイクに跨《また》がったとき、道の先から白い軽自動車がやってきた。軽自動車は日岡のところまでくるとブレーキをかけて、道の脇に停まった。

運転していたのは、里子だった。里子は車から降りると、日岡の許《もと》へ駆け寄った。

「ああ、駐在さん。すぐに来てくれたんじゃね。よかったわあ。うち、気ぃばっかり急《せ》いてしもうて、どうしてええかわからんけ、駐在所へ迎えに行こう思うとったんよ」

日岡は真っ先に訊ねた。

「怪我をした人はおりますか」

里子は首を捻《ひね》りながら、ううん、と唸《うな》ると曖昧《あいまい》に答えた。

「おるっちゃおるけど、病院に行かにゃあいけんほどでもない思う。じゃが、相手が相手じゃけ、タナウエの息子さんも泡をくろうて、おろおろするばかりで……」

タナウエという屋号から、事故の当事者のひとりは多尾芳正《たおよしまさ》であることがわかった。日岡が駐在になって真っ先に覚えたのが、この土地の屋号と家族構成だ。

多尾は中津郷の西はずれに住んでいる。この地域のほとんどの世帯同様、農業で生計を立てている。

多尾は独り身だ。四十になったばかりと記憶している。本人と両親の三人暮らしだが、父親は脚が悪く運転はできない。母親は原付の免許しか持っていない。多尾家で車を運転するのは芳正だけだ。

しかし、多尾や里子が慌てふためくほどの、相手というのがわからない。

「相手は誰ですか」

里子はまだ名前を言っていなかったことに気づいた様子で、慌てて付け加えた。

「それがねえ、ムラカミの祥子《しょうこ》ちゃんなんよ」

眉を顰《ひそ》めて言う。

中津郷一の名家、畑中家の長女だ。ようやく出来た女の子で、父親の修造は目に入れても痛くないほど可愛がっている。多尾の狼狽《ろうばい》ぶりが目に浮かんだ。

里子の話によると、今日の夕方、祥子が黒田の家へやってきた。美味《おい》しいぬか漬けができたから、母親の美津子《みつこ》に届けるよう言い付かったという。美津子と里子は高校の同級生で、むかしから仲がいいらしい。

畑中の家には、子供が三人いる。男ふたりに、末っ子の祥子だ。上のふたりは家を出て、広島と大阪の私大へ通っている。いずれ長男が家に戻り、家督を継ぐのだろう。

祥子は城山町にある公立高校へ通っている。学校までは、バスで片道一時間かかる。

通うのは大変だろうと、城山町にいる畑中家の親戚が、祥子を下宿させてはどうかと持ちかけたことがあった。

しかし、修造はその話を断った。表向きは、迷惑をかけたくないというものだったが、本心は、愛娘《まなむすめ》に悪い虫がつくのを恐れたためだ。母親の美津子が、里子に笑いながら言ったらしい。

──うちの人は、娘にべったりじゃけ。

「届けてくれたお礼にお菓子を出したんじゃけど、祥子ちゃんが食べんで帰る言うけ、車で送ろう思うたんよ。そしたら祥子ちゃん、自転車で来てるから大丈夫、言うてねえ。でも、あんとおり、祥子ちゃん別嬪《べっぴん》さんじゃろう。まだ陽が残っとるいうても、山道はひと気がないけん、万が一なにかあったら大変じゃ思うて、わざわざ用事をつくって、祥子ちゃんの自転車のあとを車で付いてったんよ。多尾さんの車と祥子ちゃんの自転車がぶつかったんは、その途中のことでねえ」

首に巻いた手拭《てぬぐ》いで額の汗を拭きながら、事故の状況を説明する。

目撃した里子の証言から考えて、事故の原因は祥子にあるようだった。

ふたりが接触した場所は、急なカーブで見通しが悪い。加えて、勾配《こうばい》もきつかった。坂を下っていた祥子の自転車はスピードが出ていて、カーブを曲がり切れず、道の真ん中へかなり寄っていたという。

「そこへ、向こう側から多尾さんの軽トラックがやってきてね。車のほうは上り坂いう

 こともあって、あんまりスピードは出しとらんかったんよ。じゃけえ、真ん前に飛び出してきた祥子ちゃんを、なんとか避《よ》けられたんよねえ。もし、車がけっこうなスピード出しとったら……」

そこで里子は、腕を身体に巻き付けて身震いした。

日岡は山肌に車体をくっつけた軽トラックを見ながら訊ねた。

「軽トラックと自転車は、接触したんですか」

里子は首を横に振りかけてやめた。

「うちが見とった限りでは、ぶつかる前に多尾さんが避けたけん、接触はしとらん思うけど、一瞬のことじゃったし、はっきりとはわからんよねえ……」

事故の状況はだいたいわかった。里子に肝心なことを訊ねる。

「それで、多尾さんと祥子さんは、いまどこにおってですか」

里子は後ろを振り返り、自宅がある方を見た。

「うちにおる。祥子ちゃんが膝《ひざ》を擦りむいとるんで、とにかく手当てせにゃあいけん思うて車に乗せたんじゃが、多尾さんも心配でおろおろしとったけ、一緒に連れて帰ったんよ。ほいですぐ駐在所へ電話して、祥子ちゃんの傷の手当てが終わったらはっと気づいて、よう説明しとらなんだ、いけんいけん思うて、それで駐在さんを迎えに来たんよ」

いずれにしても、祥子の怪我はたいしたことはないようだ。

じゃったら——と、日岡はバイクに戻りながら言った。

「これから黒田さんの家へお邪魔してええですか。当事者から詳しい話を聞きたいんで」

里子が大きく肯《うなず》く。

「うちが先導するけ」

そう言うと運転してきた軽自動車に乗り込み、慣れたハンドルさばきでUターンした。

日岡もバイクに跨り、里子のあとを追った。


家に着くと、庭に面している縁側から、夫の黒田が外へ顔を出した。車とバイクの音を聞きつけたのだろう。

黒田は縁側から半分身を乗り出しながら、片手を口に当てて叫んだ。

「おお、駐在さん。こっちじゃ、こっちからでええけ!」

玄関から入らず、茶の間と続きの縁側からあがってこいと言っているのだ。黒田の言葉に従い、バイクから降りて縁側へまっすぐに向かう。

県北の農家のほとんどがそうであるように、黒田の家も横に長細い造りになっていた。十畳ほどの茶の間の隣に、広い和室がふたつ連なっている。ひとつは仏間、もうひとつは冠婚葬祭や地域での行事の際に使う客間だ。縁側は三間を繋ぐように設《しつら》えてある。

「そこからあがりんさい」

黒田はそこと言いながら、縁側の側にある踏石を指さす。

「失礼します」

日岡は大きく平たい石の上に靴を脱ぎ、室内へ入った。

茶の間には、多尾と祥子がいた。

制服姿の日岡を見て、多尾はいまにも泣きそうな声をあげた。

「ああ、駐在さん。わし、とんでもないことを……。どうしたら……」

それ以上、言葉が出てこない。ひどくうろたえている。多尾は小柄で痩《や》せぎすだ。その身体が震えると、よけい貧弱に見える。

正確な事情を聞くには、まず多尾を落ち着かせなければいけない。

日岡はなにか安心させる言葉をかけようとした。しかし、それより先に、部屋に戻った黒田が口を開いた。

「なんも心配いらんて、多尾さん。怪我いうても擦り傷じゃ。膝も曲がるし、ちゃんと歩ける。二、三日で治るけ、そう青うならんでもええよ」

黒田は畳に座ると、日岡へ視線を向けた。

「駐在さんからも言うてやってつかあさい。そがに心配せんでええて」

肯いて、多尾に声をかける。

「大事にはなりませんから、大丈夫ですよ」

日岡の言葉にも、多尾は無言だった。畳に視線を落とし、肩を落としたままだ。

車を降り、台所で茶を淹れた里子が、盆を手に茶の間に入ってきた。座卓の上に人数分の茶を置くと、祥子の隣に腰を下ろす。

「駐在さんも座って。とりあえずみんな、茶ァでも飲んで」

言いながら祥子の顔を覗《のぞ》き込む。

祥子は俯《うつむ》いていた。セーラー服姿のままだ。

「大丈夫ね。祥子ちゃん」

里子に声をかけられ、祥子は軽く肯いた。顔色が悪い。

もとから白い顔が蒼《あお》ざめて見えるのは、肩で切り揃えた黒髪が、頬に影を作っているからだけではなさそうだ。たいした事故ではないと思った出来事が、駐在まで呼び寄せる事件になったことに、戸惑っているように見える。周りの大人の動揺が、祥子にも移ったのだろう。

日岡は普段と変わらない態度で、祥子に話しかけた。

「びっくりしたでしょう、祥子ちゃんも」

祥子は恐る恐るといった様子で、日岡を見た。縋《すが》るような眼差《まなざ》しだった。大事にしないで——目がそう言っている。

「怪我をしたんは、脚だけですか」

日岡は膝を横に折り曲げて座っている祥子の脚に目をやった。紺色のプリーツスカートから、形のいい脚が覗いている。左膝に巻かれた包帯が痛々しい。

脚に目を向けられた祥子は、恥じらうようにスカートの裾で膝を隠した。

「転んだときに、膝を擦りむいただけです。絆創膏《ばんそうこう》ですむ傷なのに、黒田のおばさんが包帯をしてくれて。ほんまはもう、包帯、巻いとらんでもええくらいなんです」

横で聞いていた黒田が、祥子を窘《たしな》めた。

「怪我は大したことはないが、傷口から黴菌《ばいきん》が入って、痕《あと》が残りでもしたら大変じゃろう。傷が治るまでは、ちゃんとしとったほうがええ」

黒田の言葉に、多尾がびくりと顔をあげる。怯《おび》えたように目を大きく見開いた多尾を、気の毒に思ったのか、里子が横から助け船を出した。

「怪我いうてもかすり傷じゃし、祥子ちゃんも平気じゃ言うから、どうしようか迷ったんじゃけど、あとあと、万が一のこともあるけえねえ。念のためじゃ思うて、駐在さんに電話したんよ。でも、多尾さん、ほんまよかったわ。なんぼ擦り傷じゃいうても、これが顔じゃったらそれはそれで大事じゃったけんねえ」

里子は多尾の幸運を口にしたつもりなのだろうが、本人は逃れた難の大きさを改めて感じたらしい。か細い声でつぶやくように言った。

「ほんまじゃな。脚じゃいうても、大事な娘さんを傷つけたことに変わりはないけん、こっぴどう説教されるんは覚悟しとるが、これが顔じゃったら、修造さんにオオヤマ返されて、外も歩けんようになっとったかもしれん……」

オオヤマを返す、というのはこのあたりの方言で、山をひっくり返すほど激怒し反撃する、という意味だ。

父親に知れると自分も説教をくらうと思ったのか、祥子がぴくりと肩を震わせた。

修造の勘気を想像して、茶の間が静まり返る。

日岡は努めて快活な声音を出し、立ち上がった。

「ちょっと待っといてください。いまノートを取って来ますけ」

靴を履いて庭へ向かう。

日岡はバイクの後部座席に詰んでいるリアボックスからノートとペンを取り出して茶の間へ戻ると、多尾と祥子から事故が起きたときの状況を聞き取った。

ふたりの話は概《おおむ》ね一致していた。里子の目撃証言と同じで、祥子が自転車のスピードを出しすぎ、道路の中央へ寄ったことが原因だった。その際、車の左前方のライト部分と、祥子の自転車の後部が接触したらしい。接触と言ってもふたりの話からは、ぶつかったというより掠《かす》った、という言い方に近いものだったようだ。しかしどれほどわずかであっても、接触した事実があれば歴《れっき》とした事故だ。事故証明を発行しなければならない。

日岡はノートを閉じると、多尾を見やった。

「いまから、事故現場へ一緒に来てもらえんですか。簡単な現場検証を行いますけ」

現場検証という言葉が仰々しく感じられたのか、落ち着きかけていた多尾の顔に、再び怯えの色が浮かぶ。

「あの……」

祥子が戸惑いがちに、声を発した。多尾に顔を向け、小さいがはっきりした声で言う。

「お父さんには、うちからちゃんと説明します。多尾さんはなんも悪うない、うちがスピードを出しすぎたんが原因じゃ、いうて。だから、心配せんでください」

自分の父親が、気難しい人物と言われているのを知っているのだろう。祥子は自分自身が煙たがられているかのように、頭を下げた。

「ほんまにすいません」

「なんも、祥子ちゃんが謝ることァありゃあせんがね。ほら、頭をあげて、ね」

里子が場を取り繕う。しかし、茶の間に立ち込める空気の重さは変わらなかった。多尾は相変わらず、首を縮めたままだ。黒田はさきほどから湯呑《ゆの》みを手に、天井を見つめている。

事故は感情で処理できるものではない。どっちがいいとか悪いとか、この場でやり取りするべきではない。

日岡はやんわりと矛先を変えた。里子に訊ねる。

「祥子ちゃんの家には、連絡しましたか」

里子は、はっとして我に返ったように、こくこくと肯いた。

「電話したんじゃけど、それが誰も出んのよ」

横から祥子が説明した。

「きっとふたりで、城山へ買い出しに行っとるんじゃと思います。今朝、そんなことを言ってましたから」

日岡は肯くと、改めて里子を見た。

「黒田のお母さん、ひとつお願いがあるんですが。祥子ちゃんを、佐藤さんとこの診療所へ連れて行ってもらえませんか」

里子の隣で、黒田が怪訝そうな声をあげる。

「病院に行くほどの、怪我かのう」

日岡は黒田に向かって口角をあげた。

「念のためです。自分も病院に行くほどの怪我じゃあない思いますが、あとになって痛みが出てくる可能性もありますけ。事故の責任対比がどれぐらいになるかまだわからんですが、もし、治療費を多尾さんが支払うとしたら、車にかけとる対人保険を使うことになるはずです。そうなった場合、警察が作成する事故証明書と、医師の診断書が必要になります。そのときのためです」

里子が納得したように肯いた。

座を和ませようとしたのか、黒田が声を弾ませた。

「なんじゃ、面倒くさいのう。こんくらいの傷、わしが子供の頃はションベンつけて終わりじゃったが——あ、ションベンじゃない、唾《つば》じゃった」

黒田のおどけた物言いに、祥子が口に手を当てくすりと笑う。祥子の笑顔に、茶の間の雰囲気が少しだけ明るくなった。

「じゃあ、みなさん。お願いします」

日岡は畳から立ちあがった。黒田が多尾に、自分の車に乗るよう促す。現場まで乗せていくという。

「じゃあ、祥子ちゃん。うちらも行こうか」

里子が、畳から立ちあがろうとしている祥子に手を差し出した。包帯を巻いているため膝が自由にならないらしく、腰を浮かせた祥子が身体のバランスを崩す。倒れそうになる祥子の腕を、日岡は咄嗟《とっさ》に掴《つか》んだ。自分の方へ引き寄せて支える。

体勢を立て直した祥子は、一瞬だけ日岡を見たが、すぐに目を背けた。

そうめんをご馳走《ちそう》になった礼を言い、玄関で靴を履いていると、後ろに立った里子が訊ねた。

「ムラカミへは、いまから行くん?」

立ちあがって振り返る。日岡は肯いた。

「夏祭りの相談もありますけ」

地区の祭りが、ひと月後に行われる。

このあたりでひとつしかない神社に住人が集まり、豊作を祈って酒盛りをするのだ。神社での夏祭りには、町から出店もやってくる。町会議員の畑中は、祭りの取りまとめ役だった。祭りの流れを確認し、畑中に防犯対策を説明しなくてはならない。

「じゃあ、修造さんに、いまから駐在さんがそっちへ行くいうて、伝えとくけ」

里子の脇で、黒田が意味ありげに笑う。

「美津子さんも大変じゃのう。大事な大事な駐在さんに、粗相があっちゃいけんけえのう」

里子が言葉を慎めと言うように、夫の脇腹を肘《ひじ》でつつく。あからさますぎたと思ったのか、黒田は急いで言葉を足した。

「いや、へんな意味じゃのうて。代々、駐在さんはムラカミから大事にされとるけ。家も近いしのう。そりゃァそうじゃ」

ひとり肯いて歯を見せる。

言い訳することで、近在では周知の事実であろう畑中の思惑が強調されたかのようだ。日岡は内心、舌打ちをくれた。

隠し事ができない不器用な夫に、里子は半ば呆《あき》れ顔で首を振った。なんとかこの場をやり過ごそうと考えたのか、黒田はいきなり別な話題を切り出した。

「そういやァ、ゴルフ場の工事がまた始まるいう話、聞いとってね」

驚いて訊ねる。

「ゴルフ場いうて、横手《よこて》の、ですか」

横手は錦秋湖《きんしゅうこ》の畔《ほとり》にある地区の名前だ。紅葉狩りで知られる錦秋湖は、中津郷で唯一の観光地と言っていい。

黒田は、そうそう、と言いながら首を縦に振った。

いんじゃ」

「四天山の東側に、作りかけのゴルフ場があったじゃろ。あすこの工事が再開するらし
　駐在所に赴任したあと、住人から話を聞いた覚えがある。県道沿いにある四天山の山肌の一部が削られ、樹木が不自然に伐採されている理由を訊ねたところ、ゴルフ場の予定地だったと教えられた。ゴルフ場を開発していたデベロッパーが倒産し、四、五年前からそのままになっているらしかった。

　頓挫《とんざ》していた計画が再開されるという話は、自分の耳には入っていない。そう答えると黒田は、自慢げな笑みを浮かべた。

「知り合いの役場の人間から聞いたんじゃ。なんでも九州のほうの不動産会社が土地を買い取って、ホテルやらなんやら、本格的に開発するげな」

　隣で里子が、浮かれた声で話を引き継ぐ。

「中国自動車道も近いし、いずれ広島と島根を結ぶ高速もできるいう話じゃしね。ゴルフ場でもできたらこの辺も、ちいたァ賑《にぎ》やかになるんじゃないか、いうてね。このあたりの者はみんな、期待しとるんよ」

「ほうですか。知りませんでした」

　そう言うと日岡は、改めて黒田夫婦に頭を下げた。

「じゃあ、なにかありましたら、いつでも連絡ください」

　ふたりに見送られ、日岡は黒田家を辞去した。

バイクで畑中の家へ向かう途中、日岡はシートの上でやり場のない焦燥を感じていた。

どこの建設会社が買おうがどこの役所が許可を出そうが、関心はない。しかし、土地の者の多くが知っている情報を、駐在の自分が知らなかったことが心に刺さった。中津郷の駐在所に赴任して一年以上経つが、まだ余所者《よそもの》扱いされている。

その一方で、個人の思惑で日岡に近しく接してくる者もいる。

畑中修造だ。

修造は、自分の娘、祥子を何かと理由をつけて駐在所へ寄《よ》こす。大概は、畑で採れた野菜や、美津子が作った惣菜を届けにくるのだが、ときには上等な酒を持ってくることもあった。貰うには高価すぎるスコッチを、日岡は丁重に断った。が、断られても置いて来いと言われているのか、祥子は困ったように駐在所で立ち尽くしているだけだった。困っている祥子を見かねて、結局受け取ったが、単なる気遣いではないことは、日岡にもわかっていた。

田舎は広いようで狭い。どこからともなく、修造が日岡を祥子の結婚相手として考えている、という話は伝わってきた。

畑中家は、このあたりでは名の知れた豪農だ。娘の夫になる男が、近隣の農家の倅《せがれ》では釣り合わない。広島大学出の公務員なら祥子の結婚相手として悪くないし、なにより、夫婦になれば実家のすぐ傍に一生、娘を置いておける。そう考えているからこそ、なにくれと用事をつくり祥子を駐在に寄こして、縁を持たそうとしているのだ——

こっそりそう教えてくれたのは、特定郵便局の八代勇作《やしろゆうさく》だった。八代は修造の幼馴染《おさななじみ》の同級生だ。

警察官には異動がつきものだ。いまの駐在所に日岡がずっといることなどあり得ない。が、修造は自分の政治力を使えば、それも可能だ、と考えている節がある。

八代の言葉を裏付けるように、貰いっぱなしで申し訳ないと礼を述べる日岡へ、修造は頼みを持ちかけた。その気持ちがあるなら、祥子に勉強を教えてほしい、勤務時間外の暇なときでいいから、勉強を見てくれ、というのだ。

断れば、角が立つ。この土地で暮らしづらくなるし、仕事もやりづらくなるだろう。気が進まなかったが、日岡は畑中の頼みを受け入れた。半年ほど前から週に一度、畑中の家を訪ねて祥子に勉強を教えている。

祥子が父親の思惑を、どう考えているのかわからない。祥子は感情を表に出すことが少なかった。喜怒哀楽を、ほんの少し口元の表情を変えるくらいでしか表さない。父親の真意を知らず従っているだけなのか、承知で従っているのか。日岡には測りかねた。

どちらにせよ、日岡の心に女が入り込む余裕はない。いま、心を鷲摑《わしづか》みにしている人物はただひとり、国光寛郎だった。

日岡の脳裏に、暗闇で光る国光の眼光が蘇《よみがえ》る。

志乃で国光と出会ってから、ふた月が経つ。

店を出たあと、日岡はまっすぐ中津郷へ戻った。指名手配犯である国光の所在を、古巣の所轄へ知らせなかった。

理由は、国光が口にしたひと言だった。

――わしゃァ、まだやることが残っとる身じゃ。じゃが、目処《めど》がついたら、必ずあんたに手錠を嵌《は》めてもらう。約束するわい。

日本最大の暴力団組織のトップの命を奪った男が言う、やること、がなんなのか知りたかった。

――いずれまた、国光とは会うことになる。

志乃を出て比場郡へ続く夜道をバイクで走りながら、日岡はそう思った。それは希望や推察などではない。根拠のない、確信だった。国光の所在を警察へ知らせるのは、そのときでも遅くない。

そうだ、それからでも遅くはない。

日岡はいま一度自分に言い聞かせ、畑中の家に向かってバイクを走らせた。

畑中の家は、黒田の家から見ると駐在所を過ぎたところにある。

駐在所を通り過ぎ、そのまま畑中の家へ向かおうとしたとき、駐在所の脇にある空き地に、一台の車両が停まっていることに気づいた。車体がシルバーのランドクルーザーだ。ひと目でかなりの排気量があるとわかる大型のタイプだった。このあたりでは見たことがない車両だ。

土地の者ではない誰かが、用があり駐在所に立ち寄ったのだろうか。日岡は畑中の家へ行く前に、駐在所の前でバイクを停めた。畑中のほうは急ぎの用ではない。いまは、この見たことがない車が空き地に停まっている理由のほうが、重要だった。

日岡はヘルメットを脱いでバイクを降りると、車へ近づいた。

車窓はすべて濃いスモークガラスになっていて、なかが見えない。

正面に回り、声をかけようとしたとき、後部座席のドアがゆっくりと開いた。

車体とドアの隙間から見えた顔に、思わず息を呑む。

国光だった。

志乃で会ったときと同じサングラスをかけている。

国光は車から降りると、両膝を割り腰を落とした。

「ここの駐在さん、でっしゃろか」

若い男が三人、車から降りてくる。ボディガード役の、義誠連合会の組員だろう。国光の後ろで、付き従うように膝を割る。

国光は、片手でサングラスの鼻当てを鼻梁《びりょう》にかけ直すと、両膝に手を置いて頭を下げた。若い者も同様に、深々と一礼する。

「今度、横手のゴルフ場で工事責任者をやることになった吉岡、いいます。作業をはじめる前に、この土地の駐在さんにご挨拶《あいさつ》を――て思いましてな」

ふた月前の夜、自ら指名手配中の国光だと名乗っておきながら、ここではあくまで偽名で通すつもりなのか。

国光は頭をあげると、日岡を見て不敵に笑った。

「なにぶん、よろしゅうに――」

風呂《ふろ》からあがった日岡は、冷蔵庫から氷を出してコップに入れた。薬缶に作っていた麦茶を注ぎ、一気に飲み干す。

空になったコップを流しに置いて茶の間に行くと、壁に掛かっているカレンダーの前に立った。

テレビの上に置いてあるサインペンをとり、今日の日付――七月二十七日にバツをつける。駐在所にきてからはじめた習慣だ。印をつけるときに、出所を指折り数える囚人のようだと自分で思う。

ペンを置き、下着姿のままちゃぶ台の前に腰を下ろした。

つけっぱなしにしていた扇風機の前で、足を伸ばす。

田舎の夜はひどく静かだ。テレビもラジオもつけていない部屋で聞こえるのは、蛙の鳴き声と柱時計の振り子の音だけだ。

扇風機の風を受けながら、日岡は空《くう》をじっと見つめた。

遠くを見やる日岡の耳に、振り子の音がやけに刺さる。

規則正しく時を刻む音は、耳のすぐそばで鳴っているように大きく響く。

――カチ、カチ、カチ。

首に巻いているタオルで額の汗を乱暴に拭くと、日岡は隣の四畳半へ向かった。そこに置いてあるロッカーを開ける。制服や対刃防護衣などの警察用具を、ここに一式納めている。ドアの内側のフックにかけてある鍵《かぎ》を手にして、茶の間に戻った。

押し入れの前に立ち、襖《ふすま》を開ける。なかには耐火金庫があった。鍵とダイヤルの二重ロックのものだ。

鍵とダイヤルの錠を外し、金庫の扉を開ける。なかに、拳銃《けんじゅう》と無線を入れていた。

日岡は拳銃を取り出し、扉を閉じた。S&Wのモデル36を日本仕様にしたニューナンブ。三十八口径のリボルバーで、小型の護身用だ。

日岡はちゃぶ台の前に座ると、首に巻いていたタオルを畳に敷き、そのうえに拳銃を置いた。

テレビ台の下から、ドライバーとシリコンスプレー、綿棒を持ってくる。

畳に腰を下ろし、拳銃を手にした。

シリンダーを開けて、なかに弾が入っていないことを確認する。

銃身の横にあるネジをドライバーで緩め、シリンダーを外す。

シリンダーの中心にあるエジェクターロッドを時計回りに捩《ね》じり、ヨークがとれた。

なかのばねを取り出し、タオルの上に並べる。

青白い蛍光灯の下で、黙々と拳銃を分解していく。

拳銃を分解できる拳銃資格は、警察官になってほどなく取った。理由はない。持っていて損がないものはあったほうがいい、それだけのことだった。

本来であれば、拳銃の手入れは年に二、三度すればいい。しかし、日岡は中津郷に来てから、週に一度は行っていた。

当然のことながら、銃を使用したことは一度もない。ここにいるあいだ、使うこともないと思う。週に一度の頻度で、分解までする手入れをする必要はない。だが、日岡のなかのなにかが、そうさせる。

グリップを外し、外側のプレートを開ける。

細かい稼働パーツをタオルの上に取り出し、綿棒でひとつひとつ手入れしていく。必要なものには、シリコンスプレーでオイルを注ぎ足す。

すべてのパーツの手入れを終えると、ばらばらにした部品を、今度は組み立てていく。

この過程で日岡は、トリガー部分に一番気を遣う。引き加減は、人それぞれで違う。自分が一番しっくりくる感覚を、細かい調整をしながら探っていく。

銃を組み立てた日岡は、両手で拳銃を構えた。

さきほど流しに置いた空のコップに向ける。

トリガーに指をかけて、狙いを定める。

銃口の先にあるコップを睨む。外側に水滴がついている。
コップに、昼間、日岡の前に顔を出した国光が重なる。
一度はひいた汗が、また額に浮いてくる。
——カチ、カチ、カチ。
時計の音が耳の奥に響く。
国光の顔を睨む。
トリガーにかけている指に力を籠《こ》める。
——カチ、カチ、カチ。
額の汗がこめかみを伝った。
トリガーを引く。
コップのなかの氷が、カランと崩れた。

黒単を駐車場に停めると、日岡はエンジンを切った。ヘルメットを脱いでバイクから降りる。首に巻いた手拭いを解き、両手で頭髪を何度も拭った。洗髪後のタオルのように水分を吸い、すぐにぐしょぐしょになる。
地肌が剝《む》き出しになった駐車場には、ダンプやワゴン車が停まっていた。ダンプは十トンの大型が四台、ワゴン車は一度に十人まで乗れる大きなタイプのもので、こちらは八台ある。

駐車場の左手には、二階建てのプレハブが三棟、建っていた。作業員が工事期間中に寝泊まりする宿舎だ。

遠目に、広めの窓からなかの様子を窺《うかが》うが、人がいる気配はない。午後二時を過ぎたこの時間、作業員はみな現場に出払っているのだろう。

蟬の声に包まれながらあたりを見渡していると、遠くから大きな金属音が聞こえた。電動式のチェーンソーの音を、もっとけたたましくした轟音《ごうおん》が、山間《やまあい》にこだまする。日岡は音が聞こえる方へ、足を進めた。

日岡が巡回中に立ち寄った場所は、横手地区にあるゴルフ場の建設予定地だった。黒田が言っていた、頓挫していた工事現場だ。工事は、数日前から再開されたらしい。先ほど立ち寄った、横手に隣接する水又《みなまた》地区の住民からの情報だった。

工事現場は、鉛のメッキを施した安全鋼板で、ぐるりと囲われていた。囲っていると言っても、十八ホール分の敷地すべてに、張り巡らせているわけではない。ダンプが出入りするゲートの両側から、樹木を切り倒しているところまでだ。目算で、片側二百メートルほどはあるだろうか。

出入り口のゲートには、蛇腹式のパネルが設置されていた。その日の作業が終わると閉じられるのだろうが、作業中のいまは全開になっている。

日岡はゲートまで来ると、安全鋼板の陰からなかを覗いた。

工事中のゴルフ場は、三分の一も出来ていなかった。レストランやシャワールームがあるクラブハウスは完成していたが、まともに出来上がっているのはそれだけだ。完成といっても、外側だけで、窓から見る限り、なかは空っぽだ。水回りの設備や内装はこれからなのだろう。

肝心のコースも、一番ホールと二番ホールは整地されているが、三番ホールから先は、ほとんど手がつけられていない状態だった。

ゴルフ場は、錦秋湖を取り囲む四天山の裾野を利用している。造成にはかなりの樹木を切り倒さなければならない。しかし、山の麓には、まだ樹木がみっしりと林立していた。

三番ホールになるあたりの樹々を、伐採機がバリカンで刈るように切り倒しているが、作業にはかなり時間がかかるだろう。四天山は、長いあいだ人の手が入っていない山だ。ほとんどの樹が、おそらく樹齢百年を超えている。太い木を何百本、何千本と伐採するのも大変だが、地面の奥深くまで張り巡らされている根を掘り出すには、さらに手間取るはずだ。それを裏付けるように、樹木が伐採されたあとの地面を、ショベルカーが何度も掘り起こしている。

日岡はその場で振り返り、駐車場へ目を戻した。

工事用のダンプやワゴン車が停まっている反対側に、対峙《たいじ》する形で三台の乗用車が停められていた。三台とも、工事現場には場違いな高級車だった。一番手前に黒塗りのベンツ、その隣にクラウン、そして日岡から見て一番奥に、国光が乗っていたシルバーのランドクルーザーが停まっている。

強い陽光を受けてぎらぎらと輝いている車体を眺めながら、日岡は一週間前のことを思い出した。国光が駐在所に来たときのことだ。

平然と偽名で挨拶する国光の背後に控えていた三人の男たちに、日岡は見覚えがあった。ひとりは志乃で国光についていたボディガード。あとのふたりは、日岡が駐在所で毎日、目にしている男たちに、ひどく似ていた。

駐在所の表にある掲示板には、逃亡中の被疑者の情報を求める手配書が貼られている。掲示板の中央、一番目立つ場所に、明石組四代目組長射殺事件関係者の顔写真があった。暗殺の実行犯である心和会浅生組若頭の富士見亨ら浅生組組員四名が左側に、暗殺を陰で支えた国光と義誠連合会組員二名が右側に配置されている構図だ。富士見と国光の顔写真は、他の組員の一・五倍の大きさがあった。それぞれの顔写真の下には、容疑と名前、生年月日と身長が記載されている。

手配書の掲示期間は事件の重要度によりさまざまで、無差別殺人等の死刑事案に関わる警察庁指定特別指名手配被疑者は時効まで剝がされることはないが、それ以外は容疑の軽重により、新しいものに入れ替わっていくのが普通だ。国光らの容疑は殺人ではなく殺人幇助《ほうじょ》だが、警察庁から重要指名手配被疑者に指定されていた。ヤクザとはいえ三人の人間の殺害を幇助していることから、リーダー格の国光は死刑求刑も考えられる。捕まるか死亡が確認されるまで、各警察署の掲示板から消えることはないだろう。

国光と同じく殺人幇助の容疑で手配されている義誠連合会組員のひとりは、高地《たかち》庸一《よういち》、三十四歳。もうひとりは井戸《いど》敬士《けいじ》、二十七歳。手配書に添付された捜査資料によると、高地は会長付の秘書を務める幹部で、傷害、銃刀法違反など前科前歴三犯を持つ。井戸も会長付だが、こちらは幹部ではない。平の若中《わかなか》だ。とはいえ、銃刀法違反と公正証書原本不実記載で、前科前歴二犯という立派な肩書きがついていた。

日岡はあの日、国光らが去ったあと、手配書の高地と井戸の顔写真と、会ったばかりのふたりの顔を、頭のなかで重ね合わせた。

国光の後ろで日岡を睨むように見ていた三人は、髪形を変えたり帽子を被ったり、おそらく伊達《だて》であろう眼鏡をかけたりして変装を試みていたが、うちふたりは間違いなく指名手配されている高地と井戸だった。

百六十七センチの高地と百八十二センチの井戸のコンビは、ひと目見ただけでも印象に残る。国光はおそらく、同様に指名手配中の部下ふたりと、ボディガードを何人か連れて逃げているのだ。

日岡は駐在所を飛び出し、先ほど降りたばかりの黒単に跨った。

警察の手を逃れるため、国光たちはこの土地を逃亡先に選んだのだ。

このあたりに、駐在所に貼り出された指名手配書を確認する住民はまずいない。世間の耳目を集めた事件の指名手配犯がこんな辺鄙《へんぴ》な田舎に逃げ込むことなど、考えてもいないのだろう。事件といえば酔っぱらい同士の喧嘩くらいしかない平和な土地の住人には、世の中で起きている大きな出来事は、遠い異国の地のことのように現実味がないのだ。

しかしだからといって、指名手配犯にとって田舎が天国かと言えばそんなことはない。田舎の住人は、ほとんどが顔見知りだ。見慣れない者が居つけばすぐに余所者だと気づく。だが、大きな工事現場の作業員となれば話は違う。知らない顔であっても、誰も怪しむ者はいない。

しかも国光は、現場責任者だ。逃亡犯が現場を管理する立場ならば、作業員をほぼ身内で固めることができる。工事の中核を担う人間の多くを、支配下に置ける。国光本人とは知らずとも、曰《いわ》くつきの人間が絡んでいる現場であることをわかったうえで働いている作業員も少なくないだろう。逃亡犯にとって、これほど恰好の潜伏先はない。

握っているスロットルを回しかけたとき、嵐のなかの霧笛のように、突然、頭のなかで国光の言葉がこだました。

——わしゃァ、まだやることが残っとる身じゃ。

あのときの覚悟を決めた国光の目が、脳裏に浮かぶ。

国光がこんな田舎にやってきて身を潜める理由は、やり残していることがあるからだ。やつは単に、捕まって臭い飯を食うのが嫌で逃げているのではない。

現に、国光は警察官である日岡に自分が逃亡犯であると名乗り、顔まで見せてきた。捕まりたくないのなら、わざわざ名乗りを上げて、日岡の前に出てくるはずはない。国光はなぜ、こんな大掛かりな細工をしてまで、警察から逃げ回っているのか。

——国光の狙いはなんだ。

そのときふいに、裏山から鴉《からす》の甲高い鳴き声が聞こえた。気づくと、夏の遅い夕暮れが迫っていた。昼間、我が物顔で鳴いていた蝉に代わり、田圃の蛙の鳴き声があたりを覆いはじめている。

日岡は工事現場がある、横手の方を眺めた。空にはまだ陽が残っているが、四天山の裾野はすでに薄闇に覆われている。

いま、自分ひとりで現場に乗り込んでいったところで、どうにもならない。ボディガードに追い払われ、国光たちは今夜の内にも姿を晦《くら》ますだろう。自分の縄張りに自らやってきた獲物を、みすみす逃すことになる。そうなれば、国光の真の目的もわからなくなってしまう。相手の居場所はわかっているのだ。いざとなれば、県警四課や所轄に応援を要請して、一網打尽にすればいい。

——もう少し、様子を見る。

日岡は黒単から降りた。

ゲートを離れると、日岡は敷地のなかにあるプレハブへ向かった。

三棟あるうちの、一番左端に向かう。表に「中津郷ゴルフカントリークラブ建設事務所」と書かれたプレートが貼られている棟だ。

サッシの引き戸を開けると、すぐ左手に事務机があった。ふたつあるうちのひとつは空席で、もうひとつの席に女が座っていた。見たところ五十代半ばか。歳に似合わない真っ赤な口紅をつけ、贅肉《ぜいにく》をため込んだ身体を、サイズの合わない事務服で包んでいる。ふとした弾みでボタンが弾け飛びそうな胸元には、木村《きむら》と書かれた名札がついていた。

女は制服姿の日岡を見ると、驚いた様子で目を丸くした。

「ありゃ、おまわりさん。こがあなところに、何ぞ用ですか」

土地の言葉を使うところを見ると、このあたりの者のようだ。

日岡は、中津郷地区を担当している駐在だ、と答えた。

「今日はこっちの地区の巡回なもんで、新しゅうはじまった工事現場を、見とこう思うて立ち寄りました」

あらかじめ考えていた来意を、日岡は述べた。

もし、のちに県警が中津郷に国光たちが潜伏していたと知ったら、逃亡犯が自分の管轄へ逃げ込んでいたことを気づかなかった日岡は、無能の烙印《らくいん》を押される。かといって、その地区の巡回の日でもないのに、わざわざ工事現場に立ち寄っていたことが判明したら、国光たちの存在を知りながら匿《かくま》っていたとの疑義が、湧きかねない。組織に刃向かい、ただでさえ上から目をつけられているのに、これ以上、目に余る行動が発覚すれば、懲戒処分を喰らい、自主退職に追い込まれる可能性がある。

いざとなったら、知らなかったで押し通せるよう、慎重に行動しようと思っていた。

もっと早くに様子を見に来たかったが、横手地区の巡回の日まで訪れるのを待っていたのはそういう理由からだ。

日岡はプレハブのなかをさりげなく観察した。

教室を少し大きくしたくらいの広さで、入ってすぐのところが事務受付、その奥が来客用のスペース、ほかは簡素な調理場になっていた。おそらく二階が食堂になっているのだろう。木村のほかには誰もいない。

「それはそれは、ご苦労さまです」

日岡の来意を聞いて、木村は軽く頭を下げた。ノートを閉じ、手にしていた団扇を机に置いて立ちあがる。

「外は暑うて大変でしょう。少し涼んでいってください。言うても、クーラーはないんじゃが」

金歯を見せて木村が笑う。

「扇風機にでも当たって——いま、冷えた麦茶を出しますけ」

「すみません。じゃあ、お言葉に甘えて」

日岡は木村に勧められるまま、来客用のソファへ腰を下ろした。壁に取り付けられた扇風機が、のんびりと首を振りながら風を送ってくる。

外へ目を向けるが、誰かが入ってくる気配はない。もしここに、国光がやってきたら——そう思うと心がざわめいた。が、そのときはそのときで、国光が駐在所にやってきたときと同じように、今度はこちらが茶番を演じるつもりだった。おそらく国光は、見え透いた芝居につきあうはずだ。

調理場にある冷蔵庫から、ガラスのポットを出している木村に日岡は訊ねた。

「ここに勤めとられる事務員さんは、何人くらいおってですか」

「私のほかに、あとふたりです。長島《ながしま》さんと野沢《のざわ》さん。みんな城山町から通うちょります」

木村の話によると、朝の八時半から夕方の五時まで事務作業をする事務番と、作業員の飯を作る飯番を、交代で担当しているという。

「飯番は、朝と夕方にくりゃあええんです。昼の分は、朝ご飯と一緒にこしらえますけ」

木村はコップに入った麦茶を日岡の前に置くと、テーブルを挟んで向かいのソファに腰かけた。

「ここは暑いんと、大勢の分の皿洗いが大変ですが、それ以外はなんも困ったことはないです。あるとすりゃあ、作業員の人たちの言うとることが、わからんときがあるくらいかねえ。まあ、そりゃァお互いさまじゃけえ、文句は言えんがね」

木村はさも可笑《おか》しそうに笑った。

言っていることがわからないとはどういうことか。訊ねると木村は、方言だ、と答えた。作業員のほとんどが九州から出稼ぎに来ているという。

「博多《はかた》弁いうんか鹿児島弁いうんか知らんですが、あっちの言葉で話すもんじゃけ、わからんときがあるんですよ。言葉尻《じり》が違うくらいならわかるけど、あいがとさげもした、いうて言われても、ありがとうの意味じゃなんて最初はわからんけえねえ」

九州の方言——日岡のなかで、すべてが繋がった。

日岡は普段、週刊誌の類《たぐい》は読まない。しかし一時、毎週購読していた時期がある。テレビのコメンテーターも務めるジャーナリストが、明石組と心和会の抗争事件を五回にわたって記事にした「週刊芸能」だ。連載タイトルは「史上最悪の暴力団抗争」。明石組四代目武田組長殺害事件を巡る、暴力団組織の内幕を暴く内容だった。中津郷地区で唯一、週刊誌を扱っている商店に、一日遅れで届く連載を、日岡は毎週追っていた。

その記事のなかに、武田組長暗殺の首謀者と目される国光が経済ヤクザとして財をなしたのは、熊本刑務所を出所後に知り合った、会社社長の存在が大きいとの記載があった。Sとイニシャルで記されていたその社長は、西日本を中心に手広く事業を営む実業家で、事業の中核は建設業と不動産業だという。

工事現場の入り口には、工事情報看板が掲げられている。そこの施工者の欄にあった名前は「株式会社坂牧《さかまき》建設」だった。

坂牧建設は西日本では名の知られた大手だ。坂牧グループを率いる社長の坂牧は、一代で会社を大きくした立志伝中の人物として、有名な存在だった。裏社会との繋がりも、かねて噂されている。日岡も以前、ヤクザ相手に一歩も引かず工事現場を仕切った坂牧の半生記を、テレビのドキュメンタリー番組で見たことがあった。国光と親密な会社経営者Sが、坂牧であることに疑いはない。指名手配中の国光が工事責任者を任されているこの現場が、なによりの証拠だ。

黙り込んだ日岡を見て、木村はなにか別なことを考えたようだった。安心させようとしたのか、朗らかな声音を作って言う。

「大丈夫。駐在さんが心配するようなことは、なんもありゃあせんですよ。最初にゴルフ場建設の話が持ち上がったころは、芝の肥料は自然環境に良うないとか、山に天然記念物の鷲の巣があるけえ樹の伐採はだめじゃとか、いろんな反対があってねえ。話がまとまって工事がはじまっても、牛の糞《ふん》を現場にまき散らされたり、タヌキの死骸《しがい》が事務所の前に置かれたり、そりゃァいろいろ嫌がらせがあったんじゃが、いざ工事が頓挫したら、みんな干上がってしもうてねえ。金を落としていく者がおらんようになったんじゃけ、当たり前ですよ」

木村はそこまで言うと、侮蔑《ぶべつ》とも呆れともとれる息を吐いた。

「このあたりの人間は、そんときで一度、懲りとるけん、工事の再開に反対するような馬鹿はおらんです。嫌がらせで揉《も》める心配はありません。人間、なんじゃかんじゃ言うてみんな、お金が好きですけえ」

ゴルフ場建設に反対運動はつきものだが、比場郡で嫌がらせが発生するほど揉めたとは知らなかった。今回の工事再開も、昔ほどではないにしろ、多少の反対意見はあったはずだ。しかし、大きな声にならなかったのは、おそらく坂牧建設が、金で反対運動を抑え込んだからだろう。木村の言うとおり、世の中はみんな金が好きだ。

日岡はさりげない風を装い、探りを入れてみた。

「ところで、ここの現場責任者ですが、名前はたしか……」

日岡は記憶を手繰るように、わざと宙を睨んだ。すかさず木村があとを引き取る。

「吉岡さんです。吉岡寛之《ひろゆき》さん」

国光はやはり、ここでは吉岡で通すつもりのようだ。

日岡は話を合わせた。

「そうそう、吉岡さんじゃったですね。あと、吉岡さんの下に現場の管理者みたいな人が三人くらいおらんかったですか」

木村は、こくこくと首を振って肯いた。

「一番若い人が川瀬《かわせ》さん、眼鏡をかけとる人が内藤《ないとう》さん、三人のなかで一番の年嵩《としかさ》が角《かく》田《た》さん」

川瀬がボディガードの男、伊達眼鏡をかけている内藤が井戸、そして角田は高地だ。

「みなさん、九州の方ですか」

日岡はあえて問うた。

「いや、あん人らは関西《かんさい》じゃないかねえ。言葉が関西弁じゃけん」

「ほうですか」

驚いた口調を意識して、日岡は言った。

でも、と木村は感心した態《てい》でつぶやく。

「みなさん、見た目は怖そうじゃけど、ええ人たちですよ」

「ええ人？」

日岡は思わず聞き返した。

木村はほっこりとした笑みを浮かべた。

「あの人ら、みんな礼儀正しいんですよ。うちらみとうなもんにもちゃんと挨拶してくれるし、事務所に顔を出すときは、なんやかやと食べもんとか飲みもんを差し入れてくれるんです。昨日なんか、イギリスじゃったかフランスじゃったかのめずらしい菓子が手に入ったけん言うて、焼き菓子をくれたんですよ。このへんじゃァ売っとらん高級品じゃけえ、女子はみんな大喜びで。ほんま気前が良うて、気づかいができる、ええ人らです」

地元の人間である事務員を手懐《てなず》けるためだろうか。それとも、単なる気まぐれか。いずれにせよ、木村はすっかり国光たちに取り込まれていた。

木村は上気した顔で、惚《ほ》れた男のことでも語るように話を続ける。

「それにねえ、外にあるトイレの掃除、あれも吉岡さんらがするんですよ。しかも毎日」

工事現場には、作業員用の簡易トイレが設置される。そこの掃除を国光たちがしているというのか。日岡は驚いた。

「毎日、ですか」

木村が得意げに答える。

「ほうよね。それも適当じゃのうて、ぴっかぴかにしてじゃけん。女の人でもあれほど丁寧に掃除する人ら、うちは知らんがね。いつも掃除に手を抜くうちの嫁に、爪の垢《あか》でも煎《せん》じて飲ませたいくらいじゃけ」

「なんで現場の責任者たちが、トイレの掃除をするんですか」

素朴な疑問を投げかける。木村も不思議に思っていたらしく、考えるように首を軽く捻った。

「ようは知らんけど、トイレの掃除は慣れとるんじゃと。習慣になっとる、いうて言うとられた。トイレ掃除専門のバイトでもしとったんですかねえ」

そう言って木村は、くすくすと笑った。

ヤクザは、組長の家に住み込みで修業するときや事務所詰めのとき、部屋のなかはもとより、玄関からトイレの隅々まで、掃除を徹底的にやらされると聞く。国光たちが言う習慣というのは、おそらくそのとき身についたものだろう。

日岡は出入り口付近に目をやりながら、木村に訊ねた。

「この時間、吉岡さんたちはいつもおられんのですか」

木村は、そうだ、と答える。

「吉岡さんらが事務所に顔を出すんは、作業がはじまる前と終わったあとです。昼間はどこかへ出掛けとられます」

出掛けていると言っても、駐車場には国光たちが使っているランドクルーザーが停まっている。交通の便が悪いこのあたりは、車やバイクでなければ移動は無理だ。足である車を置いて、どこへ行っているのか。

行き先を問うと、いままで機嫌よく答えていた木村だが、立て続けの質問に疲れてきたのだろう。受け答えが素気なくなってきた。

「さあ、そこまでは私もわかりませんよ。ただの雇われ事務員ですけえ」

今日はこれ以上、情報は手に入りそうになかった。ここで事務員の機嫌を損ねてもいいことはない。国光が逃げている真意はわからないが、やつらをこの土地へ送り込んだバックが誰かはわかった。今日は、それで充分だ。

日岡は出された麦茶を飲み干すと、ソファから立ちあがった。

「麦茶、美味《うま》かったです。ご馳走さんでした」

出口へ向かう日岡の背中に、木村は屈託のない声で言った。

「駐在さんが見えんさったこと、吉岡さんに伝えときますね」

日岡は軽く会釈を返し、無言で後ろ手にサッシの戸を閉めた。


ゴルフ場建設予定地をあとにした日岡は、巡回する予定だった残りの世帯を回り、駐在所へバイクを走らせた。

夕方とはいえ、まだ熱気が残る風を受けながら、木村の言葉を思い出す。

——みなさん、見た目は怖そうじゃけど、ええ人たちですよ。

思わず苦笑する。

木村をはじめ宿泊所に勤めている事務員たちは、国光たちが極道で、明石組組長暗殺に手を貸した全国指名手配中の重罪犯だとは、露ほども思っていない。知ったらどれほど腰を抜かすだろう。考えただけで笑いが込み上げてくる。

人の目に映る善悪など、いい加減なものだ。愛想がいいとか、なにかくれるとか、動物を可愛がるとかいうだけで、人は簡単に相手を「いい人」と定義づける。しかし実際は、そうとは限らない。野良猫に餌を与える優しそうな男が、実は犯罪者であったり、勤め先で誠実そうに見えている者が、家人に暴力を振るっていたりするなど、いくらでもある話だ。礼儀正しく親切だという理由で、国光たち極道を「いい人」と信用する木村たちは、人を疑うことを知らない幸せな人種なのかもしれない。

駐在所へ日岡を訪ねて来たときの、国光の顔を思い出す。人を食ったような、言い換えれば、なんの迷いもない自信に満ちた目を、国光はしていた。

捕まるときは必ず日岡の手で手錠を嵌めてもらうと言った国光の言葉を、どう捉《とら》えればいいのか。

日岡はいまだに摑みかねていた。

ヤクザの大半は、その場しのぎの嘘で生きている。暴力団は欲と金にまみれた外道の集団だ。美味いものを食って、いい酒を飲み、高い車に乗っていい女を抱く。そのためには、堅気ばかりではなく身内の生き血も平気で吸う。表向きは恰好つけて、やれ仁義だの任侠《にんきょう》だのと嘯《うそぶ》いているが、口先ばかりだ。やつらの頭のなかには、我欲しかない。しかしその一方で、わずかだが昔ながらの仁義を貫いている者もいる。初代尾谷組組長の尾谷憲次や、二代目尾谷組組長の一之瀬守孝のようなヤクザだ。尾谷と一之瀬は、堅気に迷惑をかけることをなによりも恥とし、自分の筋を通して生きている。いわば、昔の意味での極道だ。

堅気の生き血を吸うヤクザも、堅気に迷惑をかけず筋を通すヤクザも、暴力団であることには変わりない。暴力団は所詮《しょせん》、社会の糞《くそ》だ。しかし、同じ糞でも、社会の汚物でしかない糞もあれば、堆肥《たいひ》になる糞もある。

――はたして国光は、どちらの糞か。

日岡は測りかねていた。日本最大の暴力団トップ暗殺の首謀者と目される男だ。腹の中はともかく、胆力が相当であるのは間違いない。

駐在所の近くまで来たとき、川で竿《さお》を振っている釣り人が目に留まった。全長の大半が浅瀬の川だが、流れが緩やかで蛇行している場所は、底が深く淵《ふち》のようになっている。釣り人は胸元まであるウェーダーを着て腰まで水に浸かり、水面に糸を垂らしていた。

日岡は黒単を停めて、釣り人を眺めた。

傾きかけている陽の光を反射して、川面《かわも》が白く輝いている。釣り人の姿は逆光のため、影絵のように見えた。

日岡は目を細めた。

本物の極道を見つけるのは、難しい。見極めるには、とにかく目を凝らすしかない。目を見開きひたすら凝視する。それしかない。

国光がなにを企《たくら》んでいるのかわかるまで、蛭《ひる》のように吸いつき離れない。もし、社会の汚物でしかない糞だった場合は、即座に応援要請をかけて全員しょっぴく。そのときは、国光の極道人生が終わるときだ。同時に、日岡自身が、再び光の当たる場所へ戻るときでもある。

日岡はスロットルを回すと、黒単を発進させた。

翌日、その日の勤務を終えた日岡は日誌を書き終えると、勤務場所である執務室から、住居になっている奥へ引っ込んだ。

いつもなら畳の上に寝っ転がり、見もしないテレビをつけて煙草を吹かす。しかし、今日は部屋着のジャージに着替えると、すぐに台所へ立った。もらった鮎《あゆ》の下処理をするためだ。

夕方、近くに住む宮本茂《みやもとしげる》が、ビニール袋に氷詰めにした鮎を五匹、持ってきた。城山町役場に勤める宮本は、釣りが趣味だ。土曜日の今日は朝から一日中、鮎釣りを楽しんだとのことで、家族四人では食べきれないほど釣果をあげた。そのお裾わけだった。

野菜も魚も鮮度が大事だ。美味いうちに塩焼きで食べようと考えた。

まな板の上に艶々《つやつや》した鮎を載せたとき、駐在所の横の駐車場に車が停まる気配がした。日岡の脳裏に、ランドクルーザーで現れた国光の姿が過《よぎ》る。サンダルをつっかけて表へ飛び出た。

駐車場の車を見た日岡は、落胆と安堵《あんど》がない交ぜになった息を漏らした。地面が剝き出しになった草地には、白いエスティマが停まっていた。

ドアが開き、助手席から男が顔を覗かせた。

「よお、久しぶりじゃのう」

日岡は驚いた。

唐津《からつ》だった。呉原東署に勤務していたときの先輩だ。

唐津は昔と変わらない、含みのある笑みを顔に浮かべると、車から降り日岡に近づいてきた。手に一升瓶を持っている。

「なんなら、その顔は。わしゃ幽霊じゃないど。それとも、ちいと会わんくらいで、先輩の顔を忘れたんか」

唐津と会うのは、呉原にいたとき以来だ。およそ一年半ぶりになる。

日岡は両の手を脇で揃えると、勢いよく頭を下げた。

「ご無沙汰《ぶさた》しとります。先輩の顔は忘れておりません。突然のことで、驚いただけです」

顔をあげた日岡の肩を、唐津は笑いながら叩いた。

「生真面目なとこは、変わっとらんのう」

「急にこんな田舎へ、どうされたんですか」

訪問の理由を訊《き》かれた唐津は、視線をエスティマの運転席へ向けた。

運転席には、女性が座っていた。三十代後半に見える。日岡と目が合うと、ハンドルを握りながら頭を下げた。日岡もお辞儀を返す。

「ありゃあ、わしの女房でのう。子供が夏休みなもんで、たまには家族孝行せにゃあいけん思うて、みんなでキャンプに来たんじゃ。ほれ、横手にある錦秋湖。あそこに今日から一泊でテントを張っとる」

錦秋湖の畔には町営のキャンプ場があった。四季を通して美しい景色が眺められることからキャンプ客は少なくないが、特に夏場は家族連れで賑わった。

「お前、これからなんか用あるか」

唐津は含み笑いをしながら訊ねた。

いいえ、と答え日岡は台所の方を振り返った。

「ありません。飯の準備に、もらいもんの鮎を焼こうとしとったところです」

「ほうか」

唐津が大きく口角をあげた。

「あとは——」

探るように日岡を見る。

日岡は首を横に振った。

「飯を食うたら、風呂に入って寝るだけです」

「よっしゃ」

唐津はそう言うと、運転席にいる妻に向かって叫んだ。

「わしゃあ、こいつと一杯やるけん。ほどほどになったら迎えに来てくれいや」

妻はにっこりと笑い、もう一度日岡に頭を下げると車をバックさせ、駐車場から出ていった。

車が見えなくなると、唐津は手にぶら下げていた一升瓶を掲げた。

「白鴻《はくこう》、呉原の酒じゃ。懐かしいじゃろう。お前がもろうた鮎の塩焼きとこの酒がありゃあ、ほかはなんもいらんわい」

相手の都合などお構いなしに話を決めてしまうところも、昔と変わっていない。自然と頬が緩んだ。

炭火で焼いた鮎を皿に載せて出すと、唐津はすぐさま箸《はし》をつけた。ほぐした身を口に入れた途端、感に堪えないといった表情で唸る。

「こりゃあ、美味い。やっぱり天然は違うのう。それにこの塩もええ。どこの塩ない」

唐津は鮎の尻尾《しっぽ》についている塩を箸で舐《な》めながら訊く。

「それももらいもんです。石川県の珠洲《すず》いうところで採れる塩らしいです。あら塩ですけど、まろやかじゃいう評判です。これも、この塩で漬けたもんですけ、食べてみてください」

キュウリの一夜漬けを勧める。

キュウリを口にした唐津は、やはり唸って感嘆の声をあげた。

「美味い！　お前がこがあに料理が上手じゃったとは知らんかった。いつでも嫁にいけるで」

冗談を飛ばしながら、唐津はご機嫌で酒を口にする。

日岡は笑って調子を合わせた。

呉原にいたころの食事といえば、仕出しの弁当や外食がほとんどだった。自分で作ったことなどない。だが、駐在勤務ではそうはいかなかった。

このあたりで食べるところと言えば、中津郷にあるラーメン店だけだ。食料品や雑貨を扱う商店には、弁当やおにぎりはなかった。おのずと食事は、自分で作ることになる。手料理を褒められるのは、それだけ駐在勤務に慣れたということだ。所轄で現場にいれば、料理など上手《うま》くなる暇はない。

箸を進めていた唐津は、なにげなくテレビのほうを見やると、テレビ台の下で視線をとめた。

「なんや、プラモデルでも作っとるんか」

日岡が銃の分解の際に使っている、ドライバーやシリコンスプレーに気づいたのだ。

「ええ、まあ、そんなところです」

日岡は話を合わせた。

銃の分解に使っていると言えば、すぐ手が届く場所に置いていることから、頻繁に行っていると唐津は気づく。唐津は、なぜそんなにつねに行っているのか理由を訊ねるだろう。自分でもわからないことを、相手に説明できるはずもなかった。

唐津は大きな声で笑った。

「駐在は暇じゃのう。うらやましいわい」

外まで聞こえるかと思う笑い声が、急に止んだ。

不自然さを感じ、唐津を見る。

唐津は壁を見ていた。視線の先に、バツ印がついているカレンダーがあった。

日岡は唐津から、乱暴に目を逸《そ》らした。唐津はきっと、こんな山奥に飛ばされた日岡の鬱屈《うっくつ》に気づいたはずだ。羞恥《しゅうち》と惨めさが、胸に込み上げてくる。

少しの沈黙のあと、目の前に一升瓶が差し出された。

「飲め」

唐津が酒を勧める。

なにも言わない唐津の優しさに感謝する。日岡はコップを差し出し、酌を受けた。

唐津はしばらく、日岡が呉原東署にいたころの先輩や同僚の近況を語った。その話は次第に女房や子供の愚痴に変わり、やがて酔いが回ってくると、話題はきな臭い方向に流れた。

「ところで、仁正会の溝口《みぞぐち》がよう、保釈で出てきたんはこんなも知っとろうが」

仁正会は広島県最大の暴力団組織で、二十六団体で六百人の構成員を抱えている。唐津が言う溝口明《あきら》は会長の出身母体である旧・綿船《わたふね》組の若頭で、仁正会の理事長を務めていた。仁正会のナンバーツーだった男だ。

いまから二年前、米崎《よねざき》県米崎市で、ゴルフ場開発に絡む恐喝事件があった。被疑者は溝口とその舎弟で、米崎県警の粘り強い捜査によって、ふたりは身柄を拘束された。

一昨年の暮れ、第一回の公判が行われたが、去年の年明け、二回目の公判を前に溝口は保釈された。弁護士からの保釈請求を、米崎地検が認めたからだ。通常、前科があり実刑が確定的な暴力団幹部が、保釈になることはない。担当検事が同意しないからだ。

「二年前、仁正会は跡目問題で大揺れに揺れとった。会長の綿船は心臓でぽっくり逝くし、副会長の五十子は絶縁処分を喰らい、あげく尾谷組に殺《や》られてしもうた。理事長の溝口はパクられるし、仁正会はしっちゃかめっちゃかじゃった。いつ分裂抗争が勃発《ぼっぱつ》してもおかしゅうない状態じゃった。じゃが、保釈で出てきた溝口は、反溝口派をぶしあげて盃《さかずき》を直し、二代目を襲名した」

唐津は独りごちるように話を続ける。

「刑が確定したら、獄中生活が待っとる。自分が不在のあいだの守りとして、会長代行に舎弟頭の瀧井銀次、理事長には自分の組の若頭、高梨守《たかなしまもる》を押し込んだ。執行部はぜんぶ身内で固めよった。おかげで仁正会の体制は整い、抗争勃発は免れた」

唐津は、半分据わった目を日岡に向けた。

「話が上手《うも》う行きすぎとると思わんか」

日岡は無言でコップ酒を口に含んだ。返事があろうとなかろうと関係ない、とでも言うように、唐津はしゃべり続ける。

「なんで米崎地検の検事は、保釈に同意したんじゃ。保釈金は一億いう話じゃが、溝口の外道は、返ってきた保釈金をどこぞの慈善団体に寄付したげな。おかしい、思わんか。極道が慈善団体とか……ほんま、笑わせよる。わしゃァのう、裏になにかある――そう思うとるんじゃ」

唐津はコップに残っている酒を、一気に呷《あお》った。

「検察も警察も裁判所も、どこもかしこもズブズブよ。なにが正義じゃ、なにが慈善行為じゃ」

唐津は投げやりに言う。

空になった唐津のコップに酒を注ぎながら、日岡は口を開いた。

「裏でなにかあったとしても、それで市民の安全が保たれたんなら、ええんじゃないですか」

コップ酒に口をつけながら、唐津は上目遣いに日岡を見詰めた。

長い沈黙のあと、ぽつりと言う。

「それが、そうもいかんらしい」

コップを口へ運んでいた日岡の手が止まる。

「どういうことですか」

「笹貫《ささぬき》じゃ」

仁正会の元本部長、笹貫幸太郎《こうたろう》のことだ。綿船が死に五十子が殺され、跡目問題が持ち上がったとき、己が会長になるべく躍起になっていたが、結局、溝口が二代目を継いだことで煮え湯を飲まされた男だ。いまは役職を外され、一舎弟となっている。だが、多くの組員を抱える実力者で、いまでも仁正会で一目置かれている。

「笹貫がよ、このところ、瀧井になにかと接近しとるげな」

「瀧井に？」

日岡は思わず声をあげた。

「それはあり得んでしょう。跡目問題で瀧井と笹貫は、正面切って争った間柄です。かつての敵に、どうしていまさら近づくんですか」

「三代目の問題よ」

日岡は息を呑んだ。ついこのあいだ、二代目が決まったというのに、すでに三代目の跡目問題が動き出したというのか。

「溝口の考えはお前にもわかるじゃろう。自分が引退した後は、子分の高梨を当代に据える腹よ。そうなりゃあ、いまの舎弟のほとんどは、代替わりして跡目を子分に譲り、組長の座から降りにゃァいけん。瀧井もよう、高梨みとうな若いもんに肩ァ越されるんは、面白うないじゃろ。そこに付け込もういうんが、笹貫の腹よ」

日岡はコップの酒を、ぐるりと回した。

唐津の話が本当だとしたら、瀧井はどう動くのだろう。仁義を通して溝口との盃を貫くか、寝返って笹貫と手を組むか。

　唐津は重い息を吐くと、肩を竦めた。

「仁正会が落ち着いた思うたらまた荒れそうな雰囲気じゃし、明石組の四代目を殺したやつらはまだ捕まらんし、上の機嫌が悪うてたまらんわ」

心臓が大きく跳ねた。

「指名手配犯の行方は、まだわからんのですか」

日岡は平静を装い、唐津に訊ねた。国光たちの動向を、県警はどこまで掴んでいるのか。

　唐津は片手を顔の前でぶんぶんと振った。

「県警も明石組も血眼になって捜しとるが、まったくわからんいう話じゃ。国外に逃げたか、はァこの世にはおらんか――」

「死んどる、いうことですか」

日岡はしらばっくれた。

　唐津は肯く。

「心和会の浅生組に、富士見亨っちゅう若頭がおったろう。四代目の命を殺《と》った、暗殺実行犯のリーダーと見られとる男じゃ。そいつはのう、もう、殺られとるいう噂で」

唐津の話によると、武田が暗殺されたあと、富士見が組長を務める富士見会の若頭、小早川満《こばやかわみつる》が明石組に拉致された。無事に解放してほしければ、組を解散しろ、と脅迫されたという。その際、富士見は小早川の命を救うため、親分である心和会会長の浅生に、何度も連絡を入れた。しかし、浅生と連絡はつかず、心和会執行部も浅生の居所はわからないの一点張りで、取り付く島がなかった。そこにきてやっと、富士見は、自分たちは見捨てられたのだ、と悟った。

「後ろ盾を失ったんじゃァ勝ち目はない。そう思うた富士見は、自分の事務所がある所轄へ解散届を出して、明石組に詫び状を送ったんじゃ」

解散届を出した同日に、近いうちに出頭すると書かれた手紙が明石組に届いた、との記事を週刊誌で読んだ。

日岡がそう言うと唐津は、ほうよ、と記事が正しいことを認めた。

「じゃが、富士見は一向に姿を現さん。明石組に消されたか、それとも……」

そのあとに続く言葉を、唐津は口にしなかった。しかし、唐津がなにを言わんとしているのか、日岡にはわかっていた。あとに続く言葉は、邪魔になり身内に殺られたか——だろう。

唐津は残りの酒を、一息に呷った。口にすることすら禍々《まがまが》しい言葉を、喉《のど》の奥に押し込めるような呑み方だった。

ぐびぐびと喉を鳴らすと、唐津は酒臭い息を大きく吐いた。息とともに言葉を漏らす。

「首謀者の国光も、おそらく――」

ちょうどそのとき、駐車場に車が入ってくる音がした。ドアの開閉音が聞こえ、車から誰かが降りる気配がする。ほどなく、駐在所の引き戸が開いて女性の声がした。

「すんません。唐津の妻ですが、迎えに来ました」

「おう」

答えながら唐津が立ち上がる。靴を履こうとしたとき、大きくよろめいた。足元が覚束ないほど酔っている。

日岡は唐津を支えながら外へ出た。表で待っていた妻に、夫を預ける。

唐津は妻に支えられながら、日岡を振り返った。

ぼそりと言う。

「早《はよ》う、出所してこい。娑婆《しゃば》で待っとる」

唐津の励ましが胸に染みる。

日岡は深々と頭を下げた。

唐津を乗せたエスティマは、小さくクラクションを鳴らし、駐車場から出ていった。

走り去る車を見送る。

エンジン音が聞こえなくなった。

酔い醒《ざ》ましに空を仰ぐ。

人工の灯《あか》りがほとんどないこのあたりは、夜になると真っ暗になる。目に付く灯りは点在する民家のものと、ところどころに設置されている街灯の光だけだ。

——首謀者の国光も、おそらく。

先ほどの唐津の言葉が蘇る。

国光は生きている。生きて、しかも目と鼻の先にいる。

唐津にそう言ったら、どれほど驚くことだろう。いや、唐津のことだ。端《はな》から日岡の言葉を信じないかもしれない。

日岡は暗闇を睨んだ。

唐津が残した言葉が、耳の奥に残っている。

——早う、出所してこい。娑婆で待っとる。

突然、強烈なヘッドライトに照らされ県道に目をやると、一台の車がすうっと暗闇から現れた。遠くから車が近づいてくる音はしていない。まるで、唐津が帰るのを、近くで待っていたかのようだ。

駐在所の前に横付けされた車を見て、日岡は声を失った。シルバーのランドクルーザーだった。

運転席のドアが開く。ひとりの男が降りてきた。志乃で国光のボディガードをしていた男だった。上下とも黒いスポーツブランドのジャージを着ている。暗闇のなかで、ズボンの横に入っているゴールドのラインがやけに目に付く。

男は頭を下げると、茫然《ぼうぜん》としている日岡を上目遣いに見据えた。

「わて、吉岡のところの若い者で、川瀬いいます。親父が、ええ肉が手に入ったよって、日岡はんに振る舞いたい、言うてまんねん。お疲れでっしゃろが、横手の現場事務所までご足労願えまへんやろか。送り迎えはさせてもらいまっさかい」

男はさらに腰を折った。

吉岡同様、川瀬という名前も偽名かもしれない。が、男の声には、懇願するような響きが籠《こも》っていた。なにがなんでも連れて来い、そう国光から命じられているのだろう。

迷いはなかった。日岡は男に向かって言う。

「施錠してきます。車で待っていてください」

男は勢いよく顔をあげると、ほっとした顔で車に戻っていく。

日岡は駐在所の出入り口に外から鍵をかけると、ランドクルーザーの助手席に乗り込んだ。

三章

「週刊芸能」平成二年五月三十一日号記事

緊急連載
ジャーナリスト山岸晃が読み解く史上最悪の暴力団抗争　明心戦争の行方　第三回

本稿執筆中の五月十九日、衝撃的な情報が飛び込んできた。

明石組四代目暗殺の実行犯リーダー、心和会浅生組若頭の富士見会会長・富士見亨(45)が、本拠を置く滋賀県高津《たかつ》警察署に組の解散届を出したというのだ。また同日、神戸の明石組本家に、富士見直筆の詫《わ》び状が速達で送られてきた。自らの思慮浅薄な行動を猛省し、明石組に多大な迷惑をかけたことを衷心から詫びる内容だったという。組を解散して堅気になる旨と近く出頭する旨も、書き添えられていたらしい。

なぜ富士見は、ここに至って単独で、全面降伏の道を選んだのか。

関西の中立系暴力団組長は、筆者の取材にこう答えた。

「富士見会若頭の小早川満(41)が明石組の枝(下部団体)の若い者に拉致《しやく》られたんや。

やった者はまだ割れとらんけど、小早川の命と引き換えに、組の解散を迫ったらしい。本家に届いた詫び状で、富士見は小早川の解放を懇願しとったそうや」

心和会執行部はこの件に関して、マスコミからの取材に沈黙を貫いている。富士見会解散について現時点ではまだ、公式のコメントは発表していない。親分や上部団体の許しを得ずに勝手に組を解散することなど、極道社会では通常あり得ない。まして富士見は、四代目暗殺の最大の功労者のひとりであり、心和会会長・浅生直巳(62)の、嫡男とも言える直若《じきわか》だ。浅生の許しがない限り、勝手な真似をできるはずがない。いったい、富士見と心和会のあいだになにがあったのか。

大阪府警四課のベテラン刑事が内情を明かす。

「浅生は(武田暗殺)事件からこの方、地下に潜っとる。定例会にも顔を見せんそうや。居所を把握しとるんは、ごく一部の最高幹部だけらしい。電話の連絡先すらわからんいうて、本部詰めの直参が嘆いとった」

俄《にわ》かには信じ難い話だが、心和会の最高指揮官たる浅生が、抗争の最中、三ヶ月以上も所在不明になっているのは、どうやら事実らしい。

匿名を条件にある暴力団関係者が、聞いた話として、筆者にこう証言した。

「あくまでも噂やが、小早川を拉致った明石組は最初、富士見の居場所を吐かそうとしたらしい。もちろん親分の仇《かたき》をとるためや。ところが、幸か不幸か、小早川はそのとき富士見の居所を知らなんだ。そこで小早川の女房に電話して、亭主の命を助けてほしければ、組を解散するよう富士見に伝えろ、と命令したんや」

小早川の女房からの電話で、留守を預かる富士見会幹部は泡を喰《く》ったらしい。極秘裏に急を知らされた富士見は、指示を仰ぐべく、すぐさま心和会本部に連絡を入れた。だが心和会執行部は、会長不在の一点張りで、なんの手立ても講じる気配がなかった。業を煮やした富士見は、浅生の自宅に電話を入れ、折り返しを待った。が、浅生からの連絡は、一日待ってもついになかったそうだ。先の暴力団関係者が続ける。

「要するに、見捨てられたちゅうこっちゃ。そりゃグリコしかないがな」

グリコというのは関西ヤクザの隠語で、白旗をあげる、という意味だ。キャラクターの万歳ポーズからきている。

万事休した富士見は、明石組の要求を呑《の》み解散届と詫び状を出した――というのが、どうやら真相らしい。

抗争相手の組を解散させるというのは、ヤクザにとっては、組長の命をとることとほとんど同義である。組を解散し堅気になるということは、ヤクザとしての死を意味するからだ。

したがって明石組は、暗殺の実行犯である富士見へのケジメは、とりあえずつけたことになる。あとは、首謀者と目される義誠連合会会長・国光寛郎（35）へのケジメが、喫緊の課題となる。

「国光の命だきゃァ、なにがなんでも殺《と》らなあかん」

とは、明石組二次団体幹部の言葉だ。警察より先に見つけ出せ、との通達が上層部から出ているようだ。

国光に関してはなぜ、殺害しか選択肢がないのか。そう問う筆者に先の幹部は、こう答えた。

「国光の外道は、堅気になるようなタマやない。ほっといたら、必ずまた狙うてきよる」

潜伏中の国光の二の矢、三の矢を、明石組上層部は危惧《きぐ》しているらしい。はたして国光にその気はあるのか。筆者は某所から、驚くべき証言を入手した。


（以下次号）


車のライトだけが頼りの夜道を、ランドクルーザーのハンドルを握る川瀬は、横手に向かって走らせた。

田舎は街中と違い、夜も九時を回るとあたりは静まり返る。人影もまったくない。聞こえるのは、近くの川のせせらぎと、田圃《たんぼ》で鳴いている蛙の声くらいだ。

運転に集中しているのか、国光から余計なことは言うなと命じられているのか、川瀬に口を開く様子はない。ハンドルを握り、無言で前方を見ている。

日岡も黙っていた。おそらく川瀬は、なにを聞いても答えない。適当にはぐらかすだけだ。日岡が知りたい答えは国光の口からしか聞けない。焦らずとも、国光に会えばおのずと答えは見えてくる。日岡は目的地に着くまで、開いた助手席の窓から片腕を出し、闇を見つめて夜風を受けた。

川瀬はゴルフ場工事現場に着くと、駐車場に車を停めて運転席から素早く降りた。車の後方から回り込み、助手席のドアを開ける。背筋を伸ばした隙のない仕草からは、ヤクザの部屋住み修業の厳しさが窺《うかが》えた。

「こちらです」

川瀬は日岡を、三棟あるプレハブの一番奥へ案内した。唯一、灯《あか》りがついている棟だ。消灯時間を過ぎているのか、作業員が寝泊まりしている棟は、真っ暗だった。

川瀬は「管理責任者事務所」と書かれたプレートが貼られている入り口の前に立つと、サッシの引き戸をノックした。

「俺です。駐在さんをお連れしました」

川瀬の報告に、なかから張りのある声が返ってきた。

「おう、ご苦労。入れ」

川瀬が脇に退いて、日岡に道を譲る。促されるまま、日岡は引き戸を開け、なかへ入った。

プレハブの一階の部屋には、三人の男がいた。この暑いのに、みんな長袖《ながそで》のシャツを身に着けている。指名手配犯の高地と井戸、そして、国光だ。三人は、床の上に敷かれたブルーシートに座り、座卓を囲んでいる。

プレハブの大きさは昨日の昼間に訪ねた事務所と同じだったが、なかの造りは違っていた。受付や調理場といったスペースはなく、広い床の一部に三畳ほどのブルーシートを敷いて、人が座れる場所を確保しているだけだった。ブルーシートの周りには、蚊取り線香が置かれている。網戸があるとはいえ、窓は開け っ放しだ。奥には流しと大型の冷蔵庫が見える。座卓の上にはコンロがあり、すき焼き用の浅い鉄鍋《てつなべ》が置かれていた。中身はまだない。

日岡は靴を脱ぎ、シートの上にあがった。

上座に座る国光が中腰になり、自分の座布団を裏返しながら日岡を手招きする。

「さあさ、こっちへ」

国光は笑みを零《こぼ》すと、座卓の角を挟んで隣の座布団へ腰を移した。

「こんな遅うに呼び出して、すんませんなあ。もしかして、お客さんがお越しでしたか」

「ええ。まあ」

言われるままに座り答える。このあたりは、携帯や自動車電話の電波が繋《つな》がらないはずだ。来客があったことを知っているのはおそらく、川瀬が一度、バス停にある公衆電話まで車で戻って伝えたか、客があった場合は待つよう、国光があらかじめ命じておいたからだろう。

腰を下ろすとすぐさま、井戸が奥の冷蔵庫から冷えたビールを取り出してきた。手早く栓を開け、国光に差し出す。受け取った国光は腕を伸ばし、日岡にビールを勧めた。

「どうぞ」

肯《うなず》き、酌を受ける。

そのまま脇に控えていた井戸は、日岡のコップが満ちると、国光から瓶を押し頂くように受け取り、親分のコップにビールを注いだ。

「とりあえず――」

そう言いながら国光は自分のコップを掲げ、日岡に近づけた。

乾杯の仕草を返し、コップを口に運ぶ。国光がひと息で呷《あお》るのを見て、日岡もビールを飲み干した。

日岡が横に置かれたビール瓶に手を伸ばし、国光に返杯の酌をすると、国光は瓶を奪うように持ち、すぐに酌を返した。ビールが残り少なくなったところで、井戸が、いつのまにか用意した新しいビール瓶と差し替える。手際の良さは、義誠連合会の普段の躾《しつけ》によるものだろう。

「ほれ、お前らもやれ」

国光は子分たちにビールを勧めた。日岡の向かって右側に座る高地と井戸は、神妙な顔で首を横に振る。

「わしらは、同じもんでけっこうです」

ふたりの前にあるコップには、茶色い飲み物が入っていた。国光の前にもある。そばにウーロン茶の瓶があった。日岡が到着するまで、アルコールを控えていたようだ。

ふたりはそれぞれ、ウーロン茶を手酌でコップに注いだ。

組長付きのボディガードは、万が一に備えて、酒席でも決してアルコールは口にしない。それがヤクザの常識だ。こんな田舎ですら律儀に慣習を守るのかと、日岡は訝《いぶか》った。

場が静まる。誰も口を開かない。遠くで聞こえる蛙の鳴き声だけが、あたりを包んだ。

それとも――脳が高速で回転する。酒を飲まない別な理由があるのか。

ここ以外の二棟のプレハブは、真っ暗だった。いくら消灯時間が過ぎているとしても、誰かいれば人の気配がする。廊下を歩く音はおろか、咳払《せきばら》いや話し声も聞こえてこない。空き家のように静まり返っている。

いまさらながら日岡は、駐車場に作業員が移動で使っているワゴン車が一台もなかったことに気づいた。明日は日曜日だ。たまの骨休めと称して、近場の温泉にでも作業員たちを追いやったとすれば――

背中を一筋の汗が流れた。

日岡がこの事務所に来たことは誰も知らない。周囲一キロ圏内に、民家はない。たとえ拳銃《けんじゅう》の発砲音がしたとしても、気づく者は誰もいないだろう。建設作業中の工事現場に死体ひとつ埋めることなど、造作もないことだ。

日岡は国光を見た。

国光も日岡を見ていた。座卓に肘《ひじ》を突き、ぶら下げるようにコップを持ちながら、日岡の心内を見透かすような目でじっと見つめている。やがて、口角を引き上げるように笑うと、高地と井戸に向かってビール瓶を掲げた。

「せっかく日岡さんが来てくれたんや。そう言わんと、今日は飲んだらええがな」

井戸は意見を求めるように、兄貴分の高地を見た。高地は迷うように視線を床に落としていたが、国光がもう一度勧めると、意を決したように残っているウーロン茶を一気に飲み干し、空になったコップを両手で国光に差し出した。

「お言葉に甘えて、いただきます」

国光が向かいに座る高地のコップにビールを注ぐ。続いて、井戸にも酌をした。

井戸は唇を噛《か》み締め、緊張した表情で組長の酌を受けた。

国光はそのまま、横に控える川瀬にビール瓶を近づけ、慌ててテーブルに置いた。

「あッ、幸三《こうぞう》は駄目やった。お前には運転が残っとる。いくら日岡さんでも、目の前の飲酒運転は見逃してくれんやろ」

豪快に笑いながら、国光はテーブルに置かれたウーロン茶の瓶を取り、川瀬のコップに注いだ。額がテーブルに付きそうなほど頭を下げると、川瀬が国光に酌を返す。間を置かず高地が軽く頭を下げ、日岡のコップにビールを満たす。

国光がコップを掲げる。

「ほいじゃ、乾杯や」

「乾杯！」

腹の底から吐き出したかのような組員たちの唱和が、部屋に響く。

日岡も改めて、コップを掲げた。

国光は団扇《うちわ》を手に取ると、左腕を捲《まく》った。刺青《いれずみ》が覗《のぞ》く。龍だろうか。二匹が絡むように、雲の合間を天に昇っている。左手の小指はない。もはや、国光は猿芝居を続ける気はないようだ。自分がヤクザであることを、隠そうともしなかった。

「庸一、今日は無礼講や。好きなだけ飲め。敬士も、あるだけの酒、持ってこい」

へえ——声に出して返事をすると、井戸は素早く立ち上がった。

「親父《おや》っさん、えろうすんまへん」

高地が頭を下げる。

「ええがな、たまには」

国光は頬を緩めると、高地のコップにビールを注いだ。

井戸がブランデーと焼酎《しょうちゅう》の一升瓶を盆に載せ運んできた。国光の好みなのだろう。いつの間に用意したのか、川瀬が氷を入れたガラス製の容器とコップを横に添える。

川瀬は手早く焼酎のロックを作り、国光の前に置いた。

コップに残ったビールを飲み干した国光は、泡がついた口元を手の甲で拭《ぬぐ》いながら日岡に言った。

「好きなん言うたってや。日本酒もあるさかい」

「いや。わしゃァまだ、ビールでええです」

日岡はやんわりと断った。

唐津と飲んだ白鴻が、まだ腹に残っている。これ以上、酔いたくはなかった。

念のため、といった様子で、井戸が日岡の横に盆に載せた日本酒の小瓶を置く。日岡は軽く頭を下げた。

国光が膝《ひざ》を正し、日岡に身体を向ける。

「今日、日岡さんを呼んだんは、ご馳走《ちそう》したいもんがありましてな。敬士、準備せいや」

国光が井戸に顎《あご》をしゃくる。

片膝を突いて後ろに控えていた井戸は、立ち上がると壁際の流しへ向かった。横の冷蔵庫から発泡スチロールの小箱を取り出す。手に持ち、日岡のもとへやってきた。蓋《ふた》を開く。竹皮に包まれた塊が見えた。井戸は大事そうに竹皮の紐《ひも》を緩め、中身を日岡に見せる。ひと目で高級品とわかる、牛の霜降り肉だった。

国光が首元を団扇で扇《あお》ぎながら言った。

「なかなかの肉でっしゃろ。取引先の社長が送ってくれましてん」

取引先の社長——坂牧建設の坂牧のことか。

喉元《のどもと》まで出かかった質問を、日岡は呑み込んだ。核心を突くのは、まだ早い。

「こりゃァすごい。こんなええ肉、見たことないです」

笑いながら調子を合わせる。

「松阪《まつさか》のA5やそうです。それも、一頭からわずかしか取れない希少部位だそうで」

小声で井戸が付け加える。

ほう、という形に自分の口が開くのがわかる。思わず溜《た》め息をついた。

国光が井戸に向けて肯く。

井戸はいったん肉を持って流しに戻ると、冷蔵庫から出した小鉢を盆に載せてきた。

「すぐ、すき焼きの準備しまっさかい、それまでこっちを摘《つま》んどいてください」

卓に置かれた小鉢のなかには、ワサビを添えた白和《しらあ》えと思《おぼ》しきものが盛り付けられていた。マグロとソラマメはわかるが、もうひとつの具材がわからない。見た目から想像する触感は果物の柿を思わせたが、色が違っていた。緑がかったバター色をしている。

見たこともない食材に手を付けるのを躊躇《ためら》っていると、日岡の心中を察したらしい井戸が小鉢の説明をした。

「これはマグロとソラマメ、アボカドの和えもんです。見た目は和風ですが、味付けは洋風です。まあ、騙《だま》された思うて、食べてみてください」

マグロの和風カルパッチョのようなものだろうか。まったく味の想像がつかない。

日岡は小鉢の中身に箸《はし》を付けた。

口に入れた瞬間、思わず声が漏れる。

「美味《うま》い」

さっぱりとしたヅケの赤身と、アボカドのこくが絶妙に合う。ワサビの香りと、ソラマメの香ばしさが引き立っていた。和えているソースは、酸味とほのかな甘みが利いたバルサミコ酢のようだ。いままで、口にしたことがない味だった。

隣で井戸が、ほっとしたように息を吐いた。

「口に合って、良かったです。作った甲斐《かい》がありました」

日岡は訊《き》いた。

「どこで覚えたんですか」

「親父っさんに、教えてもらいましてん」

井戸が頭を掻《か》きながら言う。

国光は苦笑を浮かべ、口を挟んだ。

「教えたわけやあらへん。ヒントを与えただけや」

日岡に目を向けて続ける。

「アメリカで食うた、マグロとアボカドのカリフォルニア・ロールいう鮨《すし》が美味かった、いうてな。あとはこいつが、自分で考えましたんや」

褒められた井戸が、嬉《うれ》しそうに首を竦《すく》める。

国光は面を伏せた井戸を見て、目を細めた。

「たいしたもんでっしゃろ。こいつ、こう見えて調理師免許を持っとるんですわ」

ヤクザと調理師免許の組み合わせが意外で、日岡は思わず、井戸の顔をまじまじと見た。

井戸は照れくさそうに立ち上がり、流しに向かった。すき焼きの用意をするのだろう。

高地が補足するように言う。

「うちの親父っさんは入ってくる若い者に、いつでも堅気でもやっていけるよう、取れるもんはなんでもええから資格を取っとけ、言われるんですわ。わしは堅気に戻るつもりはありませんが親父っさんにきつう言われて、十年前に大型の特殊、取りましてん。ほかにも、危険物の取扱やら消防の設備やらの資格を持っとる若い者もようけおります」

「そう、ですか」

自分でも間の抜けた声が出た。

冷酷に人殺しをやってのけるヤクザたちが、身にそぐわない資格を持っていることに驚く。なにより、組員が堅気に戻ることを良しとしない組長が多いなかで、ヤクザから足を洗ったあとのことを考えている国光が不思議だった。

丁寧に盛った肉と、葱《ねぎ》に白菜、シラタキに焼き豆腐などを載せた大皿を両手に持った井戸が戻ってくる。コンロに火をつけ、慣れた手つきですき焼きを作りはじめた。

牛脂を溶かして肉を焼き、砂糖と醬油《しょうゆ》を直接かける関西風だ。

肉が焼けて、甘辛の醬油を煮込んだいい匂いがしてくる。井戸は周囲に手早く、野菜や豆腐を並べた。

「さあ、日岡さんからどうぞ」

井戸が器を日岡に差し出す。なかに溶き卵が入っている。器のなかの霜降り肉は、まだ赤みがかっていた。卵を絡めて口に入れる。途端、舌の上でほろりと溶けた。脂っぽさは微塵《みじん》もなく、肉の旨みがたちまち口腔《こうこう》に広がる。

これまで食べてきたすき焼きとは、まるで違った。

日岡は声に出して唸《うな》ると、井戸に顔を向けた。

「あんた、今すぐ極道から足を洗った方がいい。この腕なら、どこの調理場でも勤まる」

なかば本音を込めた日岡の言葉に、井戸は再び首を竦めた。国光が冗談めかし、怒ったように言う。

「おいおい、日岡さん。そりゃないやろ。うちの大事な若い衆やで。スカウトするんやったら、わしにも働き口紹介してくれな、承知でけへんな」

高地たち組員三人が、声に出して笑う。日岡もつられて頰を緩めた。

座が和み、一同の箸が進む。

どこの県の女が一番、情が深いか——ヤクザたちは女定めで盛り上がった。ほとんどは国光の独擅場《どくせんじょう》だ。日岡は時折、相槌《あいづち》を打ちながら黙って話を聞いていた。

どうやら国光には、三人の愛人がいるらしい。これまで籍を入れた女はおらず、独身を貫いている、という情報は捜査資料から知っていた。

国光は女の話をしながら、焼酎のロックを速いピッチで空けた。日岡は薄めの焼酎水割りに替える。高地と井戸はビールのままだ。

食事がはじまって小一時間が経ったころ、鍋に箸を出すものは、誰もいなくなった。みな、食えるだけ食った、という顔だ。日岡の腹もぱんぱんだった。

国光の指示を受けて井戸が、鍋とコンロを片付ける。川瀬がコンロと小皿のあとを、布巾《ふきん》で丁寧に拭う。

卓の上が片付くと、国光は突然、改まった口調で日岡に言った。

「ところで、今日、あんたに来てもろたんは、肉のほかに理由がある」

氷が溶けてほとんど水になった焼酎の水割りに、日岡は静かに口をつけた。

国光が、肉を食わすためだけに日岡を呼びつけたわけではないことは、最初からわかっていた。酔いは残っているが、頭は妙に冴《さ》えている。いつ本題を切り出すか、日岡は待っていた。

国光は卓に肘を突き、日岡の方に身を乗り出した。

「腹ァ割って話すためや」

──望むところだ。

眼光に力を込める。

志乃で会ってから、国光の腹の内を探る機会を、日岡もずっと窺っていた。

高地と井戸と川瀬が、居住まいを正した。ここから先は自分たちが口を挟むべき域ではない、とでもいうように、唇をきつく結んでいる。

「日岡はん。悪いがあんたのことは、いろいろ調べさせてもろうた」

身構える。自分のいったいなにを調べたというのか。

「あんた、大上さんの下におったらしいな」

息を呑む。

「驚くことやないやろ。わしは福中の生まれや。わしの世代の広島の悪ガキは、誰でも知っとるよ、ガミさんのことは」

そうか。国光が中学生のころ、すでに大上はマル暴だった。管轄違いとは言え、大上の名前くらい知っていても不思議はない。

国光が、小指のない左手に持ったコップを揺らす。カラン——と、氷が音を立てた。焼酎を口に含み、ごくりと喉を鳴らす。息を大きく吐き出した。

「瀧井さんや守ちゃん、志乃のママからも、いろいろ聞いた。大変やったらしいな」

大変だった、というのは、尾谷組と五十子会の抗争事件を指しているのか。その結果、日岡がいまの駐在に飛ばされたことを指しているのか。あるいは、大上のことを指しているのか。日岡にはわからなかった。

国光は団扇を手に取り、胸元に風を送った。窺うような目つきで、日岡を見る。

「いろいろ話を聞いて、合点がいった——あんたの度胸の良さが、どこからくるのか。ガミさんの秘蔵っ子だったんなら、当然や」

秘蔵っ子だった、という過去形の言い方が胸に刺さる。

日岡は国光に訊《たず》ねた。

「瀧井さんや一之瀬さんは、俺のことなんと言ってましたか」

県北の片隅に追《お》いやられた自分を、彼らはどう思っているのか。

国光が間髪を容れず、答える。

「ふたりとも口を揃えて言うてたで。信用できる男や、と」

本当だろうか。疑念が頭を擡《もた》げた。

日岡の顔色を見て取った国光が、からかうように笑う。

「別にあんたに、空気を入れとるわけやない」

空気を入れる、というのはヤクザ言葉で、煽《おだ》てる、という意味だ。

「そこでや――」

国光は真顔に戻って、高地へ顎《あご》をしゃくった。

「例のもん、持って来い」

高地は肯くと、ブルーシートの隅へ引き下がり、床の風呂敷《ふろしき》包みを持ってきた。日岡の前へ置き、再び後ろへ下がる。大きさと形から、なにかしらの菓子折りのように見える。

丁寧な口調で国光が言う。

「それ、日岡はんに受け取ってほしいんですわ」

「いったい、なんですか」

日岡は眉根《まゆね》を寄せた。ただの菓子折りであるはずがない。

国光が素っ気ない口調で、ぼそりと答える。

「守り料や」

身体が固まった。脇に汗が染み出してくる。

守り料――つまり金だ。

国光は手を伸ばして風呂敷包みを摑《つか》むと、軽く掲げた。

「一本、入っとる。足らんようなら、なん本でも出すさかい」

ヤクザの言う一本は、百万、あるいは一千万だ。風呂敷の大きさからして後者だろう。一千万円で、日岡を買収するつもりなのだ。

国光は手にした風呂敷包みを、日岡の目の前で左右に振った。

「人間、生きとるうちが花や。いまのうちに、ええ思いしとったほうが、賢いんちゃうか。なあ、日岡はん」

日岡は国光を睨《にら》んだ。

「国光さん。あんまり警察を舐《な》めんほうがええですよ」

高地がいきなり、腰を捲った。

「なんじゃい、このデコ助!」

いきり立って叫ぶ。川瀬が腰のあたりに手をやるのが、目の端に映った。井戸も中腰で、いつでも動けるよう身構えている。

日岡はヤクザ四人の顔を、順に見据えた。

「あんたら、極道のバッジを金で売るんか!」

怒気を込めた日岡の大喝に、子分三人が一瞬、怯《ひる》んだ。国光だけが、薄ら笑いを浮かべている。

「わしゃァ、しがない田舎の駐在かもしれんが、金で自分を売るような真似はせん。そこまで腐っとらん」

プレハブのなかが、しんと静まり返る。

突然、国光の哄笑《こうしょう》が重い沈黙を破った。さも嬉しそうに、笑い声をあげ続ける。

日岡は真意が摑めず戸惑った。子分三人も、同じように困惑している。

国光はひとしきり笑うと、満足げな顔で日岡を見た。

「話には聞いとったが、やっぱりあんたは、みんなの言うとおりの男やった」

国光は手にしていた風呂敷包みを、無造作に日岡へ放って寄《よ》こした。胡坐《あぐら》をかいた脚のあいだに、包みが落ちる。

「それ、開けてみなはれ」

言われるまま、日岡は風呂敷包みの結び目を解いた。

現れた風呂敷包みの中身に、日岡は啞然《あぜん》とした。なかには、羊羹《ようかん》が丸ごと一本入っていた。

「これは……」

二の句が継げなかった。

子分たちも知らなかったのだろう。ぽかんと口を開けている。

いたずらが成功した子供のような顔で、国光が声をあげた。

「もし、風呂敷包みをそのまま受け取るような人やったら、明日にでもここから身をかわそう思うてたんや」

自分を試したということか。しかし、なぜ――

疑問が顔に出たのだろう。国光は手を伸ばして日岡が持っている羊羹を取ると、掌《てのひら》の上で軽く弾ませた。

「金で転ぶやつは、何遍でも金に転ぶ。金次第で、なんぼでも裏切りよる。そんな奴に、自分の命、預けられるかいな」

すべて、国光の掌の上で転がされていたということか。

悔し紛れに日岡は、軽口を叩《たた》いた。

「一千万なんて、資産数十億のあんたからしてみれば、はした金だ。最初から、おかしいと思うとりました。一億なら信憑性《しんぴょうせい》があったのに」

国光は腹を抱えて笑った。

子分たちは呆然《ぼうぜん》と、成り行きを眺めている。

国光は笑いが収まると、羊羹をテーブルに載せ、大仰に肩を竦めた。

「わしが資産数十億？」

「週刊誌には、そう書いてありました」

国光は、ふん、と鼻を鳴らした。

「そないに持っとるかいな。マスコミなんぞ嘘ばっかりや。億は億でも、二桁《けた》はいっとらん」

話から推察するに、国光の資産は多く見積もっても十億円弱というところか。

そのうちの半分は、海外のペーパーカンパニー名義にしてある、と国光は言った。

「国内に置いてある現金は、知人名義に分けて、銀行に預けとる」

知人――おそらく国光の肉親や女の類《たぐい》だろう。なぜこうも明け透けに、自分の懐具合を他人に語るのか。日岡には国光の意図がわからなかった。

国光は過去を思い出すように、宙を睨んだ。

「わしの最初のシノギは、ゲーム機やった」

日岡は週刊誌の記事を思い出した。たしか国光は、違法ゲーム機の販売や大理石の不法輸入で資金を蓄えた、とあった。それを元手に、株のインサイダーや地上げに手を染め、十億近い金を貯めたのだ。

国光が視線を日岡に戻す。

「昔、インベーダーゲームが流行《はや》ったやろ」

「喫茶店とかにあった、あれですか」

国光は嬉しそうに肯く。

「ほうよ。テーブル型のゲーム機で、迫ってくる宇宙人をレーザーで打ち落とすあれや。コンピューターを使ったアーケードゲームの草分けや」

日岡も学生時代、夢中になったことがあるゲームだった。上達すれば一回百円で、何十分も遊べた。最終画面をクリアすれば、店からなんらかの褒美が出たものだ。

「それを、店に卸してたんですか」

訊ねると国光は、手に持った団扇をひらひらと左右に振った。

「ちゃうちゃう。わしが扱《あつこ》うたんは、そないな遊びのゲームやない。どんなもんにもブームいうもんがあって、あれだけ人気やったインベーダーも、すぐに下火になった。アーケードゲームは、当たれば儲《もう》かると味をしめた店側は、インベーダーに代わるゲーム機を求めた。そこでわしは、海外のカジノにあったポーカーゲーム・マシーンに目をつけたんや」

たしかに、ポーカーゲーム・マシーンも人気を博したゲームだった。日岡も若い頃、熱くなった覚えがある。

国光は両手になにかを持ち、その先端で細かい作業をするような真似をした。

「それをああしてこうして、ちょこっといじくってな、コインやのうて現金をそのまま賭《か》けられるようにしたんや。もちろん、違法や。警察に知れたら後ろに手が回る。店側も決まった客しか店に入れんかった。あれは、ごっつ儲かったで。なあ、庸一」

当時を思い出したのか、高地はこみ上げる笑いを抑えられないといった様子で口元を押さえた。

「へえ。機械に溜まった現金をリース先から回収するんでっけど、全部百円玉でっしゃろ。重いのなんのって。ボストンバッグに詰めた百円玉の重みで軽トラックが傾いてしもうて、あんときはえらい難儀しました」

大量の百円玉を積んで、傾きながら走る軽トラックを想像して可笑《おか》しくなる。井戸と川瀬はその時代を知らないはずだが、何度も話を聞いているのだろう。肯きながら、笑みを零している。

和やかな空気が、部屋に満ちる。

国光がふいに真顔で言った。

「ヤクザは、銭がないと務まらん」

国光の重い口調に、子分たちの顔から笑みが消える。

日岡は同調するように声を落とした。

「それはヤクザだけじゃない。生きていくためには、堅気も同じでしょう」

国光が真面目な声で答える。

「堅気とヤクザじゃァ、桁が違う」

「あんたは、金が欲しくて極道になったんですか」

意図せずして、挑発的な口調になった。

「あほな」

国光が一笑に付した。

日岡は納得できず、面を伏せ、ゆらゆらと首を振った。

矛盾している。人が生きていくための金なんか、たかが知れている。ヤクザだろうが堅気だろうが、額に大差はない。

日岡はテーブルに目を落としたまま、独りごちるようにつぶやいた。

「美味いもんを食べて、いい女を抱いて、高い車に乗る。みんなそのために、ヤクザになるんでしょ」

「まあ、そういうやつも、多いやろなあ」

他人事《ひとごと》のように言う国光に苛立《いらだ》ち、日岡は面をあげた。

「自分は違うとでも、言うんですか」

国光は物憂げな表情で、眉間《みけん》に皺《しわ》を寄せた。

「堅気からすれば、ヤクザはどれも同じに見えるやろ。けどわしに言わせりゃァ、金を稼ぐためにヤクザ続けるか、ヤクザを続けるために金を稼ぐか、ふたつにひとつや」

国光は、黙って口を閉ざしている子分を眺めた。

「世の中、道の真ん中を行儀よう歩いて行ける奴らだけやない。まっすぐ歩いとるつもりでも、いつの間にか溝《どぶ》に足ィとられる者もおる。わしら極道は、言うなりゃ溝に落ちた犬みとうなもんや。せやけど、犬には犬の、意地がある。そうやろ、幸三」

唐突に名を呼ばれた川瀬は、驚いたように顔をあげると、何度も肯いた。

「溝に落ちた犬も、棒で殴られりゃキャンと鳴くし、事と次第によっちゃァ嚙み付きもする。今度の戦争はそういうこっちゃ」

国光はそう言って、日岡の顔をじっと見つめた。

「銭がかかるんや。犬同士の喧嘩《けんか》にも――」

横から高地が、話に割って入る。親父っさんは、と日岡を見て言った。

「逮《たい》捕《ほ》られた若い者の弁護士費用はもちろん、懲役喰らったあと娑婆《しゃば》に残された身内の生活費まで、面倒見とられるんです」

手下を駒としか考えていない極道は、ごまんといる。日岡には国光のやり方が意外だった。

「どうしてそこまで、面倒を見るんですか」

日岡の問いに、国光は逆に訊き返した。

「あんたは自分の親兄弟がそうなったら、面倒を見いへんのか」

たしかに、ヤクザ社会は擬似家族制度で成り立っている。盃《さかずき》を受けるということは、実の親を捨ててでも、渡世上の親分に尽くすということだ。しかし親分が、実の子同様、子分を慈しみ可愛がるかと言えば、そんなことはない。鉄砲玉など、その最たるものだろう。

国光が言葉を続ける。

「資産の半分を、海外に別名義で移しとるんはそのためや。わしに万が一のことがあっても、組事《くみごと》で務めに行っとる若い者に、つまらん思いをさせんですむからの」

「なるほど……」

日岡は小さく息を吐いた。どこまで本当なのかわからないが、まるまる嘘とも思えない。

国光は、にやりと笑った。

「なんやかやで、のべ懲役三百年分は、あるやろ」

頭のなかでざっと計算した。三百掛ける十二ヶ月は三千六百。五億を割ると、組員ひとりあたりの月の仕送りは、十四万弱というところか。

「それはそれとして」

国光は日岡に近寄り、膝に手を置いた。

「わしは、約束は守る男や」

約束——

時が来たら、日岡の手で手錠を嵌《は》めてもらう、と言った国光の言葉が蘇《よみがえ》る。

日岡は国光の目を見た。

「ひとつだけ、訊いてええですか」

国光は肯く。

「娑婆に残って、なにをやろうとしているんですか」

国光は小さく笑った。

「あんたの前で、それは口にできん。同じ交通違反でも、過去はともかく、目の前で暴走する車があったら、あんた止めるやろ」

言わんとする意味はわかった。週刊誌に書いてあったように、国光は二の矢、三の矢を考えているのだ。

国光は膝に置いた手で、日岡の太股《ふともも》をぽんぽんと叩いた。

「まあ、わしを信じてつかい」

広島弁に戻って言う。目の光は、異様なぎらつきを見せていた。

工事現場の事務所をあとにした日岡は、川瀬が運転するランドクルーザーに乗り込んだ。

ハンドルを握る川瀬は、行きとは打って変わり、饒舌《じょうぜつ》に口を開いた。

「うちの親父っさんは、ああいう人です。わしゃァ、一生ついていこう思うとるんです」

日岡は暗闇を見つめ、川瀬に問うた。

「ヤクザになって一番、嬉しかったことはなんですか」

どうでもいい問いかけだった。間を持たそうとしただけだ。まともな答えを期待したわけではない。

「そりゃァ、親父っさんの盃もろうたときですよ」

ハンドルを握る川瀬は、声高に言った。

「でしょうね」

日岡は適当に相槌を打った。

「まあ、ヤクザだったらみんなそうですよね」

日岡の気乗りのしないのが伝わったのか、川瀬は苦笑いした。少し間を置いて続ける。

「ほんまは、名前を呼んでもろうたときでんねん」

名前を呼ぶ？　当たり前のことではないか。意味がわからなかった。

「名前、ですか」

川瀬が肯く。

「うちの親父っさん、若い者は君づけで呼びまんねん」

子分を君づけで呼ぶというのか。驚いて川瀬を見る。

「わしもついこないだまで、ずうっと川瀬君、でした。親父っさん、下の者に丁寧にしゃべりはりまんねん。川瀬君、車を出しといてくれるか、とか」

「今日は全然、丁寧じゃなかったですよね」

「はい」

川瀬は嬉しそうに、はしゃぎ声をあげた。

「親父っさんが呼び捨てにされるんは、認めたもんだけやそうです」

「認めた者？」

「わし、今度の旅に出てから、幸三いうて呼んでもろうてますねん」

川瀬はハンドルを抱くように、前のめりで言った。

日岡は静かに目を閉じた。

瞼《まぶた》の裏に、人懐こい国光の笑みが浮かぶ。

日岡は思った。

暴力団は社会の糞《くそ》だ。しかし同じ糞でも、国光は堆肥《たいひ》になる糞かもしれない――

アブラゼミに代わり、ヒグラシの声が聞こえはじめた。

日岡は手元に落としていた視線を、窓の外へ向けた。二階の窓から見える栗の木の向こうに、傾きかけた陽が覗く。

山は街より早く次の季節が来る。八月も中旬に入り暦のうえでは秋を迎えたが、広島の市街地はまだ夏の様相だろう。しかし、山に囲まれたこのあたりは、すでに秋の気配が漂っていた。昼間はまだ日差しが強いが、この時間に吹く夕風はかなり涼しくなった。時折、目の前をアキアカネが横切っていく。田圃の稲も、緑から黄金色に変わりつつあった。

日岡の頭にふと、錦秋湖のあでやかな情景が浮かんだ。錦秋湖は紅葉が美しいことで知られている。周辺の山々も、やがて色づきはじめるだろう。

山に囲まれた湖に、ゴルフ場建設地が重なった。工事現場も、盆中は作業が休みになる。今日、八月十一日は土曜日だから、盆の入りは十三日の月曜日。実質、作業員は今日から盆が明ける十六日まで、六日間の休暇に入っている。

国光に呼び出され、夜の事務所で酒席をともにしてから一週間が経った。

あれから、表立った動きはない。ゴルフ場は建設に向けて着々と作業が進み、国光は沈黙している。武田組長暗殺に絡む暴力団同士の抗争も、組事務所や関係各所へのガラス割りこそ頻発しているが、死人や怪我人が出る事件は、この一週間起きていない。

武田が暗殺されて以降、新聞紙面から暴力団抗争の記事が消えたことはないが、このところはさすがに、ベタ記事が多くなっている。しかし、これで抗争が鎮静化したなどと思っている警察関係者は皆無だろう。日岡のように、いまの状態を嵐の前の静けさだと捉《とら》えている者が大半のはずだ。

問題は、いつ、嵐がやってくるかだ。

嵐を巻き起こすのは、間違いなく国光だ、と日岡は確信していた。

管理責任者事務所で会ったあの夜、日岡は、国光の言葉を信じてみようと決めた。時宜を得たら必ず、国光は日岡に両手を差し出すはずだ。そのときを、日岡は待つことにした。しかしそれには、絶対に譲れない条件があった。一般市民を抗争に巻き込まないことだ。少しでもその可能性があれば、県警に応援を求めて、国光を即座に逮捕する。その覚悟は揺るぎない。

脳内の映像は、国光がいる事務所から、すぐ横に設置された物置小屋にフォーカスした。スチール製の頑丈な小型物置——武器庫の可能性が高い、と日岡は思っていた。あれは作業道具を仕舞うための道具置き場ではない。道具置き場は別にあることを、日岡は視察初日に確認している。作業員が寝起きする宿泊所の横にある、大型の物置小屋だ。扉が開いたままの物置には、土砂を運ぶ猫車やスコップなどが立てかけてあった。

マスコミ報道によれば、明石組の武闘組織のなかには、手榴弾《てりゅうだん》はもちろん、ロケットランチャーや機関銃まで保有する組があるようだ。心和会側も当然、同等の武器を用意していることだろう。

国光率いる義誠連合会はこれまで、多数の市民がいる場所で抗争相手を襲撃したことはない。周到な計画のもと一撃必殺を狙うのが国光のやり方だ。しかしだからと言って、爆発物を使う可能性がゼロだとは言い切れない。追い込まれれば、なにを仕出かすかわからないのが暴力団だ。

一度、調べてみなければ──

「日岡さん、ここの解き方がわからんのですが……」

思考を遮られ、日岡は我に返った。

小さなテーブルの向かいから、祥子が日岡を見つめていた。

日岡は慌てて、祥子が開いた数学の問題集に目をやった。

「ここです」

祥子が問題集の向きを変えて、日岡に差し出す。

問題集に顔を近づけかけて、日岡は咄嗟《とっさ》に動きを止めた。

清潔でほのかに甘い花の匂いに、たじろいだのだ。

日岡が来る前にシャワーでも浴びたのか、祥子からはシャンプーと石鹼《せっけん》の匂いがした。

その匂いが、身に着けた白いブラウスとあまりに似合いすぎていて、自分よりひと回り下の無垢《むく》の少女に近づくことを、躊躇わせた。

姿勢を戻し、祥子と距離を置く。問題集を受け取って、手元で見た。

「そのページの、五問目です」

言われた箇所の問題は、定積分を含む関数を求めるものだった。

日岡はテーブルに置いていたノートに問題を書き写すと、シャープペンシルを手に持ち説明をはじめた。

「一見、難しそうだけど、積分部分をこうして定数aに置き換えると、簡単な式になる」

祥子は日岡が綴《つづ》る文字を、真剣な目で追う。

「ここまでわかれば、答えが出るはずじゃ」

ああ、と頰を緩めた祥子は、視線を落とし問題集にシャープペンを走らせた。

「これで、合《お》うとりますか？」

祥子が問題集を日岡に見せる。日岡は肯いた。

「正解。ここがわかれば、ほかの応用問題もわかると思う。やってみんさい」

祥子ははにかむように小さく笑うと、問題を解きはじめた。

日岡は祥子の部屋にいた。祥子が高校三年生になった今年の春から、勉強を見てやっている。毎週土曜日、一時間半ばかり畑中家を訪ねていた。

日岡には家庭教師の経験がない。学生時代のアルバイトは居酒屋専門だった。そんな自分に祥子の成績を伸ばせる自信はない。一度は断ったが、修造は諦《あきら》めなかった。わからないところだけを教えてくれればいい、と粘った。

ここで実力者の機嫌を損ねては職務に影響すると考えた日岡は、仕方なしに修造の頼みを引き受けた。

実際、勉強を教えるといっても、問題集をその場で解かせて答え合わせをする、というのが実情だ。ひとつには、日岡が人に勉強を教える術《すべ》をよく知らないということもあるが、一番の理由は、祥子は頭がよく、そもそも家庭教師を必要としていないということがあった。祥子は呑み込みが早く、難しい問題でも取っ掛かりを教えてやりさえすれば、あとは自分で解ける頭を持っていた。

最初は付きっ切りで勉強を見ていたが、手がかからないとわかってからは、祥子が問題を解いているあいだ、日岡は巡査部長への昇任試験の勉強をしていた。

試験に受かれば、とりあえず異動がある。最低でも、交番勤務くらいにはなれるはずだ。

そう思い、日岡はこの数ヶ月、試験の準備に向き合ってきた。あわよくば広島の、あるいは近郊の、所轄に戻れる——その希求は、国光が現れてからより強まった。国光が約束を守れば、所轄に戻れるどころか、マル暴担当に返り咲くチャンスすらある。そのときのためにも、昇任試験にはなんとしてでも受かりたいと思っていた。

階段を上ってくる足音が聞こえて、部屋の襖《ふすま》がノックされた。

はーい、と祥子がノートにペンを走らせながら応じる。

襖が静かに開き、祥子の母親、美津子が部屋に入ってきた。お茶の時間だ。祥子が手早くテーブルの上を片付ける。

「お疲れさま。祥子ちゃん、そろそろお茶の時間にせんね」

手にした盆に、二人分の冷えた麦茶と、水羊羹が載っていた。器は両方とも切子ガラスだ。

胡坐をかいていた日岡は、膝を正すと美津子に向かって頭を下げた。

「いつも、すいません」

美津子はテーブルの前に座ると、麦茶と水羊羹を置きながら品よく笑った。

「すまんのはこっちのほうです。うちのが無理を言うて、貴重な休みの日に時間をもろうてしもうて……ねえ」

日岡に頭を下げ、同意を求めるように娘の顔を見る。

祥子は曖昧《あいまい》に笑って肯いた。

所轄だろうが駐在だろうが機動隊だろうが、警察官である以上、勤務時間数に基本、変わりはない。一日実働八時間の週休二日だ。とはいえ、駐在勤務には休みらしい休みはない。駐在所にいるかぎり暮らしそのものが、常勤状態のようなものだった。

日岡は美津子のもてなしをありがたく受け取り、水羊羹を平らげた。祥子は口をつけない。麦茶を飲んでいるだけだ。ダイエットでもしているのか、茶菓子に手をつけないのは毎度のことだった。わかっていても、美津子はつねに二人分の茶菓子を運んでくる。

日岡が羊羹を食べ終わると、美津子は空いた皿を盆に下げながら、申し訳なさそうに詫びの言葉を口にした。

「ほいで……聞いとられるかもしれんですが、あいにく今日は主人も私も家を空けますけ、晩御飯はまた次いうことで……すいません」

話は前もって修造から聞いていた。

「どうかお気遣いなく」

日岡はいつも、夕方の五時から祥子の勉強を見ていた。一時間半ほど家庭教師の真似ごとをしたあと、必ず修造や美津子から夕食の誘いを受ける。最初は丁重に断っていた。しかし何度も誘われ促されると、首を縦に振らざるを得ない。前任者の言葉ではないが、それが田舎の付き合いというものだ。結果、家庭教師の日には毎回、夕飯を畑中家で馳走になっている。

しかし、今日に限っては違っていた。前から、今日は午後の三時から勉強を見てもらいたい、と修造に言われていた。

日岡はあえて理由を訊かずに、了承した。

夫婦揃って家を空ける事情はわからない。が、いくら警察官で、いずれ娘の相手に、と考えている男であっても、年頃の娘と二人っきりにするのは親として心配なのだろう。

「じゃあ、祥子ちゃん」と美津子は娘の皿を下げ、「頑張りんさいよ」と言葉をかけて日岡に向き直った。

「続きをよろしくお願いします」

部屋を出ようとする美津子を、日岡は腰を上げながら引き留めた。

「その前に、電話を貸していただけますか」

美津子は微笑んだ。

「もちろんです。どうぞ使《つこ》うてください」

本署勤務も駐在勤務も職務規律は同じで、管轄地域を離れる場合は、行き先と理由を上司に報告しなければならない。それは日岡も同じだ。むしろ、出張や外泊の連絡は、本署勤務の者よりも厳しかった。

既婚者ならば自分が不在のあいだ、配偶者が留守を預かれるが、独り身の日岡の場合、自分が駐在所を離れるということは、その地区に警察官がいなくなることを意味する。不在のあいだに事件や急を要する事態が発生しても、対応できる者がいない。だから、日岡が中津郷を離れて外泊するときは、前もって本署に連絡を入れ、代わりの者を回してもらうことになる。日岡の代役は主に、城山派出所に勤務している年配の巡査だ。

しかし、代役が来るのは外泊のときだけで、駐在所で休日を過ごすときは、当然ながら誰も来ない。気晴らしに自転車で近場へ出かけたり、川で釣りを楽しんだりなど、数時間ほど職場を離れる場合は、出先、もしくは出先の近場にある公衆電話から、駐在所へ電話をかけ留守番電話の録音を確認していた。

日岡は階下へ降りると、玄関の横にある電話の受話器を上げた。駐在所の番号ボタンを押す。

録音を外から聞くには、留守電のメッセージが流れているあいだに#ボタンを押し、四桁の暗証番号を入力して再度、#を押す。

留守電に伝言があることは滅多にない。そもそも、田舎で急を要する事件など、ほとんど起こらない。それはどこの駐在管轄地域も同様で、仮に緊急通報があっても、その大半は火災や救急を求める一一九番通報だ。

電話が留守番電話に切り替わり、暗証番号を押した日岡は、耳を疑った。留守番電話に、三件のメッセージが入っていた。急いで腕時計を見る。午後三時五十七分。最初のメッセージが三時三分だから、およそこの一時間で三件電話がかかってきたことになる。

なにかあったか。

日岡は自分でも、頬が緊張で強張《こわば》るのがわかった。一一〇番通報事件なら、私服時でも腰に着けている警察無線ががなり立てる。だが、無線は鳴っていない。ということは、個人的な連絡の可能性が高い。

留守電を再生する数字ボタンを押し、日岡は受話口を強く耳にあてた。一件目と二件目は無言のまま切れた。しかし、十分ほど前にかかってきた三件目には、メッセージが入っていた。

「もしもし。晶子です。忙しいところ申し訳ないんじゃけど、連絡もらえたら嬉しいです」

どことなくよそよそしい声――メッセージはそれで終わりだった。すべての録音を再生したアナウンスが流れて、電話は切れた。

日岡は受話器を手にしたまま、その場に立ち尽くした。

中津郷に来てから、晶子が連絡を入れてきたことはなかった。よほど重要なことが起きたとしか、考えられなかった。

——尾谷や瀧井がらみでなにかあったか。あるいは、晶子の個人的な用件か。

改めて腕時計を見る。四時を回っている。この時間なら、開店準備のため、晶子はすでに店にいるはずだ。

日岡は再度、家の奥にいる美津子に電話を借りる断りを入れ、手帳に記している志乃の番号をプッシュした。

呼び出し音が鳴る。

電話はすぐに繋がった。受話口から、晶子の声がする。

「はい、志乃です」

日岡は受話器を握りしめた。

「俺です。日岡です」

「ああ、秀ちゃん。かけてきてくれたんね。連絡とれてよかった」

晶子がほっとしたような声で言う。留守番電話の声がよそよそしく感じられたのは、気のせいだったようだ。

「留守にしてててすみません。ちいと用事があって、駐在を離れてました。なにか急用でも──？」

晶子が早口で捲し立てる。

「秀ちゃん、明日、駐在におる？」

「おります」

即答した。明日はなんの用事もない。晶子がいろと言うなら、終日、駐在所に張り付いていることも可能だ。

日岡の返事を聞いた晶子は、一転して間延びした声で、嬉しそうに言った。

「あのね、明日、そっちに行こうと思うとるんよ。それでおるんじゃったら、顔が見たい思うて」

「そっちって、中津郷にですか」

思ってもみない言葉に、思わず聞き返す。晶子は、そう、と柔らかな声で答えた。

「秀ちゃんがおらんでも、行くつもりではおるんよ。秀ちゃんがどがなとこに住んどるんか、知りたい思うとったけんね」

のんびりした晶子の言葉を聞きながら、日岡は冷静さを取り戻していた。

もし、自分に会うことが目的ならば、日岡が明日いないと答えていたら、また今度の機会にすると言うだろう。日岡がいなくても来るつもりということは、中津郷に用事があるということだ。

国光がらみか──

探りを入れてみる。

「こんな田舎に、用事でもあるんですか」

電話の向こうで息を呑む気配がして、そのあと、すぐに晶子は小さく笑った。

「やっぱり学士様じゃね。頭ええわ。たしかに明日そっちに行くんは理由があるけど、秀ちゃんの顔が見とうて行くいうんは本当よ」

ぼかすところを見ると、当たっているようだ。詳しい理由は、明日会えばはっきりするだろう。日岡は質問を変えた。

「こっちに着くのは、何時くらいの予定ですか。ここいらは交通が不便ですけ、もしよかったら、城西町《じょうさいちょう》まで迎えに行きますよ」

高速バスが停まる町の名前をあげる。が、晶子は冗談めかして、日岡の申し出を断った。

「駐在さん自らお出迎えなんて恐れ多いわ。それに、なるべく駐在所は空けんほうがええんでしょ。大丈夫。自分で行けるけ、心配せんで。そっちに着くんはたぶん、お昼過ぎになると思う」

城西町からタクシーを使うつもりか。それとも路線バスを乗り継ぐつもりか。いずれにせよ、晶子には晶子の都合があるのだろう。ここは黙って、駐在所で待つほうがよさそうだ。

「わかりました。気を付けて来てください」

そう言って、日岡は電話を切った。

受話器を戻した日岡は、手を置いたまましばらくじっとしていた。心が昂《たかぶ》っているのが、自分でもわかる。

気持ちを静めようとしていると、背後に人の気配を感じた。振り返ると、階段のなかほどに、祥子が佇《たたず》んでいた。いつからいたのか。壁に手をついたまま、じっとこちらを見つめている。おそらく、なかなか戻ってこない日岡の様子を、見にきたのだろう。

日岡は祥子に、長電話を詫びた。

「待たせて悪かった。さあ、勉強の続きをしようか」

祥子はなにも答えず、くるりと日岡に背を向け、階段をあがっていく。

日岡は小さく息を吐いた。

祥子はときどき、懐いているかと思えば、日岡を突き放した態度をとることがある。思春期特有の気まぐれだろう。

日岡はいましがたまで晶子と話した電話を見た。

晶子がくる。国光がらみで――

日岡はぐっと唇を結び、祥子のあとを追った。

翌日、晶子は予定より少し遅い一時過ぎに、駐在所を訪れた。

「秀ちゃん――」

一声かけて引き戸を開け、なかに入ってきた晶子の姿に、日岡は目を瞠《みは》った。

晶子は薄いブルーのワンピースに、鍔《つば》の大きな麦わら帽子を被《かぶ》っていた。肩には白いショルダーバッグをかけている。このときになって日岡は、自分はいままで和服姿の晶子しか知らなかったことに気づいた。

晶子は帽子を脱ぐと、日岡を見つめながら微笑んだ。

「こっちはだいぶ涼しゅうなったんじゃね。呉原はまだまだ暑いわ」

声をかけられ我に返った日岡は、晶子が右手にクーラーボックスをぶら下げていることに気づいた。右肩の下がり具合から、かなりの重さだとわかる。

駐在所と続きの部屋にいた日岡は、サンダルをつっかけると、急いで晶子のもとに駆け寄った。

「遠いところを、お疲れさんでした。それ、自分が持ちます」

言いながら日岡は、クーラーボックスに手を伸ばした。

晶子は、すまんね、と軽く頭を下げて手渡す。膝を折って受け取った。

クーラーボックスは、男の力でも重いと感じるほどの重量だった。

晶子が右肩を揉《も》みながら、自慢げに言う。

「秀ちゃんへお土産、思うて。今朝取れたての小イワシとヨシエビ。あと蛸《たこ》も入っとる。山のなかじゃァ、活《い》きのええ海のもんが手に入らんでしょ。そう思うて持ってきたんよ。あとで美味《おい》しい刺身と、秀ちゃんの好きな蛸飯、作ってあげるけんね」

「すいません。気を遣わして」

日岡は礼を言いながら、晶子を部屋へ案内した。

「独り者にしちゃァ、きれいにしとるじゃない」

ヒールを脱いで部屋に上がった晶子は、あたりを見回しながら言う。

「部屋が散らかるほどの物がないだけですよ」

謙遜《けんそん》に聞こえたかもしれないが、本当のことだった。六畳ほどの広さの部屋には、小さなテレビと安物のラックがあるだけだ。

「ここまではバスで来たんですか」

日岡は台所に立ち、土産ものをクーラーボックスから出しながら訊ねた。

駐在所から一番近いバス停でも、徒歩で十分はかかる。もしそうなら、こんな重い荷物を抱えながら歩いてくるのは大変だったはずだ。

背中で晶子の声がした。

「車で来たんよ」

「車？」

振り向いて訊き返す。

「そりゃそうじゃろ。こがな重たいもん持って、バスじゃ来れんわいね」

台所の窓から外に目をやるが、車は停まっていない。それに日岡は、晶子がやってくると言った十二時近くから、ずっと外の様子に気を配っていた。しかし、車のエンジン音がした記憶はない。

晶子は日岡を見つめながら答えた。

「近くまで、守ちゃんが送ってくれたんよ」

日岡は思わず、手にした小イワシのビニール袋を落としそうになった。

「一之瀬さんと一緒だったんですか」

晶子は肯く。

「正確に言えば、守ちゃんと、守ちゃんとこの若い人五人。若い人の運転で、車二台で来たんよ」

「それで、一之瀬さんはどこに」

日岡は台所の窓から、身を乗り出すようにして外を見渡した。後ろで晶子が答える。

「錦秋湖」

やはり国光がらみだ。

一之瀬が観光でわざわざ錦秋湖を訪れるはずがない。しかもボディガードを五人も引き連れてなど、考えられない。

振り返る。

晶子は日岡の心内を見すかしたように、口元から笑みを消し真顔で言った。

「守ちゃんはいま、錦秋湖の駐車場で国光さんと会《お》うとる」

眉間に皺が寄るのが、自分でもわかった。

一之瀬と国光の密談――目的はなにか。

晶子は日岡から顔を背けると、畳に視線を落とした。

「うちのこと駐在所まで送りたいけど、柄の悪い連中が大勢で駐在を訪れたら、地元の目がある。秀ちゃんが困るじゃろう言うて、ひとりの若いのに運転をさせて、近くでうちを降ろしてくれたんよ」

視線を戻すと晶子は、一之瀬の車に同乗することになった経緯《いきさつ》を説明した。

「明日、島根で三代目京田《きょうだ》組の法事があってね。守ちゃん、その法事に参列するんじゃけど、行く途中で中津郷へ立ち寄るいうて言うけえ……うち、錦秋湖は見たことないし秀ちゃんの顔も見たい思うてね、一緒に連れて行ってほしい、いうて頼んだんよ」

京田組は松江《まつえ》を縄張りにする老舗《しにせ》の博徒だ。初代組長は一之瀬の親分だった尾谷憲次と兄弟分だった。尾谷組とはもともと親戚《しんせき》付き合いがある。一之瀬が義理ごとに顔を出すのは当然だろう。

法事ということは、みな黒い礼服のはずだ。たしかに、ただでさえ堅気に見えない連中なのに、黒ずくめともなればさらに剣呑《けんのん》さが増す。そんな男たちがぞろぞろと駐在に訪れたら、いやでも目に付く。

晶子は畳につけた膝を横に崩すと、視線をあげて日岡を見た。

「うち、守ちゃんから伝言を預かっとるんよ。錦秋湖で待っとる、そう伝えてほしい、いうて。ちいと、顔が見たいんじゃと」

背筋をざわりとしたものが駆け上がった。

自分を呼び出して、どうしようというのか。晶子のように、ただ顔を見ることが目的だとは思えない。

晶子の目が、どうする、と問うている。

一之瀬は志乃の二階で国光と密会している。晶子に信頼を寄せている証拠だ。おそらく中津郷で国光に会うことも、前もって話していたのだろう。晶子は、一之瀬の真の来意を知っているのかもしれない。

一週間前の夜、工事現場の事務所で酒を飲んだときから、日岡の腹は決まっている。一之瀬の目的がなんであろうが、国光がらみなら行くところまで行くしかない。

晶子の手土産を冷蔵庫に手早くしまうと、日岡は、部屋の長押《なげし》にハンガーで吊《つ》るした革のジャンパーを羽織った。

「ちょっと、出てきます」

晶子はほっとしたように微笑むと、いましがた日岡がドアを閉めた冷蔵庫を見やった。

「戻ってくるまでに、美味しいもん作っとくけんね」

日岡は晶子に向かって頭を下げると、靴を履くのももどかしく駐在所の裏手に回った。

裏庭に停めたYAMAHAのSR500に跨《またが》り、エンジンをかける。細い畦道《あぜみち》から公道に出ると、日岡は錦秋湖へ向かった。普段、日岡がこの地域で自分のバイクを走らせることはない。休みの日に出歩くときは、徒歩か自転車だ。そのどちらかで用が足せるところにしか行かない。

自分のバイクで走り去る日岡を、通りすがりの住民が珍し気に眺める。いつもなら会釈のひとつもするところだが、いまの日岡にはそんな余裕はなかった。ひたすら道の先を睨み、目的地へアクセルを吹かす。

錦秋湖に着いたのは、駐在所を出て二十分後だった。仕事で使う黒単より、五分ばかり早い。腕時計を見ると、二時近くになっていた。

湖のほとりにある駐車場には、車が三台、固まって停まっていた。一台は国光のランドクルーザー。ほかの二台は、黒のベンツとボルボだ。このあたりでは、見かけることがない高級車だった。一之瀬とボディガードが乗ってきた車だろう。人影は見えない。

バイクを降りて遊歩道を進む。見晴らしがいい休憩場所に、黒服姿の男たちがいた。少し離れたベンチに、国光と一之瀬が座っている。湖を見渡せるように設置された木陰のベンチで、ふたりは煙草を燻《くゆ》らせていた。傍らでは、国光のボディガード役の高地と井戸が腰を割った姿勢で、周囲に目を光らせている。尾谷組の組員たちは、その背後を守るようなかたちだ。

日岡の靴の下で、踏みつけた小枝が音を立てて折れた。

ボディガードたちの目が、一斉に日岡に向けられる。あたりの空気が、一瞬で張りつめた。その場に足を止める。

日岡に声をかけたのは、一之瀬だった。のけぞるように背後を振り向き、ベンチに座ったまま、指に煙草を挟んだ手を軽くあげる。

「おお、日岡さん。よう、来てくれたのう。いま兄弟と、ちょうど噂しとったところじゃ」

一之瀬の隣にいる国光が、人懐こい笑みで会釈する。

「このあいだは、おおきに」

日岡はふたりがいるベンチへ、ゆっくり近づいた。

日岡がそばへ行くと、一之瀬は尻《しり》をずらし場所を空けた。一之瀬を挟む形で、ベンチに腰を下ろす。

一之瀬はシャツの胸ポケットからハイライトを取り出すと、無言で日岡へ差し出した。箱から一本抜き取る。すかさず、後ろにいたボディガードのひとりが、ライターで火をつけた。

「早速じゃが」

一之瀬が、すぐさま本題を切り出した。

「ここへ来てもろたんはほかでもない。あんたにちいと、頼みがあってのう」

ハイライトのニコチンを、胸まで吸い込む。大きく吐き出し、日岡は訊ねた。

「なんでしょう」

一之瀬が前かがみになりながら、日岡の顔を覗き込んだ。

「実は――あんたに調べてもらいたいことがあるんじゃ」

アキアカネが二匹、ベンチの前を舞った。

一之瀬は、背広のポケットから紙切れを取り出した。

受け取り、二つ折りの紙片を開く。

広島300へ・25－××、と書かれている。車のナンバーだ。

「その車の、持ち主が知りたいんじゃ」

日岡は訝しんだ。警察官ならたしかに、ナンバー照会をかければ持ち主を特定できる。が、仁正会は県警・所轄に限らず、協力者をいくらでも飼っているはずだ。わざわざ田舎の駐在に頼まなくても済むだろう。

日岡は切り返した。

「車のナンバーを調べるくらい、一之瀬さんならなんぼでもできるでしょ」

「うむ」

一之瀬は声に出して唸り、それきり黙った。

国光はじっと、湖面を見つめている。

少し間を置き、一之瀬が口を開いた。

「それがのう、そうもいかんのじゃ」

「なしてですか」

直截《ちょくせつ》に訊き、一之瀬の顔を見た。

やはり一之瀬は理由を言わない。

国光が横から口を挟んだ。

「ええじゃない、兄弟。出すもん出さんと、手に入るもんも入らんで」

一之瀬は思案するように黙っていたが、腹を決めたように息を吐くと、仁正会内部の派閥抗争について語りはじめた。

おおよそは、先日、唐津から聞いた話どおりだった。二代目争いに敗れ、役職を退いた笹貫がこのところまた勢力を伸ばし、服役中の二代目会長・溝口が留守のあいだに溝口の子分で三代目候補筆頭の理事長・高梨を追い落とそうと、画策しているらしい。笹貫は、五十子会の残党と手を結び、呉原でも火種をつくろうとしている、と一之瀬は言った。

「うちの若いもんがのう、呉原の料亭の駐車場で、笹貫を見かけとるんじゃ。烈心《れつしん》会の橘《たちばな》もよ、おったげな」

橘一行《かずゆき》は、五十子の舎弟頭だった男だ。五十子が殺されたあと、加古村組の残党を加えて結成された呉原烈心会の、会長に納まっていた。

一之瀬の子分は、しばらく駐車場を見張っていた。三十分後、広島ナンバーの車が一台、料亭の玄関へ近づき、男が三人なかへ入っていったという。

「塀の陰に隠れて、顔は見れんじゃったそうじゃ」

広島ナンバーの男たちは用心深く、帰りも横付けで乗り込んだという。駐車場へ移動した車のナンバーを書き留めることしか、子分はできなかったようだ。

「要するに、そいつらの正体を知りたいと？」

日岡は確認した。

「そういうことじゃ」

一之瀬が肯く。

日岡は得心した。

自分に頼むということは、密会していた男たちが仁正会関係者で、しかも警察とのコネクションが強い主流派の可能性がある、と一之瀬は睨んでいるのだ。下手に仁正会の犬を動かせば、探りを入れたことがばれる。だから、日岡に頼んできた。

「なるほど──で、見返りは？」

一之瀬が意外そうな顔をする。

「あんたは、銭は受け取らん人じゃ、思うとったが……」

「金は要りません」

日岡は即座に返した。

前を向いたまま、囁《ささや》くように一之瀬に言う。

「その代わり、情報をください」

一之瀬も声を落とす。

「なんの情報がほしいんや」

「仁正会内部――もろもろ」

一之瀬の声が尖《とが》る。

「わしに、犬になれ、言うんか」

日岡は一之瀬を睨んだ。語気を強める。

「あんたも、俺に犬になれ言うとるでしょ」

ふたりの視線が激しくぶつかる。

突然、国光の哄笑が弾《はじ》けた。

「兄弟。こりゃ、おまはんの負けやで」

一之瀬が軽く舌打ちをくれて、地面に唾《つば》を吐く。

「わかったわい。交渉成立じゃ」

日岡は立ち上がり、一之瀬に言った。

「二日以内に、連絡します」

踵《きびす》を返しバイクに向かいながら、日岡は考えた。

管区で見かけた不審車両の照会、ということにすれば、すんなりと持ち主は判明するだろう。

主流派から寝返った裏切り者は誰か。

駐在所で飲んだときの唐津の声が蘇る。

――笹貫がよ、このところ、瀧井になにかと接近しとるげな。

抗争が火を噴く前に、自分は広島へ帰れるだろうか。

いや、絶対に帰って見せる。

巡査部長に昇格して。

国光の手に、手錠を嵌めて。

駐在所の入り口を開けた日岡は、普段とは違う匂いに気づき、思わず鼻をひくつかせた。

醤油を煮込んだ美味そうな匂いが、なかから漂ってくる。

引き戸が開いた音に気付いたのだろう。奥から、エプロンをかけた晶子が顔を覗かせた。

「お帰りなさい、秀ちゃん」

前から駐在所に住んでいるような自然な姿に、こちらが戸惑う。

靴を脱いで部屋にあがった日岡は、ちゃぶ台を見て驚いた。晶子が作った料理で、埋め尽くされていたからだ。

晶子は炊飯ジャーの蓋を開けると、しゃもじでかき混ぜながら言う。

「蛸飯も出来とるよ。本当はいつも使うとる蒸し器を持って来たかったんじゃけど、さすがに無理じゃけえ、炊飯ジャーを借りたわ。勝手にごめんね」

「そんな、とんでもない」

日岡は強く首を振った。

こっちが礼を言うことはあっても、晶子が詫びることはなにひとつない。

蛸飯を茶碗《ちゃわん》によそうと、晶子は盆に載せてちゃぶ台に持ってきた。慌てて畳に座る。

晶子は日岡の前に茶碗を置くと、向かいに座ってエプロンを外した。

「たくさん、炊いたけん。腹いっぱい食べんさい」

「いただきます」

拝むように手を合わせ、日岡は箸を持った。

刺身に煮つけに天ぷら。どれから食べようか迷ったが、とりあえず蛸飯の茶碗に手を伸ばす。掻き込むように口に運んだ。蛸の旨《うま》みが米に染み込んでいる。ひと口大に切った蛸がまた柔らかく、絶妙の歯応《はごた》えで箸が進んだ。

晶子は日岡に、一之瀬となんの話をしてきたのか聞かなかった。日岡が自分の手料理を食べる姿を、ただ嬉しそうに眺めている。警察でも組織の者でもない自分が、むやみに首を突っ込んではいけないと思っているのか、聞いても日岡はしゃべらないとわかっているのか。おそらく、その両方だろう。

黙々と箸を動かしている日岡を見ていた晶子は、ふふ、と意味ありげに笑った。

「なにが可笑しいんですか」

日岡が訊ねると、晶子はちゃぶ台に肘をついて、組んだ手に顎を載せた。

「あんたも、隅におけんね」

意味がわからない。眉根を寄せる。

晶子は顔に笑みを浮かべたまま、視線を斜《はす》に向けた。

「そのあたりで、若い娘さんと会わんかった？ ついさっき、ここを訪ねてきたんよ。日岡さんはどこにおってですか、言うから、ちょっと用事で出かけとる、いうて答えといた。うちの顔見て、ぶち驚いとったわ」

頭に祥子のことが浮かんだ。駐在所を訪ねてくる若い娘といえば、祥子しかいない。たぶん、また修造に言われてなにか届けに来たのだろう。

誤解している晶子に、日岡は慌てて説明した。

「その子は近所の娘さんで、親に言われた届け物でも持ってきてくれたんじゃ思います。晶子さんが考えているような仲じゃありません」

晶子は軽く首を振った。

「いいや。秀ちゃんはどう思うとるか知らんけど、あの娘は間違いのう、秀ちゃんに惚《ほ》れとる」

日岡は呆《あき》れて言った。

「まだ、高校生ですよ」

「女が男に惚れるんは、歳なんか関係ないわいね」

きっぱりと言い切る。

「あの娘、うちのことすごい目で睨んどった。あの目は、恋敵を見る目よ。間違いない」

日岡は茶碗に残っていた蛸飯を一気に平らげると、乱暴に晶子に差し出した。

「お代わり、もろうてええですか」

いつもの日岡なら、人に頼まず、自分で立ってよそう。茶碗を差し出したのは、晶子へのささやかな抗議だ。

日岡のつっけんどんな態度に、晶子は少し驚いた顔をした。が、すぐに、今度は本当に可笑しそうに笑った。

「はいはい、いま持ってくるけんね」

晶子は茶碗を受け取ると、畳から腰をあげた。


ふたりで食後の片付けをしてひと息ついたとき、外で車が停まる気配がした。

晶子が壁にかかった時計を見て立ち上がった。

「時間、ぴったりじゃ」

日岡も時計を見る。夕方の六時ちょうどだった。

一之瀬はこのまま島根に向かうが、二台で来たうちの一台は、晶子を乗せて呉原に戻るのだという。一之瀬は晶子の送り迎えだけのために、車一台と運転手を用意したのだ。

駐在所を出て迎えの車に乗り込むと、晶子は後部座席の窓を開け、日岡に手を振った。

「じゃあ秀ちゃん、またね。残った蛸飯、傷まんうちに早《は》よう食べんさいよ。おにぎりにして、冷凍しといてもええけど」

「ありがとうございます」

腰を折って頭を下げる。

晶子は日岡をじっと見つめていたが、やがてしみじみとした口調で言った。

「早う、戻ってきんさいね」

晶子が窓を閉めると同時に、車は走り出した。

夕闇に浮かぶテールランプを見送っていると、ふいに後ろで、人の気配を感じた。

勢いよく振り返る。

祥子が立っていた。

まるで、晶子が帰るのを待っていたかのようなタイミングだ。

日岡は黙って立っている祥子に声をかけた。

「こんな時間にどうした。留守のあいだここに来たみたいじゃが、なんの用じゃった」

祥子は口をきつく結んだまま、右手を日岡に差し出した。手には、風呂敷に包んだ一升瓶が提げられていた。

やはり、修造から届け物を頼まれたのだ。必要以上の心遣いは無用と言っているのだが、修造は日岡への届け物をやめようとしない。馳走になる夕飯同様、いつも押し切られ、厚意を受ける羽目になってしまう。

なかなか手を出そうとしない日岡に、祥子は面を伏せ、無理やり風呂敷を押しつけた。

祥子が悪いわけではない。わざわざ二度も訪ねてくれたのだ。そう思うと申し訳なく、結局、受け取るしかなかった。

礼を言いながら、日岡は祥子に笑顔を向けた。

「気ィつけて帰りんさいよ。お父さんに、くれぐれもよろしく」

祥子はなにも言わず、唇を嚙むと踵を返して駆けだした。

祥子の背を見ながら、いましがた見た目を思い出していた。

祥子が顔をあげたとき、一瞬だけ目が合った。祥子の目は、いままで日岡が見たことのない強い光を宿していた。嫉妬《しっと》と憎悪、憐憫《れんびん》と愛着――さまざまな感情が、ない交ぜになった目だった。

――あの娘は間違いのう、秀ちゃんに惚れとる。

晶子の声が、耳の奥で蘇る。

祥子を呼び止めようとした。だが日岡は、喉まで出かかった名を飲み込んだ。呼び止めたところで、なにを言えばいいのかわからなかった。

本当のところ、祥子が自分のことをどう思っているのかは知らない。しかしいまは、祥子の気持ちを忖度《そんたく》する余裕はなかった。

日岡は駐在所のなかに入ると、カレンダーの今日の日付にバツ印をつけて、茶の間に寝転がった。

仰向《あおむ》けのまま頭の後ろで手を組み、蛍光灯を見つめる。

いま頭を占めているものは、国光と一之瀬の、動向だけだ。

盆が過ぎて十日、日差しは徐々に柔らかさを帯びてきた。吹く風も秋めいて、ここ数日、朝晩は少し肌寒さを感じていた。が、今日は、張り出した高気圧の影響か、朝から日差しが強く、夏の盛りに舞い戻ったかのように、ぎらついた太陽が空を支配している。雲ひとつない好天で、夏休み最後の日曜日を、このあたりの子供たちは屋外で満喫していることだろう。

中津郷の真ん中を流れている赤川《あかがわ》でも、水遊びに興じる子供たちの姿は少なくなかった。Ｔシャツと半ズボン姿で、水を掛け合ったり、笊《ざる》で魚を捕まえたりしている。遠くから聞こえる子供のはしゃぎ声に、国光は笑みを浮かべ、懐かしむように声を弾ませた。

「わしの子供の頃はのう、夏休みいうたら、朝から晩まで川で泳いじょった。なんぼ泳いでも飽きんのじゃけん、子供いうんは不思議なもんよのう」

福中生まれの国光は、すっかり広島弁に戻っている。

「俺も、よう、近所の川で泳いどりました」

隣で釣り糸を垂れながら、日岡は話を合わせた。

「そのくせ授業で水泳の時間とかあるとよ。たいぎいけん、ようサボっとった」

日岡は思わず噴き出した。

「その気持ち、わかります」

水泳の授業は、やれバタ足だの抜き手だのと、泳げる者にとってはなんの面白みもない基礎的運動学習が大半だ。自由に水のなかを泳ぎ回りたいと思っても、安全と集団行動を重視する教師がそれを許さない。順番を守り、プールの傍らで膝を抱えてじっと待つのは、日岡も苦手だった。

国光が自嘲《じちょう》めいた笑い声をあげる。

「まあ、人からあれこれ指図されるんが、嫌いなんやろな、昔から」

教師に反抗的態度をとる国光の姿が、容易に想像できる。言われたままに動く集団行動が、おそらく肌に合わないのだろう。意にそわないことを指示されたら、たとえ相手が教師でも無視を決め込みそうだ。警察学校で教官を睨みつける国光の顔がふと浮かんで、日岡は可笑しくなった。

「国光さんが警察官になったら、三日ももちませんね」

口の右端をあげ、国光が皮肉めいた口調で言った。

「せやろな、たぶん。けどあんたがヤクザになっても、三日ともたんやろ」

上意下達の絶対的縦社会という意味では、ヤクザも警察官も同じだ、と国光は言った。

だが、警察官は上司が嫌なら、異動願を出せる。いざとなれば最後は、退職すればいい。一方ヤクザは、いくら親分と反りが合わなくとも、盃を返すことは容易ではない。そこには必ず大義がいる。

「おまわりさんみたいな、勝手はできんのや、わしら。一度呑んだ盃は、死ぬまで付いて回るのがヤクザ社会だ。」

公平を欠く気がして、日岡は思わず口を挟んだ。

「ヤクザだって、ヤクザやめて堅気になりゃァええだけの話じゃないですか」

そう言ってから、日岡は国光が指を一本落としていることに気づいた。急いで言葉を加える。

「そりゃ、指の一本くらいは飛ぶんでしょうが……」

国光が苦笑いを浮かべる。小指のない左手を掲げて言った。

「指ィ詰めとるわしが言うんもなんやが、いまどき指詰めなんか流行らへんがな。大抵のとこは、銭ィ積めば組抜けはでける。ま、うちは銭も指もいらんけどな」

そう言って振り返る。視線の先には、周囲に目を光らす子分たちがいた。

話を戻すけど――と、国光は続けた。

「せやから、ヤクザは親を見抜く力が必要なんや。親分に心底惚れんかぎり、盃もろうたらあかんのや、この世界」

国光の親分、北柴兼敏は関西でも有名な、昔気質《むかしかたぎ》の極道だという。筋には煩《うるさ》いが、金には恬淡《てんたん》とした親分だと、前に一之瀬は言っていた。

――北柴のオジさんは、うちの親父っさんと、よう似とられる。

「あんたはなんで、北柴親分の盃をもろうたんですか。スカウトされたって噂も聞きましたけど――」

ふん、と馬鹿馬鹿しそうに国光は鼻で笑った。

「うちの親分がスカウトなんかするかいや」

先ほどから竿先《さおさき》はぴくりとも動かない。淀《よど》んだ瀬に影を落としているだけだ。頼んでおいた情報を早く知りたかったが、日岡はじっと堪《こら》えた。

急ぐことでもない。そう自分に言い聞かせた。

緩やかに湾曲している淵《ふち》のほとり――このあたりは、日岡のお気に入りの釣り場で、周囲から死角になっている。背後は高い崖《がけ》で、その上は車が一台通れるほどの道になっていた。崖の途中には樹木が生えていて、日岡と国光はその樹木が重なる日陰にいた。

ふたりから少し離れた場所に、国光のボディガード役の子分が三人待機していた。万が一、誰かが近づいてきたら、ふたりに合図を送る手筈《てはず》になっている。

「わしは親父っさんに惚れて、本家の前で三日三晩、土下座したんや」

国光は高校時代から名の知れた不良で、神戸に出てからも不良仲間の兄貴分として盛り場を闊歩《かっぽ》していたのではなかったか。明石組の枝のヤクザと揉め、事務所で半殺しになりそうなところを北柴が救った、という記事を週刊誌で読んだ記憶がある。

「あんたなら向こうも歓迎したでしょうに。なんで土下座なんか――」

国光はクーラーボックスに詰めてきた缶ビールを、日岡に放って寄こした。

「すいません」

礼を言って受け取る。

国光は竿を脇に挟むと、プルタブを開けひと口呷った。

「あとで聞いたけど、わしが商船大学の学生やったんが、あかん理由やったらしい」

そう言えば国光は当時、国立神戸商船大学の学生だった。

ひとつ息を吐いて国光が続ける。

「そういう理由やったら、すぐにでも退学届出して出直してきたんやけど、うちの親父っさん、細かいこと、なんも言われんお人でな。せやし、こっちも半端な覚悟やない。門前払いされたんが悔しうて——意地で、そのまま門の前に座り込んだんや」

日岡は週刊誌の記事を思い出した。

国光は国立大学在学に加えて、父親が貿易会社の社長で裕福な家庭に育っている。一般とは真逆で、ヤクザになるにはマイナスの経歴と判断されたのかもしれない。

ひもじいし、煙草を吸いたいしで、大変やった、と国光は語った。どこで見られているかわからないから煙草も我慢し、睡眠も取らなかった。ヤクザの親分の家と知っている近所の住民の目も、二日目にはさすがに、好奇の色から不審の眼差《まなざ》しへと変化した。

「二日目の夜、詰めの若い衆が、ラップで包《くる》んだお握りと茶を盆に載せて、持ってきてくれたんや。小声で、頑張りや、言うてな。そりゃァ美味かったで。涙で塩の味がして、おしんこなんか要らへんがな。わし、食いながら、心んなかで両手合わせとったもんな、ほんま。それが杉本《すぎもと》の叔父貴《おじき》や。いまでも足向けて寝られへん」

日岡は頭のなかで暴力団関連の捜査資料を捲《めく》った。

杉本昭雄《あきお》率いる杉本組は北柴組の二次団体として、心和会神戸支部の中核組織のひとつに数えられている。組員は三十名ほどで、心和会における立場は常任理事の国光の方が上だが、極道の序列では、長男である若頭であっても、若衆から舎弟となった杉本の方が上、というのがヤクザの盃の複雑なところだろう。

缶ビールを口に運びながら、国光が言う。

「三日目の朝方、雨が降りはじめてな」

日岡は思わず問うた。

「何月頃の話ですか」

「十月の終わり頃や」

十月下旬の朝方の気温は十度前後か。雨が降れば体感温度は二、三度まで下がるかもしれない。下手をすれば、風邪どころか肺炎を起こしかねない状況だ。

「寒うてな」

思い出したように国光は、両肩をぶるっと震わせた。

「それで、どうなったんですか」

日岡はビールのプルトップを開けるのも忘れて、前のめりに訊いた。

「恵みの雨や。その雨で、親父っさんが家にあげてくれはった。三時間くらい雨に濡《ぬ》れとったわしを見て、さすがに可哀そうになったんやろな。湯を沸かしてくれはって、すぐ風呂に入れ、言うて入れてもろうたんや。気持ちよかったでえ、あんときの風呂は。生き返る、いううんは、ほんまこのことや、思うたもんな」

国光は美味そうに、残りのビールを一息で呷った。口元についた泡を、シャツの袖で拭う。

国光の口髭《くちひげ》を見て、日岡は笑いを堪えた。

「髭、取れかかってますよ」

指摘された国光は、慌てて付け髭を元の位置に戻した。

国光と子分の三人は、変装をしていた。鍔の広い麦わら帽子を目深に被り、首にはタオルを巻いている。国光は付け髭をつけて、釣り用のベストを着ていた。子分たちも似たような恰好《かっこう》をしている。遠目には、グループで来た釣り人に見えるだろう。よもや誰も、指名手配犯と警察官とは思うまい。

「部屋住みは丸一年やった。盃もろうたんは二十のときや。そりゃ、厳しかったで。庭の掃き掃除から廊下の雑巾がけ、風呂場の掃除に飯炊き、洗濯、買い出し――小間使いは覚悟しとったが、ほんの少しでも間違いがあると、いちいちどづかれるんや。往生したで」

日岡の顔を見て、国光はにやりと笑った。

「警察学校じゃさすがに、暴力はないやろ」

たしかに、面罵《めんば》されることはあっても、表立って殴られることはない。ただその代わり、ひとりのミスは全体の責任として、懲罰的訓練を強いられるのが警察学校だ。どちらがいいか、微妙なところだろう。

日岡がそう言うと、国光は、くくっと、喉の奥を鳴らした。

「なるほど。ヤクザよりきついかもしれんな、警察は」

背後で、笑いを噛み殺す気配がした。振り向くと、国光の子分たちが、俯《うつむ》いて肩を震わせている。

日岡は口元を緩め、ビールを喉に流し込んだ。川面《かわも》にきらきらと、陽光が反射している。

国光は両手を上にあげると、気持ちよさそうに大きく伸びをした。

「それにしても、ええ場所やな。樹の陰で人目も気にならんし、大きな石や淀みもあって釣りには持って来いや。ときどき仕事サボって、来とるんちゃうの」

「そんなこと、ありゃァせんですよ」

冗談とはわかっていたが、日岡は立場上、真面目な顔で否定した。

日岡が休日、釣りのポイントにしているこの場所は、たしかに人目につきにくい。しかし気に入った理由は、人目を避けられるだけではなく、ここが公衆電話に一番近いからだ。

崖の横のけもの道を登り県道に出ると、目の前にバス停と公衆電話がある。休みの日、どこかに出かける場合、日岡はまず公衆電話の場所を確認する。釣りのポイントでも山に入る道でも、公衆電話から一番近いところを選んでいた。定期的に駐在所に留守電が入っていないか確認するためだ。

今日、国光と落ち合うことになったのも、留守電がきっかけだった。

非番だった日岡は、朝から鮎《あゆ》釣りに来ていた。

自分が駐在所を空けるときは、表戸にプレートをかけていくのが常だった。自分がいないあいだになにかあった場合、城山町の駐在所へ電話をするように書いていた。有事の際は、城山町の駐在から日岡の無線に連絡が入る段取りになっている。

朝から粘っているが、なかなか当たりは来なかった。

作ってきた握り飯で早めの昼食を済ませたあと、留守電を確認に行くと、一件のメッセージが残されていた。相手は、義誠連合会の川瀬だった。ひと月ほど前の夜、駐在所に迎えに来た国光の若い衆だ。

川瀬はたどたどしい口吻《こうふん》で、メッセージを吹き込んでいた。

「俺です。川瀬です。ゴルフ場の工事現場の、川瀬です。お休みのところ、えろうすんまへんが、お伝えしたいことがあって連絡しました。もしよかったら、折り返しもらえしまへんやろか。えー電話番号は――」

番号を二度繰り返して、電話は切れた。

管理事務所の電話番号はすでに手帳に書き留めてある。

受話器を戻した日岡は、その姿勢のまま前を見据えた。

用件はおそらく、頼んでおいた情報についてだ。

半月ほど前、日岡は錦秋湖で、一之瀬からある車のナンバーの持ち主を探ってほしいと頼まれた。警察内部に内通者を飼っている仁正会――その一翼を担う一之瀬がわざわざ自分に頼むのは、仁正会の派閥抗争絡みの案件で、会のほかの人間に、知られたくないからだった。

日岡は交換条件を持ち出してそれを了承した。こちらも犬になるが、そちらも犬になれ――犬と犬との、約束だった。

一之瀬が知りたがっている車の所有者は、翌日、すぐに割れた。

本署の交通課に連絡し、駐車禁止区域に停車している不審車両があったことにして、そのナンバー照会を依頼したのだ。

交通課の古参巡査長は、間延びした声で言った。

「じゃあちいと、調べてみるわい。わかったら、電話するけん」

巡査長から連絡が入ったのは、三十分後だった。

「頼まれとった車の、所有者がわかったけん。メモの用意は、できとるか」

日岡は受話器を顎で挟むと、急いでペンを手に持った。

巡査長は軽く咳払いすると、調べた内容を教えてくれた。

車の所有者は、富岡妙子《とみおかたえこ》。現在の年齢は三十七歳。車両購入時の住所は広島市元北町《もときたまち》で、三ヶ月前に地元のディーラーから新車で購入していた。

妙子が所有している車は、ベンツのEクラスだという。足回りや内装にこだわれば、軽く一千万は超える高級車だ。

「ほいじゃが、えらいええ車に乗っとるのう。四十前の女子《おなご》でこがあな稼ぎがあるいうんは、なんよう……よほどええとこの奥さんか、派手な水商売しとるかの、どっちかじゃろうて」

巡査長は呆れたように溜め息を漏らすと、たんまり罰金とったれや——そう吐き捨てて電話を切った。

日岡は受話器を置くと、メモした内容を改めて読み返した。

記憶を辿《たど》るが、富岡妙子という名前に心当たりはない。

日岡は再び受話器をあげ、記憶している一之瀬の携帯番号をプッシュした。ツーコールで電話は繋がり、聞き慣れた声が応じる。

「おう、わしじゃ」

日岡はすぐに本題を切り出した。

「例の車両の件ですが、所有者が割れました」

電話の向こうで、一之瀬が嘆声を漏らした。

「ほうですか。仕事が早いのう。さすが大上さんの一番弟子じゃ」

一之瀬の空世辞を聞き流し、日岡はナンバー照会から判明した所有者の名前を伝えた。

「富岡妙子、か」

受話器を通して、息を呑む気配が伝わる。

「知っとられるんですか」

日岡は被せるように問うた。

「いや。知らん名前じゃ」

一之瀬が即座に否定する。

知っている名前だ——

日岡は確信した。知らない人間なら、年齢や住所など、自分からもっと情報を求めるはずだ。

なぜ、隠そうとするのか。

日岡は畳み掛けるように疑問を発した。

「妙子はヤクザの情婦じゃないですか。女の背後におる人間が、笹貫や烈心会と組んで三代目の座を狙うとるんじゃないですかねえ。あるいは、仁正会の分裂を目論《もくろ》んどる、とか」

「さあのう」

一之瀬は明言を避けた。

「笹貫と烈心会の橘が、昔馴染《むかしなじみ》の誰かと、呑んどっただけかもしれん」

ここにきて、そんな嘘が通じるはずがない。なぜ、言えないのか。

日岡は、自分の頭を整理しようとした。

一之瀬は沈黙を嫌うように、慌てて言葉を続けた。

「手間ァとらせて、すまんかったのう。今回の話はくれぐれも、内分に頼むわい。この借りは、そのうちきっちり返すけ」

礼を言って電話を切ろうとする。

呼び止めようとしたときには、すでに不通音が聞こえていた。

思わず舌打ちが出る。

受話器を置くと日岡は、頭のなかをいま一度、整理した。

呉原の料亭で密会していたのは、笹貫と烈心会の橘、それに富岡妙子に繋がる組関係者と考えて間違いない。一之瀬は妙子の名前を知っていた。にもかかわらず、日岡にはとぼけた。その意味するところは――

確かめる方法はふたつあった。

ひとつは、呉原東署の先輩、唐津を通して、富岡妙子の背後関係を探る手だ。しかし唐津の口から仁正会関係者に漏れない、という保証はない。万が一にも漏れたら、すぐさま抗争の火蓋が切られる懼《おそ》れもある。

もうひとつの手段は、国光の情報網を使って探る方法だ。組関係者に探りを入れて妙子の情夫を特定すれば、自《おの》ずと謀略の背景は見えてくる。国光なら、一之瀬の身を危うくするような真似は、決してしないだろう。警察と仁正会の目を掻い潜《くぐ》って、情報を集められる可能性は高い。

日岡はもう一度、受話器をあげると、ゴルフ場建設現場の管理事務所の電話番号をプッシュした。

電話に出た国光に用件を伝えると、長い沈黙が返ってきた。

「国光さん」

沈黙に耐えかねて呼びかける。

「さすがに無理ですか」

「いや、でけんことはないけど――」

「けど、なんです」

「あんた、これ以上、首突っ込まん方が、ええんちゃうか」

大きく息を吸い込んだ。

「あんたの件で、俺はもう、首までどっぷり浸《つ》かってますよ」

国光が小さく笑う。

「これは――」

日岡は語気を強めて言った。

「守り料の一部や、と思うてください」

国光が今度は、笑い声を弾かせた。

「一部――かい。あんた、案外ゴウックやな」

ひとしきり笑ったあと、国光は真面目な声に戻った。

「えやろ。わかったら連絡入れる」

そのひと言で電話は、ぷつりと切れた。

山から吹き下ろす風が川を渡り、頬を撫《な》でていく。

国光は美味そうに煙草を吸いながら、釣り糸を垂れている。

さすがに日岡は焦《じ》れてきた。腕時計に目をやる。十二時五十分になろうとしていた。

国光がここに来て、一時間近くになる。

女の件を訊ねようとした矢先、見越したように国光が口を開いた。

「甲斐田《かいだ》会──知ってるか」

唐突な問いに、日岡は面食らった。

「甲斐田会って、岩邦《いわくに》のですか」

ビールの空き缶に灰を落としながら、国光はにやりと笑った。

「あんな小さな組、よう知ってるなァ」

甲斐田会は、広島市南西部の岩邦町に看板を掲げる小さな暴力団だ。組長の甲斐田孝《たか》治《はる》は山口の名門、伊野虎《いのとら》一家の流れを汲《く》む博徒で、伊野虎一家が解散したのち、生まれ故郷に帰って組を立ち上げたと聞く。組員はたしか、若頭を含め十人ほどだったと記憶している。シノギはシマ内の賭場《とば》の上がりが主で、昔ながらの博徒組織だ。

小さな港町に大きな利権はなく、岩邦はこれまで、他の組織から狙われたことはなかった。度重なる広島抗争事件においても甲斐田会は、一貫して中立を守っている。仁正会にも加入しておらず、独立独歩の道を歩んできた。

「その甲斐田会が、どうかしたんですか」

国光は釣り糸の先についている浮きを見つめたまま、独り言のように声を発した。

「甲斐田会の若頭、名前は村越信広《むらこしのぶひろ》いうんやが、そいつの女が、広島の薬研《やげん》通りでライムいうスナックやっとる。そこのママの名前が、富岡妙子や」

日岡は唸った。

甲斐田会がなぜ笹貫と――。意図が摑めない。

「調べた車は、村越の女の車。つまり甲斐田会が絡んどる、いうことですか」

国光は静かに肯いた。

「でも甲斐田は、役には立たんでしょう。戦闘力もないし、資金も乏しい」

疑問を口にする。

ふん、と国光は鼻から息を抜いて笑った。

「枯れ木も山の賑《にぎ》わい、ちゅうこともある」

そう言われればたしかに、なくもない、話ではある。

国光がじっと、日岡の顔を見た。

「――と、いうことにしとこう思うたんやけど、守り料代わりや。あんたには、ほんまのとこ教えたる」

国光の顔を凝視する。

日岡に視線を向けたまま、国光は声を潜めた。

「村越はな、一年ほど前に、瀧井組の若頭と兄弟分の盃しとる」

「佐川と？」

驚きのあまり、声が裏返る。知らなかった。甲斐田会はこれまで、盃外交はおろか、外との付き合いはしてこなかったはずだ。それがなぜ、ここにきて瀧井組と組んだのだ。

急いで頭を整理した。

甲斐田の真意はともかく、国光の言葉が事実だとすれば、村越と盃を交わした佐川が、密談の裏にいると考えられる。しかし佐川が若頭を務める瀧井組は、五十子会や加古村組とは確執があった。その残党が結成した呉原烈心会と組むとは、到底、考えられない。笹貫が瀧井に接近している、という噂話は唐津から聞いた。だが、烈心会は親の仇である一之瀬を執拗《しつよう》に狙っている。あの瀧井が、一之瀬を裏切るとは思えない。いったい、広島でなにが起こっているというのか。

「村越は佐川と組んで、野球賭博に手を広げとる。最近、えらい羽振りがええらしいで。村越の女がごっつい車に乗っとるんは、そういうわけや」

日岡は得心した。スナックのあがりだけで、ベンツが買えるとは思えない。しかしそれにしても、瀧井は村越の動きを知った上で黙認しているのだろうか。それとも、佐川が独断で動いているのか。

「瀧井さんは——」

心に浮かんだ懸念を口にしようとしたとき、川上の方から女性の悲鳴がした。

「誰か！　誰か来て！　篤史《あつし》が流される！　誰か助けてぇ！」

声に聞き覚えがあった。祥子だ。

立ち上がり川の上流に目を凝らすと、流れの合間に黒いものが浮き沈みしているのが見えた。

子供の頭だ。

考えるより先に身体が動いた。

上流に向かって駆ける。

川上の浅瀬で遊んでいて、なにかの拍子に流されたのだ。上流は浅瀬になっているが、日岡がいるこのあたりは淵になっていて、水深がかなりある。しかも、底のほうでは水流が内に巻いていて、一度足を取られたら大人でもなかなか上がってこられない。

藪《やぶ》で道が途切れた。

長靴とベストを脱ぎ、川に飛び込もうとした。

が、一瞬早く、横で水柱が上がる。

国光だ。

日岡も続いた。

背後で水音が連続する。

子分たちも飛び込んだのだろう。

国光のあとを必死で、子供に向かって泳いだ。

祥子の声が川上から、近づいてくる。

「篤史、篤史ィ！」

泳ぎが得意だと言っていただけあって、国光はものすごいスピードで、流れてくる子供に接近した。頭が沈みかかる寸前で、子供を抱き留める。

日岡は数秒遅れで到着すると、国光を手伝い、子供の頭を支えた。ふたりで対岸まで、泳ぎ切る。浅瀬まで来ると、高地と川瀬が待ち受けていた。状況を見て、まっすぐ反対の岸まで泳いだのだろう。

ふたりは国光から子供を受け取ると、大事に抱えて河原まで運んだ。

日岡は腰まで水に浸《つ》かったまま、肩で息をした。

水を飲んだからか、立て続けに咳が出る。

国光は早足で、河原に向かって泳ぐように両手を掻き、歩を進めている。

急いであとを追った。

やっとの思いで、乾いた小石を踏んだ。

見ると、高地と川瀬は子供をそっと、地面に横たえたところだった。

全力で駆け寄る。

子供は小学校低学年と思われる少年だった。

日岡はしゃがんで、意識と呼吸の有無を確認した。

「君、君！　聞こえるかい。聞こえたら返事をして！」

耳元で叫ぶが返事はない。

アニメのキャラクターがプリントされたTシャツの上から胸の中央に耳を当て、鼓動を確認する。心臓は動いている。かすかだが、胸は上下している。浅いが呼吸も確認できた。しかし、腹の異常なふくらみから、かなり水を飲んでいることが窺えた。

日岡は少年を横向きにすると、舌の奥に指を突っ込んだ。強く下に押す。少年は反射的に水を吐きだした。それを数回繰り返すと、浅かった少年の息が深くなった。

「どうです。助かりますか」

背後で国光の声がした。振り返ると、川瀬と高地とともに日岡を取り囲んでいた。

日岡は少年に目を戻し、冷たい頬に手を当てた。

「命に別状はないようです。意識は混濁しているけど、流されたショックのためでしょう。そのうち、気が付くはずです。ただ、かなり水を飲んでいるから、すぐ病院に運んで、適切な処置をしなければなりません。おそらく肺にまで水が入っているから、細菌感染を起こす可能性があります」

国光が高地に向かって顎をしゃくった。

「おい、上の公衆電話から、一一九かけるよう言うてこい」

「へえ！」

高地が川べりまで駆け、両手をメガホンのように口元に当て叫んだ。

「おい！　救急じゃ、救急！」

向こう岸に残っていた井戸が、了解の印に両手で大きな丸を作る。踵を返して樹のあいだに姿を消した。

と同時に、祥子がこちらに向かって駆け寄ってきた。

「篤史！」

日岡ははっとした。少年を囲んでいる国光たちを見る。三人は薄手の長袖シャツを身に着けていたが、濡れた生地からは、刺青が透けて見えていた。国光の顔にサングラスはなく、鼻下の付け髭も取れていた。泳いでいる途中で流されたのだ。

いつのまにか、指名手配写真そのままの顔を曝《さら》け出している。

国光は河原の石に足を取られながら走ってくる祥子に背を向けて、ボディガードに命じた。

「おい、行くぞ」

続いて日岡に小声で言う。

「例の件は、いずれまた」

川下の方へ向かって河原を歩きはじめる。二百メートルほど先にある、橋を渡るつもりだろう。

日岡は肯くと、祥子に視線を向けた。

祥子はTシャツにホットパンツという出《い》で立ちだった。顔色は蒼白《あおじろ》く、額から汗を流している。膝からは血が出ていた。ここに来る途中、転んだのだろう。

祥子は日岡の傍まで駆け寄ると、少年に目を留め、悲鳴にも似た声をあげた。

「篤史！　篤史ィ！　大丈夫ね！」

言いながら少年を抱きかかえる。

「祥子ちゃん、落ち着いて。大丈夫じゃ。命に別状はないけん」

祥子は青ざめた顔で日岡を見た。

「ほんまですか。ほんまに、助かりますか」

日岡は力強く肯いた。

「ああ、助かる！」

全身から力が抜けたように、祥子が、抱きかかえた少年の胸に顔を埋《うず》めた。

「この子は、祥子ちゃんの知り合いかい？」

祥子が肩を震わせながら肯く。

男の子は宮嶋《みやじま》篤史。広島市内に住む、祥子の従弟《いとこ》で小学二年生だという。夏休み最後の日曜日を利用して、親戚である祥子の家に遊びに来ていたのだが、ふたりで川遊びをしているうちに、篤史が深みに嵌まり流されてしまったらしい。

祥子は涙声でそう説明すると、少年を抱いたまま咽《むせ》び泣いた。自分がついていながら、溺《おぼ》れさせてしまったことに罪悪感を抱いているようだ。

日岡は祥子の気持ちを落ち着かせるために、背を擦《さす》った。

「救急車を呼んでもろうたけん。到着したら、一緒に病院に行こう」

祥子は涙が溜まった目で日岡を見た。

「篤史を助けてくれた人が、ほかにもおったようですが、その人ら、どこに行かれてですか」

河原を走りながら、救助の場面を見ていたのだろう。

まさか指名手配犯が助けたとは言えず答えあぐねていると、祥子が日岡の背後に目を向けた。つられて日岡も後ろを振り返る。

ちょうど国光たちが、対岸で釣りの道具を抱えているところだった。

「あの人たちが、篤史を助けてくれたんですね」

祥子はそう言うと、地面から立ち上がった。

「お礼を言わないと」

「待って、祥子ちゃん」

向こう岸に向けて叫ぼうとする祥子の肩に手を置き、日岡は止めた。

祥子が首を振る。

「どうして止めるんですか。あの人達が篤史の命の恩人ならどこの方かお聞きして、いずれきちんと、うちの親からもお礼をすべき……」

そこまで言って祥子は、いきなり口を閉じた。三十メートルの距離だ。崖をあがろうとする国光の背中の昇り龍が透け、遠目にもそれと、はっきりわかった。

見通しのいいけもの道の曲がり角で、国光が後ろを振り返った。少年のことが気がかりだったのだろう。変装のない素顔が見て取れる。

国光はすぐに前を向いて、川下の奥へ姿を消した。

日岡の背に、どっと汗が流れた。

祥子は国光の彫り物に、気づいただろうか。

目の隅で、祥子の様子を窺う。

祥子は怖いくらい真剣な目で、国光が消えた先を見つめていた。


その日の夜、祥子と父親、篤史の両親の四人が、駐在所へやってきた。

篤史は溺れてすぐに助け出されたことと、速やかに病院で処置がなされたことで、大事には至らなかった。いまのところ感染症もなく、無事過ごしているという。念のため入院措置をとったが、なにごともなければ二日後には退院して家へ帰れるとのことだった。

「息子の命が助かったんは、駐在さんのおかげです。ほんまに、ありがとうございました」

篤史の父親は、菓子折りを差し出しながら、玄関先で深々と頭を下げた。隣で、母親も倣う。

「大事に至らなくてよかったです」

日岡は菓子折りを手に、当たり障りのない言葉を返した。

篤史の命を助けたのは、自分ではない。国光だ。

日岡は複雑な気分だった。

目の前にいる大人たちも、篤史が搬送された病院の人間も、命を助けたのは日岡だと思っている。伝えたのは祥子だ。祥子は、自分が目にした男たちのことは口にしなかった。日岡が頼んだわけではないが、なにか思うところがあるのかもしれない。

大人たちは、何度も頭を下げ、駐在所をあとにした。

外まで見送り、なかへ入ろうとしたとき、後ろから声をかけられた。

「日岡さん」

振り返ると、祥子が立っていた。

祥子は日岡の前にやってくると、まっすぐに目を見た。

「今日は、ありがとうございました。本当に助かりました」

日岡は戸惑った。

篤史の命を助けた人間がほかにもいることを知りながら、祥子は話を合わせている。

祥子の目をまともに見られず、日岡は話を逸《そ》らした。

「こんな気を遣わんでもええのに」

菓子折りを見せる日岡に、祥子は少しの間のあと、ぽつりと言った。

「日岡さんも、助かりましたか」

驚いて祥子を見る。

日岡を見つめる祥子の目は、潤みを帯びていた。

祥子が急に大人に見える。

戸惑ったままなにも言えずにいる日岡に背を向けて、祥子は自宅へと続く道を駆けていった。


篤史を助けた日から、三日が経った。

国光からはなんの連絡もなく、祥子もなにも言ってはこない。

表向きはなにも変わらない日常だが、見えないところでなにかが密《ひそ》かに動きはじめているような不安を、日岡は抱いていた。

その日の勤務を終えて、日誌を書こうとしていたとき、駐在所の電話が鳴った。

駐在所の本署である比場警察署の地域課課長、角田智則からだった。

「九月の四日から四日間、江田島《えたじま》へ行ってもらえんかね」

角田は前置きもせず、本題を切り出した。

中国管区では、年に一度三泊四日で、青年警察職員合宿研修なるものを行っている。

そこに、日岡を派遣したいのだという。

日岡は戸惑った。

合宿研修には、主に優秀な若手が指名される。駐在の巡査が呼び出されることは、まずない。

「なぜ、自分が」

日岡は率直に訊ねた。

角田は言うべきか言わざるべきか迷ったようだったが、やがてぽつりと答えた。

「県警の課長さんの推薦じゃ」

日岡を指名したのは、斎宮だという。斎宮は日岡の呉原東署時代の上司で、今年の春に、県警本部へ捜査四課長として異動していた。

「なんぼうにも、こがな僻地《へきち》におる人間を呼び出す必要はない思うたが、四課長、直々のご指名じゃけ、のう。聞かんわけにゃァいけんじゃろう」

角田の不満げな口調から、駐在勤務の警官を研修に出すくらいなら自分が可愛がっている部下を選んでほしかった、という腹が透けて見える。

「こんなが留守のあいだは、比場署から代わりを出す。行くからにゃァ、しっかり研修を受けてきんさい。くれぐれも、比場署の恥になるような真似だきゃァ、するなよ」

そう言って角田は、一方的に電話を切った。

研修の前日、日岡は江田島へ向かう途中で、県警本部へ立ち寄った。斎宮に挨拶《あいさつ》をするためだ。

通された四課長室で待っていると、会議を終えた斎宮が部屋に戻ってきた。

「おお、元気そうじゃのう。わざわざ顔を見せに寄ってくれたんか」

はい、と日岡は声に出して返事をし、頭を下げた。

「この度は推薦をいただき、ありがとうございました」

しばらくのあいだ、共通の知り合いの近況について話したが、話が途切れると、斎宮は自ら合宿研修の話を持ち出した。

「今回、研修に呼び出されて驚いたか」

斎宮のところへ立ち寄ったのは、自分を選んだ裏になにがあるのか、知りたかったからだ。

話を切り出す前に斎宮から言い出してくれて、日岡は内心、ほっとした。

「いくら考えても、なぜ自分が選ばれたのか、わかりません」

斎宮は職員が置いていった茶を、ひと口啜《すす》った。

「監察室の嵯峨警視だがな。この秋の異動で、所轄の副署長に飛ばされる」

日岡は息を呑んだ。

監察官という大層な肩書きを持ち合わせてはいるが、嵯峨が左遷される理由は、いくつも思い当たった。叩けば埃《ほこり》どころか泥まで出てくる身体だ。そのなかのどれかが、今回の異動に繋がったのだろう。斎宮に理由を訊こうと思ったが、意味がないのでやめた。

「ところでお前、巡査部長の昇任試験を受けるつもりは、ないのか」

これは突然の問いではない。日岡には斎宮が言わんとしていることが伝わった。

日岡を県北の駐在へ飛ばしたのは嵯峨だ。その嵯峨が失脚したとなれば、日岡の中央復帰の可能性が高まる。問題はタイミングだ。

巡査部長への昇進が決まれば、必ず異動になる。組織とはそういうものだ。ひとつ階級があがれば、それを考課として中央の所轄か、うまくいけば県警に呼び寄せることができる、そう斎宮は考えているのだ。今回の交流研修に日岡を選んだ理由は、おそらく外部への顔見せだ。いまのうちに、周りに名前を覚えさせ、実績を積ませておけば、呼び戻すときの大きな強みになる。

日岡は膝の上で組んだ手に、力を込めた。

「巡査部長への昇任試験、受けるつもりです。今回の研修も、しっかり務めてきます」

翌日、日岡は江田島に入った。

江田島は、呉原港からフェリーで二十分ほどのところにある。山と海に囲まれた静かな土地だ。

合宿所となる江田島青少年交流の家には、中国五県から集まった四十名近くの警察官および警察職員がいた。なかには、外国人もいる。ここで三日間、ともに過ごす仲間だ。

四人一部屋の自分のベッドに荷物を置くと、すぐに体育館へ向かった。合宿の責任者であり指導者でもある広島県警警務課長、中谷《なかたに》警視から、合宿中の注意事項や生活における説明を受ける予定になっていた。

多くの研修生と並んで中谷の訓育を聞いているうち、日岡の胸に、懐かしさが込み上げてきた。

同世代の者たちと肩を並べるのはいつ以来だろう。警察学校の卒業式が最後ではなかったか。まだ警察組織に希望を抱き、己の責務をまっとうすべく、期待に胸を震わせていた頃だ。

日岡は中谷の怒声にも似た熱意ある声を聞きながら、わずかに目を伏せた。教科書どおりの話を、素直に聞けなくなってしまった自分が、なんだか辛《つら》かった。

中谷の訓育が終わると、施設の説明が行われた。江田島青少年交流の家は、小学校のときに体験した、林間学校を想起させた。

説明が終わると、昼食だった。

全員が食堂に集まり、配膳棚に置かれたトレイを受け取る。順に、カウンターから皿を載せていった。

昼食は合宿につきものの、カレーライスだった。

窓際のテーブルに座り、口に運ぶ。カレーは一度にたくさん作るほうが美味いとよく聞くが、まんざら嘘ではないと思った。辛さは少し控えめだったが、味が深くたしかに美味かった。

カレーを食べながら、日岡は食堂の棚の上に置かれたテレビに、なにげなく目をやった。

昼のニュースが流れている。女性アナウンサーが、広島市内で行われたイベントについて読み上げていた。

アナウンサーの耳当たりのいい声を聞きながら、再びカレーを口に運ぼうとしたとき、急に音が途切れた。

なにごとかと思いテレビに目を戻すと、穏やかだった女性アナウンサーの顔が強張っていた。

「たったいま入ってきたニュースです」

手元の原稿に目を落として続ける。

「大阪市内にある心和会トップ、浅生直巳会長の自宅に、ロケット弾が撃ち込まれたとのことです。繰り返します。明石組と激しい抗争を繰り広げている心和会の会長宅に、ロケット弾が撃ち込まれました。自宅前では警察官が警備に当たっていましたが、数名に負傷者が出た模様です」

横から原稿が差し出され、それを見たアナウンサーが、緊張した声で続ける。

「いま、新しい情報が入りました。砲弾は玄関先で爆発。警察官一名が死亡した模様です」

アナウンサーが青ざめた顔をあげ、悲痛な面持ちでカメラに語りかけた。

「警察官一名が、亡くなったとのことです。犯人は逃走中で、現在、警察が行方を追っています。いま、現場周辺は大変混乱しています。新しい情報が入り次第、お伝えします」

ニュースが終わっても、食堂で動く者は誰もいなかった。みな、声を失ったようにテレビの画面を見つめている。

やがて、ひとりの女性が、うめき声にも似た悲鳴を漏らした。それが合図でもあるかのように、食堂にいた者たちは、一斉に動きはじめた。

ある者は勢いよく食堂から飛び出し、ある者は隣にいる人間に昂奮《こうふん》した様子でなにやら話している。誰もが動揺し、昂っていた。

日岡はコップに入っている水を、一気に飲んだ。

大きく息を吐き、前を見据える。

浅生宅にロケット弾を撃ち込んだのは、間違いなく明石組だ。四代目組長、武田力也を殺した報復として、心和会トップの命を狙ったのだ。

血のバランスシート。

日岡は窓の外を見た。窓ガラスの向こうに、国光の顔が浮かぶ。

国光はこのニュースを、どう受け止めているのだろうか。

――国光は動く。必ず、動く。

すぐにでも、中津郷に戻りたい気持ちにかられた。

日岡はテーブルに肘をつき、組んだ両の手を、強く握った。

いまはじっと耐えるしかない。

日岡は窓に映る国光の幻影に向かって念じた。

――俺が帰るまで、動くな。

四章

「週刊芸能」平成二年六月七日号記事

ジャーナリスト山岸晃が読み解く史上最悪の暴力団抗争　明心戦争の行方　第四回

緊急連載

逃亡中の義誠連合会会長・国光寛郎（35）が二の矢、三の矢を考えているとの憶測は、警察関係者の間にも広まっている。

兵庫県警捜査四課のベテラン刑事が言う。

「武田が暗殺されたあと、神戸の本家で緊急幹部会が開かれたやろ。あんとき、プラチナ（直参）のひとりが、狙われたんや。本家からの帰り道、不審な車につけられて、なんとかまいたらしいんやが、付け回しとった車のなかに、国光の若いもんがおったらしい。国光のことや、勢いつけて、片っ端から幹部の首、殺《と》ったろ思うたとしても、不思議はない。あいつはほんま、狂犬みたいなやつやで。なんせ同じ代紋仲間の幹部、斬り殺すようなやつやからな。反目に回ったらそら、とことん狙うやろ。たぶんいまでも、噛《か》みつく気ィ、満々ちゃうか」

同じ代紋仲間の幹部とは、かつて覚せい剤のしのぎで揉《も》め斬殺した、明石組二次団体若頭のことを指している。この事件で国光が懲役七年の実刑を受け、熊本刑務所に収監されたのは先述したとおりだ。

国光が国内に潜み、明石組幹部のさらなる暗殺を狙っているとの見方は、ヤクザ社会にも根強い。

「三人死んどんやで。捕まったら最低でも無期、ことによっちゃァ死刑もあり得る。国光の性根からゆうて、このままただ逃げ回るっちゅうんは、考えられへん。どこに逃げても警察が目ェ光らしとるし、明石組の手のもんに地獄の果てまで追われるやろ。海外にでも逃げりゃァ別やろうけど、あいつはそんなタマやない。必ず日本に隠れとる。もう死んだも同然の身やからな、死に花咲かすチャンス、窺《うかご》うとるんちゃうか」

とは、国光をよく知る、関西の中立系組長の話だ。

取材を進めていくと、拳銃《けんじゅう》や武器の密輸を手がける闇組織のブローカーから、貴重な証言を得られた。国内の暴力団関係者に渡る武器の四割を捌《さば》いているという〝道具屋〟の某組長筋から、こんな話が聞こえてきたというのだ。

以下はブローカーの証言である。

「義誠連合会にはな、十一《といち》会いう組織があるいう話や。内部でも最高機密で、所属するもんの名前も人数もわからんようなっとるらしいが、言うたら、各組の若い衆から選抜された暗殺部隊や。射撃訓練やら格闘技やら尾行技術やら、アメさんの特殊部隊さながら、毎日、人殺しの特訓しとるらしいわ。組の武器庫にはライフルやマシンガン、手榴《てりゅう》弾《だん》まで揃えとるそうや。ちょっとした軍隊やで、正味な話」

同様の組織は、名古屋《なごや》の等々力《とどろき》会（明石組二次団体、組員千五百）や九州の三代目筑《ちく》友《ゆう》連合会（組員千二百）にもあるという。

だが、名にし負う武闘派の大組織ならまだしも、組員百五十名程度の義誠連合会が、なぜこれほどの暗殺部隊を保持できるのだろうか。

「そりゃ、銭やろ」

そう答えるのは、明石組の二次団体幹部だ。

「国光の外道はな、えげつないほど銭儲《もう》けが上手《うま》いねん。株やら不動産やら転がして、堅気泣かしてがっつり銭、貯め込んどる。四代目の件でも、資金用意したんは国光や。間違いあらへん。あん外道は、大城《おおしろ》のオジキや熊谷《くまがい》のカシラまで狙うとるいう話や」

名前の出た大城隆《たかし》はいまの明石組組長代行、熊谷元也《もとや》は若頭だ。いわば明石組執行部の、ツートップである。

武田を暗殺した国光寛郎は、若い時分から現若頭の熊谷元也と並び称される、明石組きっての有望株だった。

先の明石組二次団体幹部は、最後に筆者へ、吐き捨てるように言った。

「あん外道だきゃア、鱠《なます》に刻んでもまだ足らへん。あれを殺《や》らんかぎり、今度の戦争は絶対に終わらんやろ」

筆者の周辺のマスコミ業界では、いま盛んに、ひとつの言葉が囁《ささや》かれている。

――暴力団新法。

暴力団を取り締まるための新たな法律だ。法務省と警察庁はかねて、暴力団の活動を大幅に制限し壊滅に追い込むための新法を準備してきた。それが、いよいよ国会へ上程されるのでは、と噂されているのである。

緊急連載最終回となる次号では、明心戦争終結後の暴力団社会について考察してみたい。

(以下次号)


江田島青少年交流の家の体育館は、しんと静まり返っていた。意識を集中させれば、壁にかかっている時計の秒針の音が聞こえてきそうなほどだ。

しかし、静けさに反して、空気は熱を帯びていた。体育館に集まっている警察官および警察職員――研修生およそ四十名の誰もが、感情を抑え切れずにいる。緊張と昂《たかぶ》り、悲しみと怒りが、表情に表れていた。

五人八列に並んだ研修生の最後尾にいる日岡は、このなかで一番動揺しているのは自分だ、と確信していた。浅生の自宅にロケット弾が撃ち込まれてからずっと、国光のことが頭から離れない。

昼のニュースが流れたあと、研修生たちはスケジュールどおりに動くよう、上から命じられた。研修生は、五人一班にまとめられている。日岡がいる三班の班長を務める広島県警甲津《こうつ》署の三笠《みかさ》巡査部長は、班員に向かって呼びかけた。

「混乱する気持ちはわかる。じゃが、わしらは粛々と、自分らに課せられた職務を遂行するだけじゃ。いまは研修に集中せにゃァいけん。新しい情報が入り次第、中谷警視から報告があるじゃろ。それまでは、予定に沿った行動を、一生懸命しようや、のう」

班員たちは、三笠の指示に従い、午後のカリキュラムに入った。他県警の警察官との交流を目的としたミーティングをはじめるが、誰もが上の空だった。逃走中の犯人はどうなったのか。殉職した警察官に妻子はいるのか。負傷した警官の容態はどうなのか。それぞれの思いを抱え、暗い表情で項垂《うなだ》れている者が大半だった。

それでも、形だけとはいえカリキュラムはこなした。あとは各自部屋に戻り、夕食前の三十分間、休憩に入るはずだった。しかし、急遽《きゅうきょ》、研修生は全員、体育館に集まることになった。

壇上にあがった中谷は、厳しい表情で全員を見渡した。

「ここに集まってもらった理由は諸君も承知のことと思う。本日、大阪府警幾田《いくた》署の成《なり》田《た》忠明《ただあき》巡査長が、警備職務中に殉職を遂げた。まことにもって痛恨、哀惜の情、極まりなく、この場にいる警察官全員で、成田巡査長に哀悼の誠を捧げたい」

中谷は重い息を吐くと、反るように姿勢を正した。

「全員敬礼、黙禱《もくとう》」

号令に合わせ、研修生が一斉に敬礼する。続いて頭を下げ、しばし黙禱した。

「直れ」

指示に従い、顔をあげる。中谷は手を背に回すと、後ろで組んだ。

「この痛ましい事件を受けて、警察庁はかねて準備中の暴力団新法を国会へ上程すべく、本腰を入れるはずだ。早ければ来年、遅くとも再来年には、新しい暴力団取締法が必ずや施行されると信じている」

断言するように語気を強める。

体育館の空気が、かすかにざわめいた。少なからぬ者が、驚きの息を漏らしている。

昭和六十年代に、市民が巻き込まれ犠牲となる暴力団抗争事件が相次いだ。それを受けて、警察庁が暴力団の活動を大幅に規制する対策法を検討しているという話は、警察関係者には周知の事実だった。だが、法案が国会に上程されるのはまだまだ先だろう、と誰しも思っていた。憲法で保障される人権との絡みが、議論を呼ぶと考えられたからだ。

ざわめきが静まるのを待って、中谷は声を張った。

「暴力団は、世の中の必要悪ではない。絶対悪だ」

日岡は宙に漂わせていた視線を、壇上に向けた。中谷が言葉を続ける。

「絶対悪は、完膚なきまでに叩《たた》き潰《つぶ》さねばならん。暴力団の魔の手から市民を守るのは、我々、警察官に課せられた重要な任務のひとつである。よって諸君は、そのことを肝に銘じ——」

中谷の熱のこもった訓示は、さらに続いた。

最初のあいだ、日岡はほかの研修生に倣い、壇上の中谷をまっすぐ見つめていた。しかし途中で、中谷の顔は視界からフェイドアウトしていった。右の耳から入った言葉が、そのまま左の耳から抜けていく。

頭に浮かぶのは、国光の顔だった。

はたして国光は、大人しく中津郷で身を潜めているのか。それとも子分を連れて、なんらかの行動を起こすため関西へ舞い戻ってしまったのか。

後者のような気がしてならない。

自分が直参を務める心和会のトップが攻撃されたのだ。国光が報復に出ることは充分に考えられる。

目には目を——ロケット弾にはロケット弾を、なのか。

日岡の脳裏に、管理事務所横にあった物置小屋が浮かぶ。入り口の引き戸には、表から頑丈な南京錠《なんきん》がかけられていた。大掛かりな銃器や弾薬が隠してあるとすれば、あそこしかない。ランドクルーザーに大量の武器を詰め込み、走り去る国光たちの後ろ姿が見えるような気がした。

日岡は腿《もも》の前の拳《こぶし》を、強く握った。

国光がいまどこでどうしているか、一刻も早く知りたい。しかし、この場はじっと耐えるしかなかった。

研修を終えて中津郷へ戻ったら、すぐさま工事現場に駆けつける。巡回は多くて三ヶ月に一回だ。つい先月きた日岡を、このあいだ会った女性の事務員は怪訝《けげん》に思うだろう。しかし、そんなことはどうでもいい。理由など、どうにでもなる。

日岡が腹を括《くく》ったとき、いきなり名前を呼ばれた。はっとして顔をあげる。

いつの間にか、訓示は終わり、壇上の中谷が日岡を見ていた。周りの目が、一斉に日岡へ向けられる。

「広島県警比場署の日岡巡査。聞こえているかね」

もう一度呼ばれて、慌てて返事をした。

「はい、聞こえています。なんでしょうか」

「君に伝えることがある。このあと、私の部屋へ来るように」

中谷の視線が、錐《きり》のように尖《とが》った。唇が真一文字に結ばれている。

もしかして、国光を匿《かくま》っていたことがばれたのか。

顔から血の気が引くのが自分でもわかる。日岡は動揺を悟られないよう冷静さを装い、喉《のど》の奥から声を絞り出した。

「承知しました」

「以上。各自、部屋に戻ってよし」

中谷は研修生を見渡してそう言うと、壇上から降りて体育館を出て行った。

中谷が使っている事務室の前に立つと、日岡は深く深呼吸をした。

まだ、国光のことを知られたと決まったわけではない。落ち着け。そう自分に言い聞かせて、入り口のドアをノックした。

「日岡巡査、参りました」

腹に力を込めて言った。

「入れ」

なかから中谷の声が返ってきた。

ドアを開けて部屋に入る。

中谷は窓を背にして、事務机に座っていた。表情は厳しいままだ。

敬礼し、机に近づいた。気をつけ、の姿勢をとる。

「なんでありましょうか」

机を指で叩きながら、中谷が言った。

「日岡巡査、なぜ報告を怠った」

心臓が早鐘を打つ。身体中の血が、一瞬で頭にのぼった。

息を吸い、言葉を返そうとするが、咄嗟《とっさ》に出てこない。

その場で固まる日岡に、中谷が卓上電話を顎《あご》で示した。

「比場署地域課の角田警部補に、すぐ電話しろ」

電話の向きを変えながら、数字の書かれたメモを卓上で滑らす。

「直通の番号だ」

「承知しました」

自分でも声が擦《かす》れているのがわかる。

手が震えないよう指先に力を込め、数字ボタンを押した。

中谷は椅子を回転させ、日岡に背を向けた。窓の向こうに、瀬戸内海の島々が見える。

なぜ、比場署なのだ。なぜ、地域課の角田なのだ。

国光の件がばれたとすれば、県警四課へではないのか。斎宮へではないのか。

いや、匿っていたのがばれたとすれば、自分は犯人隠匿の罪で、たちまち逮捕されてもおかしくない。

思考が高速で回転した。頭が混乱する。

呼び出し音が二回鳴り、電話が繋《つな》がった。

「はい。地域課、角田です」

角田の声が聞こえる。

「もしもし、日岡です。中谷警視から電話するよう指示を受け――」

言い終わる前に、角田が被《かぶ》せてきた。

「おお、研修ご苦労さん。江田島はどうじゃ」

いつもの、のんびりした声だ。

――国光の件じゃないのか。

安堵《あんど》で膝《ひざ》が震えそうになる。

中谷に気づかれないよう、息を細く吐き出した。受話器を口元に近づける。

「私になにか、用がおありのようですが」

角田は思い出したように、おお、と声をあげた。

「こんなァ、なんで黙っとったんじゃ」

またしても頭が混乱する。やはり国光がらみなのか。

「なんの――ことでしょう」

声が上擦らないよう、意識して低く抑えた。

「なんの、いうて、手柄の件に決まっちょるじゃろ」

角田が呆《あき》れ声で言う。

意味が摑《つか》めない。

「手柄というと……」

言った瞬間、気づいた。篤史の件だ。

電話の向こうで、角田が声を跳ね上げた。

「お前、一週間ほど前に、川で溺《おぼ》れとる子供を助けたじゃろうが」

国光の件があるので、本署には報告していなかった。つい、間の抜けた声が出る。

「はあ……」

「はあ、じゃあるかい。馬鹿たれ」

嘆息交じりの、叱責《しっせき》が飛ぶ。

しかしどこから漏れたのだろう。

「誰からお聞きになったんですか」

日岡は訊《たず》ねた。

角田が言うには、安芸《あき》新聞の比場支局の記者が、消防隊員から情報を入手したとのことだった。

「ほいで、取材したい、いうて安芸新聞から電話があったんじゃ。こっちじゃ、なんの報告も受けとらんけん、大騒ぎよ。署長から、どないなっとるんじゃ、いうて怒られるし、てんやわんやよ」

「申し訳ありません」

日岡は受話器を握りながら、思わず頭を下げた。右往左往している角田の姿が浮かび、冷や汗が出てくる。

「じゃがまあ、ことは人命救助じゃけん。署長も機嫌直してのう、すぐにでも取材を受けちゃれ、いうて言われてじゃ。明日、安芸新聞の記者がそっちへ行くよう手筈《てはず》を整えたけん、しっかり話しちゃってくれ」

「わかりました。たいしたことはしとりませんが、状況をよく説明しときます」

日岡は当たり障りなく答えた。

「ほいでのう」

角田が急に声を潜める。

「中谷さんにゃァ、よう謝っとくんど。比場署の恥を、内々に抑えてくれんさったんじゃけ」

「承知しました」

「うむ。署の宣伝になるように、よう喋《しゃべ》っとくんど」

「はい。頑張ります」

「ほいじゃのう」

「ありがとうございました」

見えない相手に頭を下げ、日岡は静かに受話器を置いた。

中谷は日岡に背を向けたまま、椅子に深くもたれている。

日岡は改めて、気をつけ、の姿勢をとると、腰を深々と折った。

「今回の件、ご配慮いただき、ありがとうございました」

顔をあげる。

中谷は椅子を回転させ正対すると、日岡を睨《にら》みつけた。

「なんで、上司に報告しなかった」

「申し訳ありません」

もう一度、腰を折る。

気をつけ、の姿勢のまま、日岡は言葉を選んだ。

「休暇中でしたし……その、当たり前のことをしたまでなので、報告するまでもないか、と──」

「馬鹿者！」

怒声が響く。

「人命に関わる事件に遭遇して、報告を怠る警察官がどこにいる」

日岡は頭を下げた。

「申し訳ありません」

唇を嚙み、顔をあげる。

射貫《いぬ》くような視線が刺さった。

逸《そ》らすように、目線を中谷の頭上に留めた。

部屋を沈黙が支配する。

ふと、中谷の表情が緩んだ。薄く口角をあげる。

「まァしかし、謙虚な男だな、お前。普通なら、上司に真っ先に報告して、点数を稼ぐところだが」

そう言って、机に身を乗り出す。

「お前、たしか駐在勤務だったな」

「はい」

頭上に視線を留めたまま、日岡は答えた。

手元の書類に目を落としながら中谷が言う。

「日岡秀一、か。名前は覚えておく」

「ありがとうございます」

日岡は腰を折った。

「用件は済んだ。行っていい」

中谷が退室を促す。

一礼すると日岡は、静かに部屋を出た。


翌日、記者がやってきたのは、約束の午後二時きっかりだった。日岡は午後一番の研修を免除され、取材は中谷立ち会いのもと、事務室で行われた。

まだ新人と思われる若い女性記者は、手帳を片手に、救出時の様子を詳しく訊ねた。日岡は自分ひとりで少年を救出したことにして、記者の問いに答えた。

女性記者はひと通り質問を終えると、手帳を閉じかけてから、ふと思いついたように訊いた。

「そういえば、消防隊員の話によると、一一九番通報をした人が別にいたようですが、その方がどなたか、ご存じですか」

日岡はどきりとした。通報したのは国光の部下である井戸だ。日岡は冷静を装い、返答を偽った。

「さあ、私はそのあたりはよくわかりません。おそらく近くにいた釣り人か、近所の住民じゃないでしょうか」

女性記者はそれ以上通報者に興味を示さず、取材を終えた。

事務室をあとにし着替えのため部屋に戻った日岡は、ワイシャツを脱ぐと、背中にびっしょり汗をかいているのに気づいた。


もどかしいぐらい時間が遅く過ぎる三日間を終え、日岡は広島から高速バスで中津郷へ戻った。

駐在所に着いたのは、午後の四時過ぎだった。

なかに入ると、代役を務めてくれた城西町派出所の佐藤《さとう》巡査が、満面の笑みで声をかけてきた。

「おお、お帰り。お疲れさんじゃったのう。新聞見たで。大活躍じゃないの。えらい、ええ男に写っとったで」

人命救助の記事は今日の安芸新聞の地域欄に、写真つきで載っていた。どこで居所を調べたのか、実家の母親からも江田島の研修所に電話があり、なんで教えてくれんかったん、と恨み節交じりに褒められた。人命救助そのものではなく、新聞に載ることを黙っていたのが、水臭いと映ったらしい。記事を見た親戚《しんせき》から、じゃんじゃん電話がかかってきて大変だった、と嘆いてみせたが、声は隠しようがない喜色で溢《あふ》れていた。

日岡は佐藤に言った。

「いやァ、たまたまですけん。自慢するようなことじゃないです」

荷物を置きながら、ぎこちない笑みを返す。

「なに言うとるん」

ひと回り年上の巡査は、肘《ひじ》で脇腹を小突いた。

「大手柄よ、大手柄。出世、間違いなしじゃ」

日岡は頭を掻《か》いた。

「ほうなら、ええんですが……」

一秒でも早く、横手の工事現場に駆け付けたかったが、留守を預かってもらった手前無下にもできず、話を合わせる。

やがて佐藤は、簡単な引き継ぎを終えると、小型のパトカーで城西町へ戻っていった。

佐藤が運転するミニパトが見えなくなると、日岡はすぐさま外に出て、駐在所の入り口へ鍵《かぎ》をかけた。

裏に停めた私用のバイクに跨《またが》り、エンジンをかける。

ヘルメットを被ろうとしたとき、いきなり声をかけられた。

「日岡さん」

驚いて振り返る。バイクの後ろに、祥子が立っていた。国光のことばかり考えていて、あたりに注意をはらっていなかった。

「代わりのおまわりさんから、日岡さんがいつ戻るか教えてもらったんです。高速バスの時間から、そろそろかと思って。次に勉強を教えてもらう日ですけど……」

日岡は顔を戻し、前を向いた。

「悪いけど、しばらく無理じゃ。すまんのう」

バイクの前に回り込み、祥子が叫ぶように声をあげた。

「どうしてですか。私、日岡さんの気に障るようなこと、なにかしましたか」

急いで首を振る。

「祥子ちゃんのせいじゃない。自分の昇任試験が迫っとってのう。このままじゃと危ないけん、ちいと自分の勉強に身を入れることにしたんじゃ。それに、祥子ちゃんは俺が教えるまでもないよ。いまのままでも、志望の大学に、充分入れる」

昇任試験については嘘だったが、祥子に関しては本当だった。もともと、家庭教師が必要な成績ではない。

祥子は大きく左右に首を振った。

「そんなことはありません。うち、日岡さんに勉強をみてもらいたいんです。お願いです。日岡さんの邪魔はしませんけ、どうか――」

日岡は祥子の言葉を最後まで聞かず、ヘルメットを被った。

「お父さんにはいずれ、改めてお詫《わ》びに行くけん」

日岡はスロットルを回すと、エンジンをふかした。大きな音に怯《ひる》んだのか、祥子がバイクから離れる。その隙を逃さず、日岡はバイクを発進させた。


午後五時。横手の工事現場に着くと、ちょうど作業員たちが引き上げてくるところだった。バイクで乗り付けた日岡を、珍しげに見ている。

日岡はいつも国光たちがいる、プレハブの管理事務所へ向かった。引き戸には鍵がかかっている。なかに人がいる様子はない。

急いで、事務員や従業員たちが使っているプレハブに走る。

引き戸を開けるとカレーの匂いがした。作業員の夕飯の準備をしていた割烹《かっぽう》着《ぎ》姿の木村が、日岡の顔を見て、驚いたように声をあげた。

「あらまァ、誰か思うたら駐在さんじゃないの。どうしたんですか、私服でこんな時間に。なんか、ありんさったですか」

息を整えながら、日岡は訊ねた。

「くにみ――いや、吉岡さんたちはどこにいますか」

木村はきょとんとした様子で答える。

「ここ二、三日、見とらんですが、なんぞ御用でしたか」

「いや、なんでもありません。非番で近くへ来たついでに、寄っただけですけ。お邪魔しました」

日岡はプレハブを飛び出すと、管理事務所の隣にある小さな物置小屋へ向かった。義誠連合会の武器庫のひとつ、と睨んでいた場所だ。

取っ手に手をかけると、ドアはすんなり開いた。鍵はかかっていない。

なかを覗《のぞ》く。なにもなかった。空っぽだ。

日岡は小屋へ入ると、しゃがんで床を眺めた。大人の男が履いているサイズの靴跡と、なにか箱のようなものを引きずった跡がある。跡の上に埃《ほこり》が溜《た》まっていないところから、最近、ここから何かが運び出されたことは間違いない。

工事用の道具か、それとも——

日岡は立ち上がると、薄暗い小屋のなかで唇を噛んだ。


事が大きく動いたのは、日岡が中津郷に戻って二日後だった。

明石組等々力会系若狭《わかさ》組の組長、若狭勝次《かつじ》が、大阪市内の路上で銃撃されて死亡したのだ。名古屋に本拠を置く明石組二次団体の等々力会は、組員千五百名を抱える明石組最大の武闘派組織だ。会長の等々力義男《よしお》は、本家の若頭補佐を務める最高幹部のひとりだ。三次団体の若狭組組長・若狭勝次は、等々力会行動隊長の肩書きを持っている。

報道を見た日岡はすぐに、駐在所から一之瀬の携帯に連絡を入れた。

「等々力会の若狭が殺されたんは、ロケット弾事件の返しでしょうか」

電話が繋がると日岡は、単刀直入に訊ねた。

「そう見て、間違いないじゃろう」

一之瀬の話によると、若狭は等々力の腹心で、大阪に潜伏し、心和会への報復の指揮を執っていたらしい。

「浅生の家へロケット撃ち込んだんは、若狭んところのもんじゃないか、いう噂が出とる」

受話器を握り締め、日岡はつぶやくように言った。

「ここ数日、国光の姿が見えんのですが」

電話の向こうで、沈黙が続いた。

一之瀬はなにも喋らない。仮になにか知っていても、喋るつもりはないだろう。

日岡はそれ以上聞かず、礼を言って電話を切った。


若狭射殺事件から一週間、日岡は毎晩、道にひと気がなくなる午後八時を過ぎてから、工事現場へバイクを走らせた。国光が戻っていないか、確認するためだ。しかし、管理事務所の灯《あか》りは消えたままで、なかに人がいる気配はなかった。

国光はいったい、どこへ消えたのか。

日岡が焦りと苛立《いらだ》ちを抱え、じりじりしているあいだに、明石組の心和会への報復は激化していった。

神戸の北柴組系杉本組幹部宅に、宅配便を装った男二名が訪れ、玄関先に出てきた組員の関谷《せきや》忠宏《ただひろ》に発砲。関谷は胸部に銃弾三発を受け、即死した。翌日には、四国《しこく》高松《たかまつ》の心和会系高砂《たかさご》組事務所にトラックが突入し、運転手が銃を乱射。高砂組組員三人が重軽傷を負う事件が発生する。同日、奈良県奈良市の心和会系三輪谷《みわたに》組組長・三輪谷正二《しょうじ》が、路上で車から降りたところを、背後から射殺された。ボディガードも銃撃され、三輪谷組組員二名が重傷を負った。

なかでも、もっとも世間を震撼《しんかん》させたのは、堺《さかい》市の心和会系菊政《きくまさ》組事務所に銃弾が撃ち込まれた事件だった。犯人は、走行中の電車から線路脇にある事務所へ発砲し、電車がカーブに差し掛かったところで、窓から飛び降り逃走した。一歩間違えば、通行人に被害が出ても不思議ではない事件に、近隣の住人は恐れ戦《おのの》いた。

この一週間で暴力団による発砲事件は、わかっているだけで十件を数えた。

警察庁は急遽、全都道府県警捜査四課長会議を招集し、暴力団対策に全力を傾注する旨、改めて徹底した。

しかし、明石組と心和会の抗争は、そう簡単には収まらないだろう、と警察関係者もマスコミも睨んでいた。手打ちはない、と明石組最高幹部がマスコミを前に断言しているからだ。血で血を洗う報復の連鎖は、どちらかが消滅するより他に断ち切る方法はない。

消滅するとすれば、構成員が二千名にまで減った心和会だ。すでに明石組と心和会の勢力比は、七対一に広がっていた。

研修から戻った十日後、日岡はいつものように、バイクを工事現場へ走らせた。羽織ったジャンパーの襟元から、夜気が入り込んでくる。すでにもう、九月も中旬だった。暗い夜道でバイクを駆る日岡は、前を見つめたまま、工事現場の管理事務所を思い起こした。脳裏に、真っ暗な事務所が浮かぶ。

今日も、事務所の灯りは消えたままなのだろうか。

横手の工事現場に近づく。遠くに建物の灯りが見えた。

二つだ。作業員の宿泊所とは別に、管理事務所に灯りがついている。

心臓が大きく跳ねた。

国光たちが戻ってきたのだろうか。

工事現場の手前にバイクを停め、エンジンを切る。足音を忍ばせ、建物に近づいた。

管理事務所の外から、気配を窺《うかが》った。男たちの話し声が聞こえてくる。なかに、聞き覚えのある声があった。独特のかすれ声。国光だ。

日岡は口に溜まった唾《つば》を飲み込むと、小さくドアをノックした。

話し声がぴたりと止む。

足音が近づき、曇りガラスの向こう側に人影が立った。右手が動き、懐を探るような動きをする。拳銃を取り出しているのだろうか。

「だれない」

人影が訊ねた。高地の声だ。

「俺です。駐在の日岡です」

ドアが細く開く。

目の前に高地が立っていた。右手は懐に入れたままだ。奥に国光の姿が見える。前に鍋《なべ》を囲んだときのように、床に敷かれたブルーシートの上で胡坐《あぐら》をかいている。

どうしますか、と問うように、高地が国光を振り返った。

「かまわん。入ってもらえ」

国光が答える。落ち着いた声だ。

事務所には井戸と川瀬もいた。国光を守るように、両側に片膝をついている。なにかあれば、いつでも動ける姿勢だ。

なかに入ると、川瀬が一番下座について、日岡に席を譲った。

五人でテーブルを囲む。

日岡は、国光を左に見ながら訊ねた。

「しばらく、留守にしていましたね」

「ああ、ちょこっと旅に出てたさかいな。いましがた戻ったところや」

帰ってきたばかりというのは本当だろう。テーブルの上の灰皿はきれいなままだ。

「どこへ行ってたんですか」

日岡は一番知りたかったことを、率直に訊ねた。すかさず、左側に座る高地が火を差し出す。国光は上着のポケットから煙草を取り出し、国光は答えた。

「関西や」

「目的は」

被せるように問う。

国光はにやりと笑った。

「おめこ旅行や」

意表を突かれ、息を止める。

「正味この二ヶ月、女っ気なしやったろ。溜まるもん出さな、身体に悪いがな」

三人の愛人を日替わりで呼び出し、旅館で寛《くつろ》いでいた。その間、子分たちもそれぞれ女房を呼んだり、女を買っていたのだ、と説明する。

ひとつ深呼吸し、日岡は国光に眼光を据えた。

「そんな話、俺が信じる思うとるんですか」

国光の愛人や指名手配中の子分の妻の動向は、警察が監視しているはずだ。素人の女に尾行が撒《ま》けるとは思えない。警察の目を掻い潜《くぐ》り、女と会うことはほぼ不可能だ。

そう言うと国光は、不敵な笑みを浮かべた。鼻から息を抜き、小馬鹿にしたように言う。

「警察《サツ》の尾行なんてチョロイもんやで。満員電車二、三回乗り継いで、デパート入ったら楽勝や。女便所までは、入ってこれへんからな。個室で変装してなに食わん顔で出てくりゃ、同じ女とわからへんがな」

そんなときのために女性警官がいるのだが、日岡は口に出さなかった。

井戸が静かに、流しに向かう。

日岡は革ジャンの胸ポケットから、黙って煙草を取り出した。隣の川瀬が差し出す百円ライターを手で制し、ズボンに入れた自分のライターで火をつけた。大上に貰《もら》った、狼の絵柄のジッポーだ。

ニコチンが肺を満たす。

日岡は煙を、ゆっくり吐き出した。

国光が吸い終わった煙草を灰皿で揉み消す。

日岡も無言で倣った。

それを待っていたかのように、井戸が酒とつまみを持ってきた。

「冷蔵庫を空にしてましたさかい、こんなもんしかあらしまへんけど」

そう言いながら、炙《あぶ》ったスルメと日本酒を卓に置く。

日岡は、バイクで来ているから、と酒を断った。国光が豪快に笑う。

「そんなもん、あんたの身体と一緒に、あとで軽トラで運ぶがな。遠慮せんと、やり」

日岡の前に置かれたコップに、国光が酒を注ごうとする。

コップを両手に持ち、酌を受けた。ときにアルコールは、腹を割って話す材料になる。

コップが満ちると、日岡は国光に酌を返した。

子分たちは酒に手を出さない。

国光とふたり、乾杯した。

国光がコップ酒をぐびりと呷《あお》る。

日岡は舐《な》めるように啜《すす》った。

スルメを齧《かじ》りながら、国光は自分の女の自慢話を語った。下品な艶話《つやばなし》を、子分たちは面白そうに聞いている。

猿芝居に付き合うのもここまでだ。

日岡は国光の話を遮り、核心に切り込んだ。

「等々力会——」

そうつぶやくと、国光たちの会話が止まった。

「等々力会の若狭を殺ったんは、あんたですか」

国光を除く三人の視線が、日岡に突き刺さる。

国光はコップ酒を嚙むように呑《の》み下しながら、ゆっくりと首を振った。

「あれは、わしやない」

「本当ですか」

「ああ、本当や」

「じゃあ、だれの仕業ですか」

日岡は国光の目を見た。

強い光を放っている。

国光はコップをテーブルに置くと、日岡の顔を見た。視線がぶつかる。やがて国光は、自分のコップへ目を移すと、ぼそりと言った。

「知らんな――」

「嘘だ」

日岡の声が、静まり返ったプレハブのなかに響く。

日岡は国光を睨んだ。

「あんたは、だれが若狭を殺ったか、知ってるはずだ」

日岡は週刊誌の記事を思い出しながら続けた。

「義誠連合会には十一会いう、暗殺部隊があるそうですね。週刊誌に書いてありました」

国光は目を見開いて、再び日岡を見た。少し間を置いて膝を叩《たた》き、さも可笑《おか》しそうに声をあげる。ひとしきり笑うと、呆れたように言った。

「あんた、あんなヨタ記事、信じとるんか」

「射撃の訓練までしてる、と書いてあった」

国光はコップに残った酒を呑み干すと、いつもの人懐こい笑みを顔に浮かべた。

「わしらヤクザやさかい、そりゃ拳銃の試し撃ちくらいはするで。けどそれは、海外でや。合法的に銃を撃てるところで練習すんねん」

隣に座る高地が、空いた国光のコップに酒を注ぐ。

「十一会ちゅうのはな、組の親睦《しんぼく》団体の名前や。海外旅行するとき、その名前で予約すんねん」

本当かどうかはわからないが、あり得そうな話に思えた。

「マスコミなんちゅうのは、嘘ばっかりや」

顔には、薄ら笑いが浮かんでいる。言葉を選ぶように続けた。

「さっきも言うたやろ。あれはわしやない。右田町《みぎた》の、近くやろ」

右田町には浅生組の本家がある。暗に、浅生組関係者の報復だと仄《ほの》めかしているのだ。

だとすれば、国光が中津郷から姿を消した目的はなにか。

日岡は、かねて抱いている最大の疑問と、それに対する推論を口にした。

「国光さん。あんたが娑婆《しゃば》に留《とど》まってる本当の理由は、明石組の組長代行と若頭を殺るためなんでしょう」

週刊誌の記事をすべて鵜呑《うの》みにするわけではないが、国光のこれまでの言動を見ていると、そうとしか思えなかった。

国光は大きな溜め息を吐きながら、宙に視線を向けた。

「あんたには、えらい借りがある。そろそろほんまのこと、教えんといかんな」

子分たちが、神妙な面持ちで姿勢を正す。脚が胡坐から、正座に変わった。

国光は思い出話をするように、語りはじめた。

「わしはな、武田を殺ったあと、すぐに心和会本部へ向こうた。緊急招集がかかり、会長以外の幹部は全員、本部におった。わしが、たったいま四代目と若頭を殺ってきた、言うたら、みんながどよめいた。けどな、反応は真っ二つや。ようやった、言うて褒めるもんと、なんぼなんでもやり過ぎや、言うて怒るもんと、な」

国光が、酒の入ったコップを口に運ぶ。飲みながら続けた。

「わしはその場で、頭さげて頼んだんや。このまま、大城と熊谷の命《タマ》ァ殺らせてくれ、言うてな。けど――」

そこで国光は、黙った。

大城隆は現・明石組組長代行、熊谷元也はいまの若頭だ。武田暗殺直後から、五代目はこの両者のいずれか、と噂されていた。

苦いものでも呑み込むように酒を含むと、国光は言った。

「幹部は全員、口を揃えて止めた。やめとき、もう勝負はついた、そう言うもんもおったし、これ以上やると手打ちができんようになる、言うて本音を抜かすやつもおった」

国光は大きく息を吐いた。

「正直言うとな、そんときにわしは、ああ、これでこの戦争は負けや、そう思うた。向こうが動揺しとるあんときが、明石組に勝てる最後のチャンスやったんや。そこを逃したら、負け戦になる。太平洋《たいへいよう》戦争と同じや。土台、国力が違うねん。長期戦になったら、わしらに勝ち目はない。わしァ最初から、そう思うとった」

日岡はテーブルの一升瓶を手に、国光のコップへ酒を注いだ。

国光が一升瓶を日岡の手からとり、酌を返す。

コップの酒を見つめながら、日岡は訊ねた。

「じゃあ、なんでここにおるんですか。追い討ちの許可が出なかった段階で、もう戦争は終わったんじゃないんですか」

国光は薄く笑い、すぐに答えを返した。

「親父《おや》っさんのためや」

「北柴親分の？」

思わず語尾があがる。北柴兼敏のために、逃走しているというのか。

国光は視線を落とし、酒の入ったコップを見つめた。

「親父っさんに万が一のことがあったら、仇《かたき》がどこであろうと、消滅するまで、殺って殺って殺りまくったる。そのためだけに、こうしてここにおるんや」

自分の親に手をかけたら、相手を皆殺しにする。国光はそう言っているのだ。

日岡は息を呑んだ。

「そんなことをしたら、間違いなく死刑になる」

国光は片方の口角を引き上げ、小さく肯《うなず》いた。

「せやろな。けどヤクザやっとったら、いつでも死ねる覚悟でおらなあかん。死刑になるんも、親のためなら本望や。わしの命は、盃《さかずき》もろたときから親父っさんに預けてある」

国光の言葉に偽りはない――そうわかるほど、声音に信念がこもっていた。

返す言葉がなかった。

警察学校の卒業式で、殉職の二文字は心に刻んでおけ、と教官から教えられた。そう教わった警察官の誰もが、身命を賭《と》して職務をまっとうする、と心に誓ったと思う。日岡もそのひとりだった。しかし、全国の警察官が死を日常的に覚悟しているかと言えば、そうではないだろう。自分自身、そのときは殉職など交通事故に遭う確率ぐらいにしか考えていなかった。

日岡はコップを持つ手に、力を込めた。

もし、北柴が襲撃され命を落としたら、国光は間違いなく、明石組相手に殲滅《せんめつ》戦を仕掛けるだろう。強大な戦艦に特攻を仕掛ける、零戦のようなものだ。いま以上の殺戮《さつりく》戦に発展する可能性が高い。一般市民に被害が及び、警察からさらなる殉職者を出す懼《おそ》れもある。

想像しただけで、背筋に怖気《おぞけ》が走った。

よほど深刻な顔をしていたのだろう。国光が安心させるように言った。

「心配せんでええがな。もうすぐ、今度の戦争は終わるさかい」

はっとして顔をあげる。国光の目を見た。双眸《そうぼう》はこれまでにないほど、柔らかい光を湛《たた》えていた。

「ほんまはな、管理事務所を離れとったんは、手打ちの根回しするためや。親父っさんに付き添うて、下水流《しもづる》一家の目蒲《めかま》総裁と関東成道会《かんとうじょうどう》の磯村《いそむら》会長に会《お》うとった」

日岡は目を見開いた。

京都の七代目下水流一家総裁・目蒲義人《よしひと》といえば、関西極道界の重鎮中の重鎮だ。そして、関東成道会は、明石組に次ぐ勢力を誇る日本三大組織のひとつで、会長の磯村成《なり》道《みち》は、明石組四代目の後見を務めていた斯界《しかい》きっての大物だった。

「目蒲総裁と磯村会長が仲裁人に立てば、さすがの明石組も嫌とは言えんやろ」

確かに、日本を代表する侠道人《きょうどうにん》と目されるふたりが動けば、手打ちの可能性もなきにしもあらず、だろう。

「手打ちに持ち込んだら、もう心配はいらん。親父っさんの身は安泰や。わしが娑婆におる意味も、のうなる」

国光は日岡に両手を突き出すと、おどけるような仕草で手首を合わせ、手錠をかけられる真似をした。

「わしがあんたのお縄につく日も、そう遠くない、思うで」

日岡は唾を飲み込んだ。

日岡の顔を見て、国光がさも可笑しそうに笑った。

「なんや。手錠の件、嘘やと思うとったんか」

コップに残る酒を呷り、国光が言った。

「安心し。わしは、約束は守る男や」

国光の声が、遠くでかつての上司、大上のそれに重なった。

——安心せい。わしァ、約束は守る男じゃ。

気がつくと、窓の外から鈴虫の音が聞こえている。

日岡は酒を一息に飲み干した。


ＹＡＭＡＨＡのＳＲ５００に跨《また》がる日岡は、アクセルグリップを限界まで回し、横手地区にあるゴルフ場建設現場へ向かっていた。

駐在の制服姿だ。本来なら黒単を使用すべきだが、迷わず私用のバイクを選んだ。貸与された黒単より、ＹＡＭＡＨＡのほうが速い。一刻も早く、現場に着きたかった。

日岡は昨日から一睡もしていない。テレビの画面とラジオの音声に、ずっと神経を集中させていた。時折がなり立てる、警察無線にも。気持ちが昂り、頭は冴《さ》えわたってい た。

事件発生の一報を受けたのは昨日——国光と工事現場で会ってからおよそひと月後の昼前だった。

巡回記録の綴《つづ》りを見ながら、午後に回る担当地域の確認をしていると、机の上の受令機から、いきなり緊迫した声が流れた。

『管区警察官一斉——こちら比場通信指令。県警本部より緊急、緊急。比場郡城山町にて、人質立てこもり事件発生。現場は中津郷横手地区、ゴルフ場建設予定地。犯人は、特別指名手配中の、広域暴力団幹部。逃亡中の義誠連合会会長・国光寛郎ら複数名が、拳銃を所持して立てこもり中。人質は事務員とみられる女性ひとり。繰り返す。犯人は殺人容疑で指名手配中のマル暴複数名。拳銃を所持。人質は一名。本部より応援の捜査員が現場へ急行中――』

日岡は耳を疑った。手にしていた書類を放り出し、受令機を乱暴に引き寄せる。

『繰り返す。城山町にて人質立てこもり事件発生。現在、県警四課捜査員十二名が、周辺を包囲。管区警察官は、非常事態に備え、待機せよ――』

受令機からは、関係各所からの応答が、途切れる間もなく流れてくる。突発的な重大事件発生に混乱し、応答は入り乱れ情報は錯綜《さくそう》した。

日岡は茫然《ぼうぜん》とした。

――国光が、立てこもった。それも人質を取って。

頭が状況を理解するにつれ、激しい動揺が日岡を襲う。

――なぜ、居所が漏れたのだ。なぜ、四課が中津郷にいる。

疑問ばかりが、頭を駆け巡った。

――なぜ、自分には四課から連絡がなかったのだ。すべて、ばれたのだろうか。

困惑する日岡の目の前で、卓上電話が鳴った。受令機を脇に押しのけ、飛びかかるように受話器を摑む。

「はい中津郷駐在所日岡です」

捲《まく》し立てるように言った。

「わしじゃ。角田じゃ」

比場署地域課長の声は、いつになく上擦っていた。

角田は、動揺を顕《あら》わに言葉を発した。

「い、いま入った無線。聞いたか」

はい——唾を飲み込み、即答する。

「マルイチはほんまに、逃亡中の国光寛郎なんですか」

角田が苛立った口調で答える。

「わからん。いま、県警と連絡を取って、詳しい情報を集めとるところじゃ。とにかく、そっちへ応援が向こうとる。比場署からも、出せるだけ人員を出すよう、指示があった。お前はそこで待機しとれ。じゃァの——」

日岡は慌てて角田を呼び止めた。

「待ってください、課長。自分は行かんでええんですか。ここからじゃったら、十五分もあれば行けますが」

「馬鹿たれ。お前が現場に行ってしもうたら、中津郷でなんかあったとき誰が対応するんなら。こりゃァのう、わしらの手に負える事件じゃないんで。県警本部どころか、警察庁レベルの話じゃ」

言われてみればそのとおりだ。警察庁重要案件に指定されるであろう事件現場へ、駐在ひとり駆けつけたところでなんの役にも立たない。

「忙しいけん、切るで」

角田が慌ただしく電話を切る。

不通音を耳にしながら、日岡は静かに受話器を置いた。

電話の内容からして、県警内部に日岡を疑う人間はいないようだ。国光と通じていたことがばれたとしたら、即座に身柄を拘束されているだろう。

普段は静かな中津郷が騒然となるまで、そう時間はかからなかった。

事件発生から二時間後。県警の慌ただしい動きから重大事件の臭いを嗅《か》ぎとったのだろう。車両の上部に無線や映像を送信するためのアンテナをつけたテレビ局のワゴン車や、望遠レンズ付きのカメラを握りしめた取材陣が、中津郷に押し寄せてきた。上空では報道ヘリが、けたたましい音を立てて旋回している。しかし、工事現場の上空を飛び回るヘリは、間もなく広島県警の捜査ヘリに駆逐されることだろう。

一報が入ってからずっと、卓上に置いてある電話をコードを伸ばせるだけ伸ばして茶の間に持ち込み、日岡はテレビに齧《かじ》りついていた。

茶の間の隅に置いてあるテレビには、見慣れた建物が映し出されている。横手のゴルフ場建設現場のプレハブ——ついひと月ほど前に、国光と酒を飲んだ場所だ。

管理事務所の窓には、ブルーシートが内側から張られ、なかの様子はわからない。広島のテレビ局各社は本来の番組を変更し、報道特別番組として、事件現場から中継を行っていた。通常番組を放送しているのは、NHKの教育テレビだけだ。

画面の右上には『指名手配暴力団幹部・人質立てこもり事件』のテロップが出ている。地元放送局のレポーターは、現場のプレハブを遠巻きにして、静かな田舎町で発生した凶悪事件を、深刻な顔で伝えている。

スタジオ内ではキャスターが、明石組分裂からこれまでの経緯《いきさつ》、四代目武田組長暗殺事件、心和会と明石組の抗争事件の詳細を、パネルを使い説明していた。とりわけ国光に関しては、暴力団に詳しいジャーナリストと電話を繋ぎ、その人物像を、生い立ちから前科前歴まで掘り下げて報じた。

画面を見やりながら日岡は、警察無線の情報に神経を研ぎ澄ました。

比場指令から入った情報によると、県警は国光以外の人定を行った。立てこもり実行犯は、国光と同じく指名手配中の義誠連合会幹部、高地と井戸、氏名不詳の同会組員と思われる男一名、とのことだった。川瀬の人定はまだできていないようだ。人質に取られた事務員の女性は、日岡が知る、あの木村だった。真っ赤な口紅をつけた口を大きく開けて、金歯を見せながら笑う木村の顔が目に浮かぶ。

ひと月前、国光は日岡にこう言った。

親分の北柴兼敏のために娑婆に留まっている。七代目下水流一家総裁の目蒲義人と、関東成道会の磯村成道会長に仲裁人に立ってもらい、今回の戦争を終わらせる。手打ちを見届け、北柴の安泰が約束されたら、日岡に手錠をかけさせる。

話を聞いたときは、本当に手打ちが実現するのか疑問を抱いていたが、あの夜から五日後、国光の言葉が現実味を帯びる出来事が起きた。

明石組四代目・武田力也暗殺の実行犯である、指名手配中の心和会浅生組系富士見会組員三名が、逮捕されたのだ。滋賀県県北の渕浪《ふちなみ》市内にあるマンションの一室に潜伏していたところを、大阪府警が捜査員四十余名を派遣して、一網打尽にしたのである。

暗殺の実行犯が逮捕されたことで、明石組と心和会の手打ちの可能性は、格段に現実味を増した。あとは、仲裁人の目蒲と磯村がどう動くかにかかっている。

ヤクザを好んで取り上げる週刊誌では、明石組の条件次第で、心和会は全面降伏の白旗をあげるだろう、と報道されていた。

明石組の条件は表向き、心和会の解散、会長浅生の引退と詫び——だと言われている。が、裏では、暗殺の首謀者である国光の処遇を廻《めぐ》り、激しい綱引きが行われている、との記事もあった。

「国光の指なんか要らんわい。持ってくんなら、首や首——」

明石組関係者のあいだではそういう声もあるようだ、と実話雑誌は、発言者をぼかして伝えている。

明石組の本音だ。日岡はそう思っていた。

国光は自ら出頭することで、ケジメをつけようとしていた。その可否はともかく、寸前にきて、警察に居所がばれた。

——いったいいつ誰が、なんの目的でチクッたのか。

脳裏に渦巻く疑念の黒い雲は、事件発生から六時間後に一部、晴れた。

呉原東署の唐津から電話がかかってきたのだ。唐津によると、一昨日の朝、県警に、指名手配犯に似た男たちが中津郷のゴルフ場建設現場に潜伏しているらしい、との情報が入った。県警捜査四課は念のため、捜査員十二名を派遣して、密かに確認をとろうとした。が、国光に警察の行動確認がばれてしまった。国光たちはそのときたまたま管理事務所にいた木村を人質に取り、立てこもった。

手短にそう話すと、唐津は声を潜めた。

「こんなァ……もしかしたら、処分くろうかもしれんど」

重要指名手配犯が管区内に潜んでいた。それに気づかなかった駐在の責任は、いずれ追及される可能性がたしかにある。

「覚悟はしとります」

日岡は短く答えた。

「まあ、あんまり気にすな。お前に処分くらわしゃァ、上もみんな巻き添えになる。たぶん、のらりくらり逃げるじゃろ、上は」

そう言うと唐津は、長話はまた今度の、と口にして電話を切った。

所轄の二課はどこも火急の状況だろうに、心配して電話をくれた唐津へ、日岡は心のなかで頭を下げた。

テレビ画面には、百人近い捜査員や機動隊員のほか、多くの報道関係者が映し出されている。頭上からの映像は、案の定、数百メートル離れたところからの望遠になった。現場の上空には、警察ヘリしか飛んでいない。

事件は動かなかった。国光たちは人質解放を求める警察の声に応じず、なんの要求も出さないまま、時間だけが過ぎた。

国光がいる管理事務所へ電話をかけたい衝動に何度も駆られたが、思い留まった。事務所の電話はすでに、警察によって盗聴されているに決まっている。

深夜、テレビ放送が終わると、ラジオをつけた。さすがにこの時間、ラジオでの生中継はなかった。動きがなければ、ニュースの時間に流れるだけだ。つまり進展は、まったくない。

――国光はどうするつもりなのか。木村は無事なのか。誰が密告したのか。明石組と心和会の手打ちは実現するのか。

思考は堂々巡りを繰り返す。

そのうち夜が明け、あたりが明るくなった。気づけば、制服を着たままだった。時間の感覚がない。国光が立てこもった一報を受けてから、まだそう時間が経っていないような、もう一週間も経ったような、曖昧《あいまい》な時間が過ぎていく。

突然鳴った電話の音で、日岡は我に返った。

傍らの受話器をあげる。

「もしもし、日岡か」

斎宮だった。県警捜査四課長の斎宮は、一課長とともに、現場の指揮を執っている。

「はい、日岡です」

膝を正して答えた。

斎宮は前置きもせずに訊ねた。

「お前、何分でここまで来れる」

応援要請。

壁時計に目をやる。午前十一時――

「十分で行けます」

制限速度を無視すれば可能だ。

「すぐ、来てくれ。詳しいことはこっちで話す」

それだけ伝えると、電話は切れた。

日岡は即座に立ち上がると、壁に掛けてあるヘルメットとバイクの鍵を握りしめ、駐在所を飛び出した。

現場周辺は、物々しい雰囲気に包まれていた。

ゴルフ場建設現場から少し離れた場所には、マスコミ関係のワゴン車や社名が書かれた乗用車が、囲いを作るように停まっていた。周りには、脚立の上でテレビカメラを肩に載せているクルーや、プロ仕様の一眼レフを構える報道カメラマンらが大勢いる。

日岡のバイクの音に気が付くと、報道陣が一斉に後ろを振り返った。制服姿でなければ、野次馬か同じマスコミ関係者と思われたかもしれない。速度を緩め、現場に近づくと、人垣が割れた。

立ち入り禁止テープぎりぎりのところでバイクを停め、スタンドを立てるのももどかしく、ヘルメットを脱いだ。

捜査員たちのなかから、目で斎宮を探す。

——いた。

指揮車の大型ワゴンの側だ。複数の捜査員に囲まれ、無線の通話機を握りしめている。

日岡は全速力で駆け寄った。

手前で名を呼ぶ。

「斎宮さん」

捜査員が一斉に振り返る。彼らの日岡へ向ける視線が、一瞬、大きく揺れたように見えた。

近づく。捜査員が無言で脇に退いた。

かつての上司は無線を切り、日岡を見据えた。

斎宮は無表情だった。感情を消した顔が、現場の厳しい状況を物語っていた。日岡のほうへ一歩踏み出し、口を開く。

「国光から、要求が出ている」

警察無線のやり取りで、県警が人質を解放するよう、国光たちと交渉していることは知っている。国光はなにを要求してきたのか。

斎宮は日岡へ視線を据え、低いが、はっきりとした声で言った。

「人質の女性事務員と、お前を交換してもいい、とのことだ」

息を呑んだ。思ってもいなかった要求に、声を失う。

混乱した頭で、やっと言葉を絞り出した。

「自分と、ですか──」

斎宮は肯いた。

「中津郷の駐在の顔は見たことがある。交換するなら見知った駐在だ、とほざいてる。お前、会った覚えはあるか」

いえ──考えるより先に言葉が口を衝《つ》いて出た。

「面目ないですが、自分はまったく気づきませんでした」

斎宮が肯いて視線を外す。

「本当なら、特殊班を送り込みたいところだが、国光は頭がいい。顔を見知った駐在なら御しやすい、そう考えてのことだろう」

──いや、そうじゃない。

日岡の耳に、国光の言葉が蘇《よみがえ》る。

――なんや。手錠の件、嘘やと思うとったんか。安心し。わしは、約束は守る男や。明石組と心和会の手打ちの噂は、すでにマスコミに流れている。警察も当然、情報は入手していた。抗争の終わりは近い。

――国光は、俺に手錠を嵌《は》めさせようとしているのだ。

日岡の心臓が激しく波打つ。日岡は斎宮から目を逸らした。感情を読み取られたくない。

斎宮は腕を組み、宙を睨んで言った。

「警察庁とも連絡を取り、いましがた長官の許可が下りた」

斎宮が視線を戻す。腕を解き、日岡を真っ直ぐ見つめた。

「日岡。すまんが――」

そこで逡巡《しゅんじゅん》するように、斎宮は言葉を呑んだ。絞り出すように言う。

「警察官として、民間人と……いや民間人の、命を、救ってくれ」

言葉が出ない。なんと答えていいのか、わからなかった。

立ち尽くす日岡に、斎宮が頭を下げた。

「このとおりだ」

その場にいる捜査員が、同時に頭を下げる気配がした。見渡す。彼らの姿は、頭を下げたというより、項垂れているかのようだ。

あたりは、入れっ放しの無線音や野次馬を整理する警察官の怒声、アナウンサーの声や上空を旋回するヘリの爆音で、ざわめいている。

しかし、日岡がいる場所は、外界と遮断されたかのように、ひどく静かだった。口を開く者は誰もいない。

日岡は思考を整理した。

県警はこう考えている。

立てこもり犯は、すでに三人を殺しているマル暴の凶悪犯だ。日岡が生きて戻れる保証はない。むしろ、日岡を除く警察関係者全員が、殉職——という最悪の二文字を想定している。

日岡自身、殉職の可能性は否定できない、と思った。

国光の真意を知ってはいても、万が一、特殊班が突入する事態になれば、なにが起きても不思議ではない。

頭に、心和会会長宅を警備中殉職した、成田忠明巡査長の遺影が浮かんだ。ニュースで何度も放映された、制服制帽姿のバストアップ写真だ。

ズボンのポケットに右手を入れ、ジッポーのライターを探った。

狼の絵柄を、指でなぞる。

耳の奥で、大上の声が蘇る。

——万が一のときは、頼むど。

肺に溜まった空気を、ひと息で吐き出す。

「わかりました」

斎宮が口元を引き締め、大きく肯く。隣にいる捜査員に目で指示を飛ばした。

指示を受けた捜査員は急いで屈《かが》むと、傍らの段ボール箱から、洋服を一式取り出した。折り畳んだ白のワイシャツに紺ズボン、グレーの背広だ。上に黒いベルトを添える。見るからに、安価なものだった。

「早速だが、それに着替えてくれ」

洋服を受け取る。

拳銃や特殊警棒を身につけた制服姿のまま、交換要員になれるはずがない。おそらく、県警本部の指示だろう。

手回しがいい。上意下達の警察組織――自分が断ることは、上層部の念頭にないのだ。

斎宮が後ろを振り返った。

「こっちだ」

黒いワゴン車に、日岡を促す。

あとに続いた。

大型ワゴン車は、無線やテレビ、冷蔵庫まで備えた特殊警察車両だった。指揮車のひとつに使われているのだろう。

最後部の座席には、四名の捜査員が膝を突き合わすかたちで座っている。車に乗り込んだ日岡を見て、みな軽く頭を下げ、視線を落とした。目を合わそうとする者は、誰もいない。

運転席と助手席に座る捜査員は、前を向いたままだ。固まったように、姿勢を崩さない。後方ミラーでこちらを窺っているのだろう。

斎宮が一列目の座席に腰を下ろす。

日岡は横に座ると、制服を脱ぎ、ワイシャツとズボンを身につけた。ベルトを締め、用意された背広をはおる。制服のズボンから手早く、煙草とライターを背広のポケットへ移した。

着替え終わると、斎宮が首をこちらに向けた。

「日岡」

つぶやくような声だ。

聞き取れるよう、顔を近づける。斎宮は視線を、日岡の腰へ向けた。

「ベルトのバックルに、盗聴器が仕込んである。これでなかの状況はすべて把握できる」

思わず、ベルトを見る。銀色に光る、真鍮《しんちゅう》製の小箱——一見、なんの変哲もないバックルだった。

斎宮は視線を戻し、日岡の顔を見た。

「お前の身に危険が迫ったら、特殊班に突入命令が下る。判断するのは俺じゃない。捜一の課長だ。あいつは切れる男だ。そのときは、躊躇《ちゅうちょ》なく決断するだろう。閃光弾《せんこうだん》が弾《はじ》けたら、すぐ頭を低くして身を伏せろ。いいな——」

動悸《どうき》が高鳴った。

「わかりました」

それだけ言った。

無線がいきなり、大きな音を立てた。

『——こちら四班、管理事務所の窓に人影。ブルーシートが少し揺れました。こちらの様子を窺っているものと。人物は特定できません』

無線でのやり取りが、一気に激しくなった。

斎宮が日岡を呼んだ。

「なあ、日岡」

斎宮を見る。

「死ぬなよ」

真剣な表情だった。

「俺は、部下の葬式にはでない。だから、俺の前に元気な姿で戻って来い」

あたりを見回すと、誰もが面を伏せ、唇を結んでいた。

どこかで見た光景だ。そう、終戦記念日に見たテレビの特別番組だ。片道分の燃料を積んだ零戦に乗り込む特攻隊員と、別れを告げる整備兵たちの姿だ。

無線が再び、がなり立てた。

『マルイチから入電。人質と駐在の交換は、一時間以内。繰り返す。交換は一時間以内。それを過ぎたらご破算にする――』

管理事務所と捜査本部のホットラインは、すでに結ばれているようだ。

日岡は斎宮を見た。

「行きます」

立ち上がる。

斎宮は大きく肯いた。

ワゴン車から降りる。斎宮と捜査員たちが、あとに続く気配を感じた。

上空を見上げる。

警察ヘリが、ゆっくりと旋回した。

日岡のほうへ、男が近づいてくる。

県警捜査一課長、二瓶亮造《にへいりょうぞう》警視だった。

県警の広報誌や新聞で、何度か見たことがある。実物に会うのは、はじめてだった。

二瓶は日岡の前で立ち止まった。

「君が、日岡巡査か」

「はい」

気をつけの姿勢をとり、素早く敬礼する。

二瓶は、日岡を見つめた。

「頼むぞ」

二瓶は日岡の肩を叩くと一歩退き、背後を振り返った。移動電話を手にした捜査員が、受話器を差し出す。受話器を受け取るのを待って、捜査員は本体のプッシュボタンを押した。

二瓶が口元に送話口を当てる。

電話が繋がったようだ。

「県警本部の二瓶だ。これから、中津郷の駐在が事務所に向かう。前そっちが言ったように、交換は、扉の十メートル手前でいいな」

国光が了承したのだろう。わかった、そう言って二瓶は電話を切った。

日岡は振り返って、斎宮を見た。

管理事務所に向かって顎をしゃくる。

行け、という合図だ。

肯く。

前に視線を向けた。

いつの間にか、大勢の警察官が二手に分かれて、道が出来ていた。

管理事務所まで百メートル。その半ばあたりまで、道が続いている。道を作る人垣には、警察官のほかに機動隊員や、私服捜査員の姿もある。道幅二十メートル——みな整列していた。両手を脇に揃え、直立不動の姿勢のまま、全員が日岡を見つめている。

日岡は頭上を見上げた。

秋の午後――空は晴れていた。雲ひとつない。名も知らぬ鳥が数羽、群れて飛んでいく。周囲の山々は、紅葉で赤や黄色に染まっていた。

背広のポケットに手を当てる。

狼の絵柄が彫られたジッポー。感触を確かめた。

深呼吸をひとつ――する。

歩き出した。

日岡の歩みに合わせて、警察官が次々と敬礼する。

一斉に、カメラのフラッシュが光った。

日岡は国光のもとへ、ゆっくりと歩を進めた。

整列した警察官の道が途切れたあたりで、管理事務所のドアが開いた。

隙間から顔が覗く。高地だ。特徴のある吊《つ》り上がった目が、さらに鋭くなっている。

頭には白いタオルを巻いていた。

高地は胸のあたりで、回転式拳銃を構えていた。小型のコルト――外に向け、左右に揺らす。

日岡は銃口を睨み、慎重に歩を進めた。

事務所まで二十メートル――突然、高地が声を張り上げた。

「そこでいっぺん、止まらんかい!」

足を止めた。

背後の空気から、捜査員たちに緊張が走る気配を感じた。

銃口が視界から消え、一瞬、高地の姿が見えなくなった。

が、すぐに、新たな人影が現れた。

人質の木村だ。高地に事務服の襟首を掴まれている。頭部には、コルトの銃口――

精神的にかなり消耗しているのだろう。いまにも倒れそうな顔で、半ば放心状態だった。

高地が木村を盾にドアから出てくる。中腰の姿勢で、あたりに目をやった。

背後で途切れることなく、シャッターの連続音が鳴る。

――刺激するな。

日岡はちらりと振り返り、カメラマンを目で制した。

後方の機動隊はジュラルミン製の盾を構え、じっとこちらを窺っている。向き直るとき、作業員たちが寝泊まりするプレハブの屋上が目の端に映った。

人の頭部が見えた。おそらく、県警の銃器対策部隊――銃対だ。射殺命令が下ったら、いつでも立てこもり犯を狙撃《そげき》できるよう、ライフルを構えているのだ。

日岡は高地と木村を見ながら、意識を腰のバックルに向けた。いまごろ盗聴班は、機材を取り囲み、手ぐすね引いて待ちわびていることだろう。

高地は木村の首を後ろから抱え込むと、銃口をこめかみに押し当てた。

木村が声にならない悲鳴をあげる。

高地が数歩前に出た。後ろでは、高地をガードするように井戸が銃を構えている。こちらは自動拳銃だ。ブローニングか。周囲を威嚇するように、銃口を忙《せわ》しなく左右に動かしている。

「こっちへ来い！」

高地が日岡に向け顎をしゃくった。

足を擦るようにして、近づく。

五メートルほど手前で、丸腰であることを示すため、日岡は両手をあげた。

高地が日岡を見据えながら、後ろの井戸に顎を振る。

肯いた井戸が、無言で前に歩み出る。銃を持っていないほうの手で、日岡の胸元から足首まで順に探った。

振り返り、大きく首を縦に振る。

高地が周囲に視線を走らせ、日岡に命じた。

「よし。そのまま側まで来い！」

「わかった」

自分の声を、久しぶりに聞いた気がした。

日岡は両手をあげたまま、言われたとおり高地のすぐ側まで足を進めた。

高地が銃口を素早く日岡の頭部へ移す。と同時に、木村を片手で軽く突き飛ばした。前につんのめった木村は、怯えた顔で一瞬、振り返った。

井戸が耳のあたりで構えていた銃身を軽く振り、行け、と合図する。

木村は喉を上下させ唾を飲み込むと、前を向きよたよたと歩きはじめた。膝が震えているのが、傍目《はため》にもわかる。

高地が井戸に、顎をしゃくる。

井戸は日岡の腕を乱暴に摑んで引き寄せると、後ろから羽交い締めにした。そのまま後方へ引っ張られる。足が縺《もつ》れそうになった。

木村は十メートルほど歩くと、弾かれたように、一気に走り出した。

壁のように並ぶジュラルミンの盾が、ふたつに割れる。木村は割れた空間に倒れ込むと、壁の向こうに消えた。

日岡の頭に銃口を突き付け、高地がゆっくり後ずさりする。

眼前には、騒然とした警察関係者と報道陣の姿があった。

数え切れない緊急車両の赤色灯——救急車も数台、待機している。木村はひとまず、救急車で病院へ搬送されるはずだ。精神的な衰弱はあるが、見た目に怪我はなかった。

堅気を傷つけるような真似を、国光がするはずがない。

井戸が襟首を摑み、日岡を事務所のなかへ押しやった。

なかに入ると耳に、テレビの音声が飛び込んできた。立てこもり事件の現場中継を、国光たちも見ているのだ。

高地が外に銃口を向けたまま、素早くなかに入り、ドアを閉めた。頰を膨らませ、大きく息を吐く。

「おお、やっと来たか」

国光の快活な声が飛んだ。

日岡は素早く、右手の人差し指を唇に当てた。左手でベルトのバックルを何度も指さす。

意図を察したのだろう。国光は無言で軽く顎を上下させ、芝居をはじめた。

「駐在さんよう、あんた名前、なんちゅうねん」

国光が初対面を装う。

「日岡です。日岡秀一、言います」

合わせた。

「ほうか。日岡はん、念のため、調べさせてもらうで」

おう——と、国光が高地に顎をしゃくる。

高地も盗聴器の存在に気づいたようだ。芝居がかった声で国光に答える。

「田舎の駐在っちゅうても、警察官は警察官や。なにさらすか、わかりまへんさかいな」

言いながら、日岡の服を上からぽんぽん叩いていく。

足首まで確かめると、にやりと笑い、日岡に言った。

「一応、服も脱いでんか」

そこまでするのか、と驚いたが、言われたとおり下着姿になった。

「おい。カンカン踊りは勘弁したれよ」

国光が野次を飛ばす。

子分たちの哄笑《こうしょう》が弾けた。

カンカン踊りとは、受刑者が移動のさい刑務官にやらされる、身体検査の一種だ。所定の場所で下着を脱ぎ、蟹股《がにまた》で足を高く前に上げることから、この名がついた。肛門《こうもん》になにか隠していないか、調べるための検査だ。

日岡は、笑う気分ではなかった。

ことと次第によっては、特殊班が突入してくる。捜査一課の特殊事件捜査係は、現場の制圧を目的とする警備部特殊部隊とは違い、人命救助と犯人逮捕を第一義とする。めったやたらに発砲したりはしない。しかし、流れ弾が当たる危険性はあった。

国光たちはもとより、死ぬ覚悟ができているのだろう。屈託のない様子で、猿芝居を続けた。

「ベルトのバックルも調べるんやで」

国光が言う。

「へえ」

答えた高地は、腹巻に差した匕首《あいくち》を取り出し、抜き身でバックルをこじ開けた。

「なんじゃ、こりゃ」

大げさな声をあげ、バックルのなかに仕込まれた盗聴器を、国光に見えるよう掲げる。

「おんどれ、舐めた真似しくさって！」

高地が怒声を張り上げる。

「まあ、落ち着かんかい」

国光が宥《なだ》める。

「サツも仕事や、こんくらいはするやろ。勘弁したり」

「せやけど、親父っさん――」

納得のいかない様子を繕い、高地が言う。なかなかの役者だ。

「日岡はんは大事な客人や。大切にせなあかん」

国光は川瀬を見た。

「おう、幸三。わしの服、出したり」

へえ――ときびきび動いて、川瀬は衣装ケースのなかからシャツと、和紙に包まれた上着とズボンを取り出した。

日岡に近づき、捧げ持つようにして手渡す。

グレーのダブル――タグを見る。国産メーカーのそれだった。ものは良さそうだ。

着替えをすます。サイズはぴったりだった。煙草とライターを上着のポケットへ移した。

「男前になったやないか。よう、似合うで」

国光が、日岡を見て顎をさする。井戸に言った。

「敬士。その安もんの服、外へほかしとけ」

「へえ」

井戸が日岡の脱いだ服を拾い上げる。ドアの施錠を解き、薄く扉を開けた。服を思いっきり外へ拋《ほう》り投げる。

すぐさまドアを閉め、鍵をかけた。振り向いて、まるで汚いものでも触ったかのように、ぽんぽんと手を叩く。

笑顔で肯いた国光は、一転して険しい目で、床の盗聴器を睨んだ。無言で高地に顎をしゃくる。

高地が大きく肯いた。

最後のひと芝居を打つつもりのようだ。

「こんなもんくっつけて来よってからに、けったくそ悪い！」

足を高くあげ、盗聴器を踏みつける。粉々になるまで、踏み潰した。

盗聴班の耳には、さぞや轟音《ごうおん》が響いたことだろう。

「さあてと――」

国光が風呂《ふろ》上がりのような、さっぱりした声で言った。

「これできれいになった。まあ、座らんかい」

日岡を座卓に促す。

国光はいつもの場所に座り、胡坐をかいた。

日岡も、斜向《はす》かいの座布団へ腰を下ろす。

――なにから訊《き》くべきか。

煙草を取り出しながら、日岡は迷った。

内心を見透かしたように、国光が手で日岡を制した。

「いろいろ訊きたいことはあるやろうけど、まずはコーヒー飲んで、一服してからや。敬士――」

井戸に向かって目配せする。

「へえ。すぐ、用意します」

言いながら台所へ走る。

国光が煙草を取り出した。

すぐさま川瀬が駆け寄り、ライターの火をつける。そのまま、日岡がくわえた煙草に火を移した。

礼をして大きく吸い込み、ニコチンを肺に吸収した。頭が、くらくらする。今日、一本目の煙草だった。

床のポータブルテレビに目をやる。ちょうど現場の中継からＣＭに、画面が切り替わったところだった。

窓際に腰を下ろした川瀬が、素早くブルーシートを捲《めく》った。

外の様子を窺う。

なるほど。この事務所がテレビに映し出されているあいだは、表からの突入は心配しなくていい、ということだ。

台所の窓に目をやる。窓枠には薄い板が何枚も張り付けてあった。そもそもプレハブの後ろは崖《がけ》だ。突入は容易ではない。

湯の沸く音が聞こえた。

ガスと水道、電気のライフラインは生きている。

井戸が、コーヒーカップとおしぼりをふたつ、盆に載せて持ってきた。

軽く頭を下げ、国光におしぼりを差し出す。続いて皿に載せたコーヒーカップを、丁寧に座卓へ置いた。

「インスタントでっけど」

そう断って、日岡の前におしぼりとカップを置く。皿にはスティックの砂糖とミルクが添えてあった。国光はブラックだ。

おしぼりで手を拭《ぬぐ》い終わると、国光は灰皿で煙草を揉み消した。コーヒーをひと口啜る。

深く息を漏らし日岡に顔を向けた。

「さあ、質問タイムや──と言いたいとこやが、まだひと仕事残っとる」

そう言って、手元の電話を引き寄せる。

受話器をあげた。

「わしや。国光や」

ドスの利いた声で言う。

どうやら、受話器をあげると直《じか》に、現場の捜査本部へ繋がるようだ。警察がNTTに依頼して、細工したのだろう。

「偉いさん、出したれや」

偉いさん——指揮を執る捜査一課長のことだ。

数秒後、捜査員が電話を替わった気配がした。

国光が口を開く。

「二瓶か。国光や。いまから要求を伝える。一回しか言わんさかい、耳の穴かっぽじってよう聞けよ」

煙草をくわえ、高地に目配せした。

高地がさっと、ライターで火をつける。

盛大に煙を吐き出すと、国光は出前でも頼むような軽い口調で言った。

「現金で三億、頼むわ。明日までに用意せい」

耳を疑う。おそらく二瓶も同じだろう。国光の言葉を確認しているようだ。

「おう、三億いうたら三億や。新札はあかんで。使い古した札で用意せい」

二瓶がなにか言ったのだろう。国光はふっと鼻から息を抜き、小馬鹿にした笑いを漏らした。

「なに眠たいこと言うとんねん。そない待てるかい。駐在いてまうど」

日岡を見て、にやりと笑う。

「それとな――」

煙草をふかしながら国光が言った。

「装甲車も用意せい。ああ、機関銃の弾でも通らへん、ごっついやつや」

天井に向かって盛大に煙を吐き出す。

「明日の午後三時。一分でも過ぎたら、駐在の命は保証せん。わかったな。わかったらはよ、生口《いぐち》に相談せい」

生口――推察するにおそらく、警察庁長官、生口忠興《ただおき》のことだ。

「わしは気が短いんじゃ、ぼけ！」

そう言うと国光は、一方的に電話を切った。煙草を揉み消し、にやりと笑う。

日岡は国光に詰め寄った。

「本気じゃないですよね」

国光は肩を竦《すく》めた。

「察しがええなあ。時間稼ぎや。これでしばらく、警察も無茶はできん。なんせ、人命がかかっとるからな――それも身内の。せやろ？」

国光の言うとおりだ。

装甲車はともかく、三億――それも使い古した札で揃えた現金など、すぐ用意できるはずがない。これほどの案件になれば、長官の許可が必ずいる。警察は少なくとも、明日の三時まで、動くに動けない。

国光がコーヒーを口に含んだ。

「さあ、今度こそほんまもんの質問タイムや」

目で日岡を促す。

「どうして着替えまでさせたんですか」

直近の疑問が、口を衝いて出た。自分でも驚く。

「なんや、そこからかいな」

国光がさも可笑しそうに笑った。

「盗聴器がバックルだけとは限らんやろ。いまどきは、背広のボタンに仕込めるくらい小さいやつも、出回っとるさかいな」

得心した。国光はさすがに、頭が切れる。

温《ぬる》くなった自分のコーヒーに口をつける。

日岡もブラック派だ。

舌に苦みを感じつつ、煙草をくわえジッポーで素早く火をつけた。

首を上に向け、煙を吐き出す。

視線を国光に戻し、冷静な声で言った。

「こんなことになった詳しい経緯を、教えてください」

国光は肯き、手にしたカップをゆらゆらと揺らした。

「あれは――」

宙を見やりながら言う。

「昨日の何時ごろやったかな」

「十一時ころ、違いまっか」

横から高地が、小声で助け舟を出す。

「そう、十一時や。ここへ木村のおばちゃんが、郵便物、届けに来てな」

ちなみに、と言って国光が補足する。

「女からの手紙やった。吉岡名義で、届くことになっとるねん」

吉岡は国光の偽名だ。郵便物は表の事務所に配達されるのだろう。

「ちょうどそんとき、幸三が便所掃除から青い顔で帰ってきてな。外の県道んところを、見かけんやつらがうろついとる――言うねん。どないなやつらや。わしが訊いたら、えろう人相が悪うおます、明石組ちゃいまっしゃろか、とこうや。わしはすぐ首、振った。ちゃうちゃう、神戸やったら四の五のなしに、拳銃《チャカ》持って殴り込んできよる。ヤクザ以外で人相悪いんは、暴力、に決まっとる。そう言うたんや」

暴力というのは関西のヤクザ用語で、暴力団対策課の刑事を指す。

「庸一と一緒に外へ出て確かめたら、案の定、サツやった。あいつら、耳にイヤホン差しとるからすぐわかる。わしらすぐ事務所へ入って鍵かけたがな。サツや——そう言うて庸一が、ぼーと突っ立っとったおばちゃんを、羽交い締めにしたんや」

高地の顔を見て国光が頰を緩める。

「お前あんとき、堪忍や、言うとったな」

へえ——と、高地が照れくさそうに、頭を搔いた。

「おばちゃん、敬士と幸三にあっという間に紐《ひも》で縛られてな。目ん玉、飛び出るぐらい、驚いとった。そりゃそうやろ。まさか凶状持ちが、側におるなんて思わんもんな、普通」

木村の動転する顔が、目に浮かぶようだ。

木村を人質に取った理由はわかった。

「警察が事件を認知したのは、いつですか」

手をあげて日岡を制し、国光は飲みかけのコーヒーを喉に流し込んだ。煙草をくわえ、高地を顎で指す。

「これに拳銃持たして——」

火がついた煙草を大きく吸い込み、紫煙を吐き出しながら言う。

「外で張っとる刑事に名乗り上げさせたんや。庸一、われもういっぺん、あんときの口上言うてみい」

「親父っさん。勘弁してください」

高地が顔を赤くし、頭を下げる。

国光はにやりと笑って、高地の声色を真似た。

「わしら、手配中の義誠連合会のもんや。事務所のおばちゃん人質に取ったさかい、おかしな真似さらしたら——おどれら、一生出世できんようにしたるど！」

どうだ、という顔で日岡を見る。

なんと答えていいか、わからなかった。

県警四課の刑事たちの驚きは、想像に難くない。出先でふらりと買った宝くじが、一等に当選したようなものだ。

日岡は先を促した。

「で、そのあと、どうしたんですか」

国光は、ドアを開けて隙間から外を覗く仕草を見せた。戯《おど》けた表情で言う。

「おばちゃんの顔、見えるようにドアから出してな。わしもついでに、もう一回、男前の顔を見せたった」

捜査員の狼狽《ろうばい》ぶりが、目に浮かぶようだ。

追従笑いを返そうとしたが、頰の筋肉がひきつっただけだった。

ふっと、テレビに目をやる。

画面はいつの間にか、この事務所を映し出していた。

レポーターの喋り声は、耳を素通りした。

窓際に顔を向ける。

川瀬が立膝で、こちらを見ていた。奥のテレビに、意識を集中しているのだろう。

国光に視線を戻す。

「木村さん、どんな様子でした。いきなり縛られたうえ、見世物にされるなんて、考えてもみなかったでしょう」

それがな――と、国光は笑った。

「あのおばちゃん、なかなか根性すわっとる。わしらが正体明かしても、誰それっちゅう感じで、きょとんとしとった。人殺しのヤクザや、いうて脅かしても、信用しようへん」

日岡は、はじめて会ったときの木村を思い出した。国光たちのことを、いい人たちだ、と褒めていた。自分が信じ切っていたものをいきなり否定されても、人は俄《にわ》かには信じられないものなのだ。

高地がちらりと腕時計を見る。隣の井戸に小声で言った。

「おい。そろそろ代わったれ」

へえ、と声に出し、井戸は立ち上がって窓際に向かった。川瀬に肯きをくれ、立ち番を交替する。

川瀬は兄貴分に頭を下げると、入れ替わりで井戸の座っていた座布団に尻《しり》を下ろした。

無精ひげが目立ち、目が赤い。

改めて見やると、国光と高地の目も赤かった。

「みんな、一睡もしとらんのですか」

まあな――と、国光が肯く。

「そういうあんたも、寝とらんのと、違うか」

日岡は自分の顎を擦《さす》った。

ざらざらとした感触。考えれば、顔も洗っていなかった。

向かいの高地に目を向ける。

苦笑いして高地が言った。

「わしら、この程度のことには、慣れとりまっさかい」

本家の事務所番は、浅い眠りしか取れない、と聞く。いつなんどき、なにが起こるかわからないからだ。

まして、抗争の最中ともなると、徹夜は当たり前だろう。

テレビ画面は、スタジオに戻っている。

よく目にするキー局のキャスターは、あさま山荘事件を引き合いに出し、報道生中継の記録について語っていた。

日岡はぼそりと言葉を発した。

「いつまで、こうやってるつもりですか」

国光が腕を組む。首を回しながら答えた。

「せやな……たぶん、あしたの昼までや」

「あしたの昼？」

思わず、語尾があがる。

国光は真剣な表情で言った。

「あした、神戸の明石組本家で手打ちがある。会長の浅生とうちの親父っさんが、出向くことになっとる。下水流一家の目蒲総裁と関東成道会の磯村会長も一緒や。朝の十時に入って、何事もなければ一時間で終わる。本家の門から浅生と親父っさんの車が出てきたら、手打ちは完了したっちゅうこっちゃ。そしたら全部——しまいや」

息を呑んだ。

それで要求の刻限を、余裕を持たせ三時までとったのか。

——なにからなにまで、用意周到な男だ。

改めて感心する。

テレビがまた、現場からの中継に替わった。

いつのまにか陽が落ち、まわりの山々は闇に包まれている。このプレハブだけが、強烈な投光器の射光に照らし出されていた。

「ひとつ、訊いていいですか」

「ひとつでもふたつでも、ええがな」

国光が笑う。

「あんたが、代紋つながりの枝の幹部を殺った理由は、なんです。やっぱり、覚せい剤の密売がらみですか」

ふん――鼻から息を抜いて、国光が笑う。

「まだ週刊誌のヨタ記事、信じとるんやな」

高地が突然、声を荒らげた。

「あれは親父っさんのせいやない！　なんべん言うてもあん外道、うちの若いもんにシャブ売りつけよったんや！　今度やったら命《タマ》とるぞ、いうて親分がクンロク入れはったのに、あん外道――」

国光が手で、高地を制す。

「庸一、もうええがな」

高地は昂奮《こうふん》冷めやらぬ顔で唇を嚙み、面を下げた。肩で大きく息をする。

「――昔のことや」

国光が溜め息まじりに言った。

国光はこの事件で、仮釈放されたとはいえ五年間服役している。塀のなかで、国光はなにを思って耐えたのか。

「いま何時や」

国光が高地に訊いた。

高地は弾かれたように顔をあげ、国光の後ろにかかる壁時計を見た。

「六時だす」

「どうりで、腹が減るわけや」

高地が隣の川瀬に声をかけた。

「おい」

へえ、と川瀬は即座に立ち上がり、ブルーシートの隙間から外を窺う井戸の肩に手を置いた。

「兄貴。代わりま」

井戸は肯き、こちらへ顔を向けた。

国光が笑顔で言う。

「敬士。なんぞ美味《うま》いもん、頼むで」

「へえ！」

井戸が頭を下げ、台所へ立った。

二十分後——座卓に用意された晩飯は、焼き握りと野菜炒《いた》めだった。

「いまはこんなもんしか、作れまへんけど」

香ばしい醤油《しょうゆ》の焦げる匂いに、さっきから日岡の腹の虫は鳴き続けていた。

朝から、なにも食べていない。唾が口に溜まった。

焼き握りを手に取った。かぶりつく。

「——美味い」

思わず、声に出た。

「なんぼでもありまっさかい、遠慮のう言うてください」

井戸が嬉《うれ》しそうに、日岡を見る。

なんでも、立てこもったあと大量に米を炊き、握り飯にして冷凍してあるのだという。

国光が、大皿に盛られた野菜炒めを頰張った。口に入れた途端、片眉《かたまゆ》をあげる。

「これ、ごま油か」

「はい。口に、合わしまへんか」

心配そうな表情で、井戸が言った。

「いや。その逆や」

国光がにやりと笑う。

日岡もひと口、箸《はし》で取る。

たしかに、胡麻《ごま》の香りがほのかにする。

マグロの味もした。缶詰のフレークを使ったのか。

井戸の料理の腕は、間違いなくプロ並みだ。

日岡は結局、焼き握りを四個たいらげた。

満腹になって茶を飲む。

緊迫した状況下で人質になっていることを、つい忘れそうになった。

夜八時。日岡はテレビを眺めていた。

テレビのなかでは、芸人がクイズに挑戦していた。

七時から地元各局の番組は、通常放送に戻っている。

なにかあればテロップで速報を流し、すぐ現場中継へ切り替えるつもりのようだ。

「くだらんな」

テレビを観ていた国光があくびを嚙み殺す。煙草をくわえた。

高地が素早く、火をつける。

日岡も、座卓に置いた煙草のパッケージに手を伸ばす。

軽い。見ると、一本しか入っていなかった。

最後のハイライトを口にくわえ、空箱を握り潰す。

川瀬の差し出したライターを断り、自分で火をつけた。

「セブンスターでよかったら、なんぼでもあるで」

国光が声をかける。

「辺鄙《へんぴ》なところやろ、ここ。煙草屋が開けるくらい、買い置きしてあんねん」

「じゃあ、お言葉に甘えて」

おう――国光が顎をしゃくる。

川瀬が立ち上がった。

台所の食器棚の引き出しからワンカートン、持ってくる。

日岡に差し出した。

「親父っさん。わても、ええでっか」

煙草をくわえる仕草で、高地がおずおずと切り出した。

「いつも言うとるやろ。煙草くらい遠慮せんでやれ、いうて。お前らも呑め」

井戸と川瀬を交互に見やる。

これまで、国光以外が煙草を吸っている姿は見たことがない。全員、我慢していたというのか。

失礼します——声が重なる。

それぞれ煙草を取り出し、火をつけた。

深夜十二時。

交替で哨戒《しょうかい》の役目を終えた川瀬に、国光が声をかけた。

「幸三、眠たないか。少し休んだらええ」

川瀬がぶんぶんと首を振る。

「大丈夫だす。親父っさんのほうこそ、休んでください」

高地が語気を強め、同調する。

「せや。親父っさんは寝てください。わいら、目ェ皿にして、見張ってますさかい——」

国光が笑みを浮かべる。

「なに言うとんのや。お前らこそ、交替で休まんかい。サツは心配いらん。なんせ、立派な人質がおるからのう」

笑いながら日岡を見る。

「人質いえば」

高地が、くくっと笑う。

「おもろかったでんな——木村のおばちゃんの顔。親父っさんが腕時計はずして渡しはったとき、ハトが豆鉄砲くろうてましたわ」

そうそう、と言いながら、川瀬が肯く。

国光が言った。

「叩き売っても、百万にはなるロレックスやさかいな」

「百万——」

日岡は驚きの声をあげた。

「なんで、また」

「万が一のためや」

意味が摑めない。眉根を寄せた。

「そんだけ渡しときゃ、サツに余計なことしゃべらんやろ」

口止め料、そこまで考えていたのか。

日岡は、週刊誌の記事を思い浮かべた。

――武田を暗殺した国光寛郎は、若い時分から現若頭の熊谷元也と並び称される、明石組きっての有望株だった。

さもありなん――だ。

五人とも一睡もしないまま、夜が明けた。

交替で顔を洗い、パンだけの簡単な朝食をすませる。

さすがにみな、口数が少ない。

朝九時。テレビではワイドショーがはじまった。

スタジオで司会者を中心に、出演者が全員、笑顔で頭を下げる。声を揃えた。

「おはようございます！」

司会者が頭をあげ、笑みを消した。

「さて、気になる立てこもり事件の続報ですが――現場、映りますでしょうか」

映像がこのプレハブ小屋に切り替わる。

赤字の巨大テロップが被さった。

――凶悪！　暴力団人質立てこもり事件　続報！

引きで、あたりの情景が映し出される。

ヘルメットを被り、盾を構える機動隊員の後ろ姿が見えた。

続いて制服警官と捜査員、警察車両が画面に入る。

「まだ、ぎょうさんおるな」

国光がつぶやくように言った。

九時五十分。いったん事件から離れ、芸能ニュースを報じていたスタジオのなかが、一瞬で緊迫感に包まれる。速報が入ったようだ。

「芸能ニュースの途中ですが、それではここで、神戸の明石組本部から中継です。現場の佐々木《ささき》さん――」

呼びかける。

映像が切り替わった。

「おっ、本家や」

国光が言った。前のめりで画面を見ている。

閑静な住宅街――日岡も何度か、映像で見たことがあった。だがいま、武家屋敷を思わせる門の前の道路は、機動隊がずらりと並び、多数の報道陣でごった返している。

マイクを手にしたレポーターが、イヤホンを耳に押し当て声を張る。

「はい。こちら明石組本家前です。もうすぐ、心和会会長の車が、こちらに到着する予定になってます」

レポーターの背後で、ヤクザと警察官の怒号が飛び交う。

「下がれ！　下がれ言うとるやろ、ダボ！」

強面《こわもて》の短髪――防弾チョッキを着た捜査員が、特攻服姿のチンピラを叱り飛ばす。

「なんや、なんや。もうちっと、優しゅうしたれや」

黒服の幹部が、小馬鹿にした顔で、刑事を挑発する。

声だけなら、どちらが暴力団かわからない。

暴力団対策課の刑事が、ヤクザから暴力――と、略して呼ばれるはずである。

他のマスコミに押されて首を竦めるレポーターが、はっとして顔をあげた。

クラクション――黒塗りの高級車の列が映る。喧騒《けんそう》が一層、激しくなった。

「たったいま、車が到着しました。えー、四台です。いま四台の車が、門のなかに入りました！　情報によりますと、仲裁人の車も一緒のようです。神戸ナンバーのベンツはおそらく、心和会会長の車だと思われます。同じく神戸ナンバーのセンチュリーは……幹部の、車でしょうか」

国光が嬉しそうに手を叩く。

「親父っさんの車や」

レポーターが手元のメモに目を落とし、実況を続けた。

「京都の七代目下水流一家総裁と、熱海《あたみ》の関東成道会会長のふたりが、仲裁に立っている模様です。明石組と心和会、両者の手打ちが終われば、先ほどの四台の車が出てくるものと、思われます。現場からは、以上です」

「佐々木さん」

司会者が呼び止める。

「どのくらい、時間がかかると思われますか」

イヤホンを耳に押しつけ、レポーターが肯いた。

「えー、そうですねえ。一時間程度ではないかと、思われます」

「そうすると、十一時ころになりますか」

「はい。そうだと思います」

「ありがとうございました」

ここでちょうど、コマーシャルに切り替わる。

国光がテレビに目を向けたまま、ぽつりと言った。

「なあ、あんた。わしと兄弟分にならへんか」

「兄弟分？」

声が裏返る。

日岡に向き直り、国光が膝を正した。

「ああ、五寸《ごっすん》や」

五分の兄弟分――この俺と。

国光は日岡を見つめた。

「わしにはな、稼業違いの兄弟分がふたりおる。ひとりは博多の坂牧広大《こうだい》や。名前くらい、あんたも知ってるやろ。坂牧建設の、あの坂牧や。もうひとりは、道永芳朋《みちながよしとも》いうてな、神戸で飲食の社長やっとる――朋美《ともみ》の実の兄貴や」

日岡の怪訝な表情を受けて、横から高地が補足する。

「神戸の姐《あね》さんのことですわ。親父っさんとは一番、古い付き合いだんねん」

「ちなみに――」

国光が続ける。

「代紋違いの兄弟分は三人や。あんたも知っとる、呉原の二代目尾谷組組長、一之瀬守孝。九州熊本睦《むつみ》会の辰木博《たつきひろし》と関東成道会の秋津次郎《あきつじろう》――二人とも、直参の若頭やっとる。五分の兄弟は、これで全部や」

その場にいる全員が、息を詰めてこちらを窺っている。

「安心し。このことは絶対、外へは漏らさへん」

腹を括る――

肯き、頭を下げた。

「よっしゃ！」

国光が膝を叩いた。

井戸に向かって、声を張る。

「敬士、盃あるか」

「すんまへん。猪口《ちょこ》なら、ありまっけど……」

座卓についたまま、井戸が頭を下げる。

「それでかまへん」

「へい！」

井戸が急いで台所へ立った。

猪口をふたつ盆に載せ、戻ってくる。

盆を座卓に載せ、面目なさそうに面を伏せた。

「親父っさん。日本酒が、切れましてん。えろう、すんません！」

額が膝につくほど、腰を折る。

国光が呆れたように笑った。

「お前のせいやないがな」

井戸が声を落とし、つぶやくように言う。

「すんません。焼酎《しょうちゅう》やったら、ありまんのやけど……」

国光が、眉をあげる。

「それでええがな」

高地が手早く、盃事の準備を整える。

真新しいシーツを押し入れから取り出し、歯で嚙みちぎり半分に裂いた。片割れの白い布を、座卓に敷く。

猪口を押し頂いて恭しく、国光と日岡の前に置いた。猪口の横に、半紙を添える。

準備が整うと、高地は深々と頭を下げた。

「簡略ですが――」

そう断って一礼し、脇に置いた一升瓶を傾ける。

国光の猪口に、焼酎を少しずつ注いだ。

猪口が七分目まで満ちると、日岡のそれにも同じことを繰り返した。

「では、ひと息で飲み干してください」

国光に倣い、猪口を両手で掲げる。

「どうぞ――」

高地が声を張った。

一気に飲み干す。

空の猪口を手に、国光を見る。国光も飲み干したところだった。空になった猪口を、半紙で包んでいる。

急いで真似る。

国光は背広の内懐に手を入れ、猪口をしまった。

日岡も同じように、背広の内ポケットへしまう。

国光が日岡の肩を抱き寄せた。

「兄弟――」

揺らしながら言う。

「これからはタメ口や。ええな」

　ひとつ息を吸って、答える。

「わかったけえ、兄弟」

　声が掠《かす》れていた。

　国光の目が、にやりと笑った。

　午前十一時。ワイドショーが終わり、コマーシャルのあとニュースがはじまった。

　テレビ画面では局のアナウンサーが、神妙な面持ちで原稿を読み上げる。

　外遊に旅立った大物政治家の動向を手短に伝えたあと、明石組本家前に画面が切り替わった。

「さて、本日。手打ちが行われると見られていた明石組と心和会ですが、先ほど、明石組本部を訪れていた心和会会長の車が、門を出た模様です」

　画面が切り替わる。門を出る黒のベンツとセンチュリーが、映った。

「よし！」

　国光が声をあげ、膝を叩いた。

　部屋に歓声が沸きあがる。

　子分たちが、手を叩き合って喜んでいた。

　国光が唇を窄《すぼ》め、大きく、息を吐いた。

「終わったようやな」

立ち上がる。

子分に命じた。

「おい。支度せい！」

あらかじめ、決めてあったのだろう。三人がそれぞれ、慌ただしく動きはじめる。

川瀬が簞笥《たんす》の中身を集め、透明なゴミ袋に詰めた。井戸は台所に立ち、用意してあったと思われる紙の束をシンクで燃やす。手紙や電報の類《たぐい》だ。

高地は道具箱から拳銃を取り出し、弾を抜いた。銃は全部で、十丁近くある。

俺はなにをすればいい。

わからないまま、尻《しり》を浮かせる。

国光が、日岡の肩に手を置いた。

「おおっと――兄弟はそのまま、待っててや」

そう言うとズボンの左腰から拳銃を抜き、座卓に置いた。S&W二十二口径。米国の正規品か、海賊版かはわからない。そのままずいっと日岡のほうへ滑らせ、真顔で言った。

「表へ出る前に細工せなあかん。兄弟、ちいとの間、目ェ瞑《つぶ》っといてくれ」

意味がわからないまま、目を閉じた。

「動くなよ――」

国光が息を詰める気配がした。
日岡は殺気を感じた。
ぞっとして、身を引く。と同時に、頬に激痛が走った。
「うああ！」
悲鳴をあげて、床に伏した。
頭上から、国光の動揺した声がする。
「おおお、おい──なにするんや。動くな言うたやろ！」
頬が火傷《やけど》したように熱い。
恐る恐る、左頬を触ってみる。
濡れている。
目を開け、手を見た。
血だ。手が真っ赤に染まっている。
国光を見た。
匕首を手に、狼狽している。
国光は子分たちを振り返った。
「お前ら、なにしとるんや！　は、はよ──拭《ふ》くもん出さんかい！」
高地が慌てて、頭のタオルを解き国光に差し出した。
国光が日岡の脇に座る。

血を拭い、落ち着きを取り戻した声で言った。

「大したことないみたいやな。安心せい。まァ、傷痕《きずあと》は残るかもしれんが……」

一升瓶に手を伸ばし、中身を口に含む。

反射的に目を閉じ、身構えた。

刹那《せつな》――焼けるような痛みが、日岡を襲った。

国光が焼酎を吹きかけたのだ。

痛みが落ち着くのを待って、上体を起こす。右手を床について、大きく息を吐いた。

国光が言った、表へ出る前に細工せなあかん、という言葉の意味がわかった。拳銃を持っている男三人を一網打尽にするのだ。無傷というわけにはいかない。犯人たちと揉み合った際に匕首で切られたという筋書きを国光は作ろうとしたのだ。

タオルで頬を押さえながら声を絞り出した。

「ここまでしなくても……」

国光は日岡の目を見た。

「浅くしよう思うたが、堪忍やで」

国光は立ち上がると、ズボンのポケットに手を入れ、上体を反らせた。

「兄弟はわしと揉み合《お》うて、匕首で切られたんや――ええな」

日岡はしっかりと肯いた。

十二時。正午のチャイムが、遠くで聞こえる。城山小学校の、中津郷分校からだ。

打ち合わせどおり、高地が事務所のドアをゆっくりと開ける。

捜査本部へは、さきほど電話して伝えてあった。

――こちら日岡。マルイチ四名を制圧。これから表へ出る。撃つな。繰り返す。マルイチを制圧。表に出る。撃つな！

そう言って日岡は、すぐ受話器を下ろした。

シーツを半分に裂いた布を、高地が白旗代わりに頭上で掲げ、ドアから出る。

続いて井戸と川瀬が、両手をあげて表へ出た。

日岡は国光の首にS＆Wの銃口を押しつけ、抱えるようにして半歩、ドアから前に出た。

銃を構え射撃体勢を取る警察官の姿が、目に飛び込んでくる。

音がない。

喋るのが仕事のレポーターも、マイクを手に、ただ茫然と日岡たちを見ている。

もう半歩、前進する。

事務所から完全に身体を出した。

右手の作業員用プレハブに目をやる。

屋根に立ち、ライフルを構える銃対のスナイパーが見えた。

拡声器が、突然がなり立てる。

「国光！」

二瓶の声だ。

「両手をあげたそのままの姿勢で、前に進め。おかしな真似をしたら、容赦なく発砲する！」

機動隊が少しずつ、前進してきた。

距離がどんどん詰まる。

「日岡！」

拡声器からいきなり、斎宮の声が流れた。

「よくやった！」

期せずして、拍手が沸き起こる。

レポーターやカメラマンも、手を叩いていた。

「兄弟、英雄やな」

前を向いたまま、少しのけぞって国光が嗤いた。

血が、頰を伝う。

先頭の高地が、捜査員に確保された。

それを合図に、井戸と川瀬も、押し倒されるように制圧された。

「確保！　確保！」

あちこちで捜査員が、絶叫に近い叫び声をあげる。

県警本部の捜査員が、手錠を手に駆け寄ってくる。

「国光だな」

言いながら手に、手錠を嵌めようとする。

「待たんかい――」

国光が凄《すご》みを利かせ、睨んだ。

「手錠は、この駐在に嵌めさせたれや」

捜査員の手が止まる。後ろを振り返った。いつの間にか、一課長の姿があった。

二瓶が肯く。

「日岡。お前が手錠を掛けろ」

捜査員は向き直ると、手錠を日岡に差し出した。

手錠を受け取る。

国光の前に立った。

国光が両手を揃え、ゆっくりと差し出した。

薄く口角をあげる。

日岡の耳に、はじめて会った夜の、国光の言葉が蘇った。

――わしゃァ、まだやることが残っとる身じゃ。じゃが、目処《めど》がついたら、必ずあんたに手錠を嵌めてもらう。約束するわい。

国光は、約束を守った。

日岡は国光の手首を握ると、手錠を嵌めた。

金属音が、指先に伝わる。

フラッシュの雨が、降り注いだ。

国光は護送車の前で、日岡をちらりと振り返った。

キョウダイ――目がそう語りかけている。

小さく顎を引き、肯いた。

気づくと、斎宮が側にいた。

「大丈夫か」

日岡の顔を覗き込んだ。

「大丈夫です」

息を大きく吸い、答えた。

斎宮は無言で肯き、日岡を待機中の救急車へ促した。

駆けつけた救急隊員が、日岡に訊ねる。

「歩けますか。それとも、担架を用意しますか」

首を横に振る。

「自分で歩けます」

日岡はそう答え、救急車へ向かって歩き出した。

救急車の後部からなかへ乗り込もうとしたとき、後ろから名前を叫ぶ大声がした。

「日岡さん！」
女の声だ。
振り返る。
祥子だった。
頬を伝う血を見て、ひどく動揺しているようだ。泣きながらなにかを叫んでいる。
だが、あたりの喧騒に紛れ、祥子の言葉は聞き取れなかった。
「急いでください」
救急隊員が、急《せ》かす。
半ば押し込まれるように、車に乗せられた。
救急車のサイレンが響く。
車は徐行しながら、マスコミの人垣を縫った。
県道に出る。
加速した。
パトカーのサイレンが、一斉に聞こえる。
国光たちを移送するのだろう。
背広のポケットに手を入れ、ジッポーの感触を確かめた。
窓に目をやる。
磨《す》りガラスだ。

日岡は見えない窓の外を、見つめた。

五　章

「週刊芸能」平成二年六月十四日号記事

緊急連載
ジャーナリスト山岸晃が読み解く史上最悪の暴力団抗争　明心戦争の行方　第五回

本稿校了間際、もっとも憂慮された事態が出来した。

無辜《むこ》の市民が、暴力団の凶弾に倒れたのだ。

撃たれたのは、兵庫県神戸市旭《あさひ》区の左官業、岸千治《きしちはる》さん（56）。自宅アパートに宅配業者を装った二人組が来襲し、ドアを開けた岸さんに銃弾五発を発射して逃走したものである。妻の洋子《ようこ》さん（55）によって救急車が呼ばれたものの、搬送途中、岸さんは死亡が確認された。

岸さん宅には数ヶ月前まで心和会系列の三次団体幹部が住んでおり、誤って狙われたものと思われる。

事態を重くみた警察庁は、組長クラスの検挙、資金源の根絶など、あらゆる手段を用いて暴力団の壊滅を目指すべく、改めて指示を徹底したとされる。

ここで注目されるのは、前号で取り上げた暴力団新法である。筆者の取材によると、全国の広域主要暴力団を指定団体として認定し、新たな法の網に掛けようというのが、警察庁および法務省の狙いらしい。

ただこれには、「結社の自由」を保障する憲法二十一条一項に抵触するとの議論が、早くも持ち上がっている。

とはいえ、新法によって暴力団の活動が大幅に制限されるのは、間違いないところだ。みかじめ料や民事介入暴力（いわゆる民暴）などの、暴力団の収入は激減するだろう。それにつれて離脱者も、増えるはずである。

いいこと尽《ず》くめのような暴力団新法だが、問題点も少なくない。

暴力団のマフィア化、寡占化だ。表立って動けないとなれば、暴力団は地下に潜るしかない。生き残れるのは巨大組織だけで、体力のない組織は徐々に駆逐されていくだろう。

さらに言えば、取り締まりに当たる個々の警察官の職務にも、この新法は影響を及ぼしそうだ。これまで、ある意味、持ちつ持たれつできた警察と暴力団の間に、厳然とした一線が引かれることになろう。警察上層部は、これまで以上に警察官と暴力団との癒着に目を光らせるはずだ。

そうなれば、いままで入って来た情報も入手しづらくなり、組の実態と状況も把握することが難しくなる。

「極道と渡り合うためには、こっちも極道の分際まで落ちなきゃならんわな」

大阪府警のベテラン刑事のこの言葉を、時代錯誤のひと言ですますことは容易《たやす》い。

しかし、暴力団を壊滅させるための法律が、暴力団を闇に解き放つこともあり得る。

どちらに転ぶか、今後の成り行きを注視したい。

昼過ぎから降り出した雨は、夜になっても止む気配はなかった。流砂のような細かい滴が、空から絶え間なく落ちてくる。

路地裏に佇《たたず》む日岡は、雨に打たれながらトレンチコートの襟を立てた。小雨とはいえ、晩秋の雨は身体を芯《しん》から凍えさせる。

傘は持っていない。全身ずぶ濡《ぬ》れだった。民家の塀から路上に伸びる庭木の枝の下に身を寄せてはいるが、気休めにもならなかった。

町はずれのこのあたりは、車の往来が少なく、ひと気もない。しんと静まり返っている。聞こえてくるのは、どこかのトタンに不規則に落ちる雨だれの音だけだった。

風が吹き、日岡は思わず両肩を抱いた。

気を紛らそうと、トレンチコートのポケットからコーヒーの空き缶と煙草、ジッポーを取り出した。最後の一本。煙草をくわえ、手で覆いながら火をつける。煙を一度吐き出すと、煙草の先を空き缶の口へ差し込んだ。

闇のなかでは小さな煙草の火ですら、相手に気づかれかねない。夜の張り込みで煙草を吸うときは、空き缶で煙草の火を覆い隠すのが鉄則だった。

煙草を根元まで吸うと、空き缶の縁で火を消し、なかへ落とした。吸殻が入った空き缶をポケットにねじ込み、道路の先に目を凝らす。動きはない。

日岡が見張っている家は、三十メートルほど離れたところにあった。家というより、倉庫と呼ぶ方がしっくりくる外観だ。

木造の建物の板壁は、長いあいだ風雨にさらされているためか、ひどく傷んでいる。かつて紺色だったと思われるトタン屋根も、劣化して錆《さ》びついていた。

出入り口は、道路に面している一階の引き戸だけだ。曇りガラスの内側に分厚いカーテンがひかれているため、なかは見えない。二階の窓も同じだった。

張り込んでいるのは、近藤修《こんどうおさむ》の住居だ。

昨夜、近藤は自分の車でどこからか戻ってくると、家から少し離れた空き地に車を置いて、ひとりで家に入っていった。それから人の出入りはなく、カーテンが開くこともない。夜になり電気がつくことで、やっと人がいるとわかるが、そうでなければ、誰もが空き家だと思うだろう。それほど、人の気配はない。

近藤は、呉原烈心会の組員だ。烈心会は、五十子会の会長、五十子正平が殺されたあと、舎弟頭だった橘一行が立ち上げた組織だ。構成員のほとんどは、元五十子会の組員と加古村組の残党だった。

ポケットから新しいパッケージを取り出し、封を切って煙草を抜いた。空き缶のなかに先を突っ込み、細く煙を吐く。

近藤はバッジを貰《もら》ってから、日が浅い。覚せい剤の前科があり、二年ほど臭い飯を食っている。刑期を終えて半年前に出所したが、その後すぐに、烈心会の組員になった。日岡が飼っているエスの話によれば、刑務所のなかで烈心会の組員と知り合い、勧誘されたとのことだった。

近藤は、高校を中退したあと、知人の所有する船に乗った。が、すぐに下りた。周囲の人間には、船は性に合わない、と触れ回っていたが、単に働くのが嫌なだけだった。その証拠に、近藤は船を下りたあと、すぐに懇意の女をつくってヒモになっている。

顔がとびぬけていいわけではないのに、次から次へと女ができるのは、よほど口が上《う》手《ま》いか、いい一物を持っているかのどちらかだろう。

エスから、近藤が再びクスリに手を出している、と聞いたのは一昨日だった。それからすぐに、日岡は近藤を張った。

服役中に、近藤の身体からクスリは抜けた。しかし、脳細胞に刻み込まれた快楽は、そう簡単に忘れられない。少しでも気を緩めれば、快楽の記憶が蘇《よみがえ》る。近藤は、その記憶の誘惑に負けた。

クスリをやっている者は、いつどのような行動を起こすかわからない。我を失い、街中でいきなり暴れだすやつはめずらしくない。拳銃《けんじゅう》を所持していれば、惨事に発展する可能性も考えられる。そうなれば本人だけでなく、その組員を飼っている組にも警察の手が入る。そんな危ない者を組員にするほど、烈心会は兵隊が欲しいのだ。

日岡は、三日前に発売された週刊誌の記事を思い返した。

『深夜の路上に鳴り響く銃声──明心戦争の火種再燃か』

二年前──日岡が中津郷の駐在に勤務していた秋、暴力団史上最大の抗争劇と言われた明石組と心和会の争いは、明石組の圧倒的勝利のうちに終結した。手打ちが行われ以上これで終《しま》いだ、誰もがそう思っていた。

日岡を人質にとりひと芝居打った国光も、そう考えていたひとりだ。

国光とその若い衆、高地、井戸、川瀬らは、心和会常任顧問──元北柴組組長である北柴兼敏の無事を見届けたのち、明石組四代目組長、武田力也殺害に関与した容疑者として、そして人質立てこもり事件の犯人として逮捕された。

裁判により、国光は無期、ほか三人は懲役十五年から二十年を言い渡された。四人はばらばらの刑務所に収監され、いまも檻《おり》のなかにいる。

鎮火したかに思えた明心戦争が再燃の懸念を見せたのは、手打ちがなされてから半年後だった。

比場郡の山が桜で色づきはじめた平成三年三月二十五日、北柴兼敏が大阪市内の自宅で死亡しているのが発見された。発見したのは、杉本組組員の菅沼智也《すがぬまともや》だった。

北柴は、自宅を留守にしない限り、午後二時からの写経を日課としていた。その間は、妻といえども、よほどの急用でなければ声をかけない。しかし、その日は夕方の六時を過ぎても部屋から出てこず、おかしいと思った手下の菅沼が部屋に入り、倒れている北柴を見つけた。

司法解剖の結果、死因は青酸カリによる服毒死とされ、死亡時刻は、写経をはじめた午後二時から四時のあいだと推測された。警察は、北柴が誰かと争った形跡がないことから自殺と断定した。

北柴の訃報《ふほう》は、菅沼が発見したその日のうちに、元心和会系組員はじめ全国の暴力団組織の知るところとなった。

北柴の死を、誰もが不審に思った。

明石組との抗争は手打ちにより収まったが、心和会側に付いた組織はかなりの痛手を負った。心和会系組長のほとんどは引退し、その幹部や若中の多くは敵対した明石組系列の組織に拾われた。

明石組になびかず、一本独鈷《どっこ》で組織を維持したのは、国光率いる義誠連合会とその上部団体、北柴組だけだ。明石組の牙城《がじょう》である関西で、北柴組は四面楚歌《そか》の状態だった。

そこに追い打ちをかけるように、平成四年の三月一日に、暴力団対策法が施行された。最終的に、明石組を筆頭に全国二十二団体が指定暴力団とされ、暴力団対策法の枠のなかに取り込まれた。みかじめ料や賭博《とばく》行為など、シノギに対する罰則が厳格化され、どこの組織もいままでのようには動けなくなった。平成四年十月現在、北柴組の組員は、一番多いときの約六百名から、半分以下の二百数十名にまで減っている。

国光が逮捕されて以降、北柴は組事《くみごと》で務めに行っている者たちの帰る場を守る、と口癖のように言っていた。普段から、自分は死ぬまでヤクザだ、死ぬときはヤクザとして死ぬ、と警察からの解散圧力にも頑強に抵抗していた。その北柴が自ら命を絶つとは思えない。自殺と断定した警察内部にすら、その死に疑問を抱く者が少なくなかった。

当然ながら、北柴の他殺説が陰で囁《ささや》かれた。

真っ先に疑われたのは、明石組系武田組の謀殺だった。表立っては手打ちという和解の形となったが、自分のところの親分の命を取られた恨みは骨髄に徹している。北柴の命を密《ひそ》かに狙った者がいてもおかしくはない。

そしてもうひとつ、暴対法が絡んでいるという説もある。

暴対法によりシノギや組員が減ったのは、むろん北柴組だけではない。一番の打撃を受けたのは日本最大の暴力団、明石組だ。とりわけ三次団体など枝の組は、シノギがきつくなっている。北柴を暗殺し、組を解散に追い込んで北柴組のシマからシノギをごっそり手に入れようと画策した組織があったとしても、おかしくない。

マスコミは、こうした陰謀説をしたり顔で書いていたが、日岡は疑問に思っていた。

問題の第一は、青酸カリによる毒殺という、ヤクザらしくない手口だ。

ヤクザの報復は、報復とわかるかたちでやってこそ、その価値が出る。武田組による犯行だとすれば、射殺もしくは刺殺など、はっきり他殺とわかる手口を使うはずだ。第

一、北柴の自宅には部屋住みの若い者が何人も詰めている。彼らに気づかれずに部屋へ侵入し、毒を盛ることは不可能ではないか。
一方で、北柴組のシマを狙った犯行説にも、疑問符が付く。

国光が収監されたあと、北柴組の屋台骨をしょって立ったのは、舎弟頭の杉本昭雄だった。

杉本は、北柴が信頼を置き、国光が若い頃から世話になっている大幹部だ。戦闘力も高く、義誠連合会も一時的にせよ、その傘下に入っている。

北柴が死んだからと言って、組が解散すると考えるのは、どう見ても甘すぎる。

唯一残される可能性は内部の犯行だが、これも筋が通らない。

国光ほどではないにせよ、北柴の若中は親分に心酔して盃《さかずき》を貰った者たちばかりだ。わが親分を毒殺するなど、天地がひっくり返ってもあり得ない——そう国光は面会の場で、日岡に吐き捨てた。

いまでも、あのときの、国光の血走った目に宿る憤怒《ふんぬ》を、日岡は忘れることができない。

国光の眼光を振り払うように、日岡は近藤の家の二階に目をやった。

分厚いカーテン越しでは、灯《あか》りがともっていることだけはわかるが、人が動く様子まではは見えない。近藤は丸一日、外にも出ず、なにをしているのか。寝ているのか、飯を食っているのか、それとも覚せい剤に溺《おぼ》れているのか。

日岡は軽く舌打ちをくれた。

烈心会がいくら小さな組とはいえ、明らかなシャブ中にまでバッジを与えるなど、通常ではあり得ない。仁正会の反主流派が、戦争に備えろと枝の組を焚《た》きつけているのだ。

仁正会の内部抗争は、暴対法施行を機に収まるかに思えたが、泥沼の抗争を経て積み上げられた積年の確執はそう簡単に解けそうになかった。ここにきて、徳山《とくやま》市の志麻《しま》組を傘下に置くなど、反主流派の急先鋒《きゅうせんぽう》である笹貫一派の勢力拡大に、弾みがついている。

もう一本煙草を吸おうと、トレンチコートのポケットに手を突っ込んだ日岡は、目を大きく開いて建物の入り口を見た。

雨音に紛れ、立てつけの悪い引き戸が軋《きし》みながら開く。

日岡は身を隠していた塀に背中をぴたりとつけて、気配を消した。

建物のなかから、男が出てくる。長身に暗闇でもわかる金色の髪。近藤だ。

近藤は肌寒い夜なのに、黒シャツ一枚という出《い》で立ちだった。傘も差していない。あたりの様子を窺《うかが》うように首を巡らしながら、車が置いてある空き地へ向かっていく。

近藤に気づかれないように、距離をとりながらあとをつけていく。近藤が車の鍵《かぎ》を開けて乗り込もうとしたとき、日岡は背後から肩を摑《つか》んだ。

「よう。こがな時間に、どこ行くんない」

短い声をあげて振り返った近藤は、日岡を見ると顔をひきつらせた。

「お前、マル暴の……」

日岡は喉《のど》の奥で笑った。

「バッジもらったばかりの若造でも、俺を知っとるんか。顔が売れたもんじゃのう」

日岡は二年前に、中津郷の駐在から広島県警捜査四課へ配属になった。昇任試験に受かり、巡査部長としての栄転だった。四課の課長である斎宮正成の引きもあったが、国光が起こした人質事件解決の手柄がなにより大きかった。マル暴刑事としての経験も積み、いまでは、古参の刑事に「やり方がガミさんそっくりじゃのう。ええ加減にせんと、監察に持っていかれるど」と心配されるまでになっていた。

近藤は日岡を睨《にら》みつけると、肩を激しく回して、日岡の手を振り払った。

「その売れっ子の日岡さんが、わしなんぞになんの用ない」

日岡は顎《あご》で近藤の車を指した。

「ちいと、車を調べさせてもらおう思うての」

近藤の顔が青ざめる。日岡から目を逸《そ》らして訊《たず》ねる。

「なんでそがあなことせにゃならんのじゃ。あんた、令状持っとるんか」

「いいや」

日岡の返答に、近藤が虚勢を張った。日岡に向き直ると、大声で捲《まく》し立てる。

「持っとらんのなら任意じゃの。なら、わしは調べを拒否できるいうこっちゃ」

近藤は日岡に背を向けると、車のドアに手をかけた。

「わしは急いどるんじゃ。さっさとどかんと轢《ひ》いてまうど」

車に乗り込もうとする近藤のシャツを後ろから摑む。思い切り引き戻した。弾みでよろめいた近藤は、ちょうどそこにあった水たまりに尻《しり》から落ちた。

「なんじゃ、われ！　なにさらすんじゃ！」

日岡はその場にしゃがむと、泥だらけの近藤の胸ぐらを摑んだ。息がかかるほど顔を近づける。

「わしが必要じゃ思うたら、必要なんじゃ。それともなにか、調べられてまずいもんでもあるんか」

近藤は一瞬言葉に詰まったが、虚勢を張りとおした。

「とにかく、わしは調べには応じん。さっさと手ェ離さんかい！　離さんいうんじゃったら、お前の上を呼ぶど！」

頰を張った。近藤の顔が、横に飛ぶ。

頰をわなわなと震わせながら、近藤は日岡を凝視した。日岡はもう一度掌《てのひら》をあげ、今度は逆側の頰を張った。

「呼びたきゃ呼べや。じゃが、車を調べたあとにしてもらうど。抵抗するんじゃったら、二度と女が近寄らん顔にしちゃる」

近藤の喉が大きく上下する。

日岡は近藤を地面に突き飛ばすと、車のなかに上半身を突っ込み、車内を片っ端から調べた。

ハンドルとグローブボックスのあいだにあるスペース──本来ならオーディオ機器が設置されるべき場所が空いている。内装と同じ素材で塞《ふさ》がれているが、そこだけ表面が劣化していた。おそらく何度も触れているのだろう。

日岡はスペースを塞いでいるパーツを外した。思ったとおり、なかは空洞になっていて、小さなビニール袋と注射器が入っていた。

日岡はそのふたつを手に取ると、放心状態で地面に座り込んだままの近藤のところへ持って行った。目の前に突き付けて、懐から覚せい剤の試験キットを取り出す。

「いまからこれを調べる。青になったら覚せい剤じゃけ」

ビニール袋のなかの粉末が、試験管のなかで青くなる。

日岡は項垂《うなだ》れている近藤の顔を、上から睨んだ。腕時計で時間を確認する。

「二十一時四十七分。近藤修、覚せい剤取締法違反の容疑で現行犯逮捕じゃ」

言い終わらないうちに、近藤は悲鳴にも似た叫び声をあげた。

奇声が、雨の闇夜に響く。

近藤は日岡に向かって拳《こぶし》を突き出した。

日岡は顔を少し横にずらしてかわすと、繰り出された拳の倍以上のスピードで、近藤を殴りつけた。

近藤がひっくり返る。地面に倒れた身体が、小刻みに震えていた。日岡への恐怖か、覚せい剤が切れたのか、そのどちらかだろう。

日岡は近藤を無理やり立ち上がらせると、近藤の車の近くに置いていた覆面車両まで引きずるように連れて行った。車の無線で応援を呼ぶ。

「こちら日岡、覚せい剤所持の現行犯で、烈心会の組員をひとり逮捕しました。応援頼みます。場所は——」

無線を切ってから、十分と経たずに、赤色灯を回しながら県警のパトカーがやってきた。

なかから降りてきたのは、県警四課の山本《やまもと》警部補と有賀《ありが》巡査だった。山本は日岡のひと回り上の年代で、直属の上司にあたる。

山本は傘を差しながら、車に背を預けてぐったりとしている近藤を見ると、呆《あき》れたような溜《た》め息を漏らした。

「職務質問はひとりでするなと、あれほど言うとろうが。あとで弁護士にあれこれ言われるこっちの身にもなれ」

「たまたま不審車両を見つけたので、職質しただけですよ。本人も納得のうえですけ」

近藤が怒声を張り上げる。

「なにを言うとんなら！　わしゃァ納得しとりゃァせんど！」

日岡は近藤を無視して、懐から試薬の入った試験管を取り出した。

「これが証拠です。尿検査でもばっちり出るはずです」

違法めいた捜査とはいえ、覚せい剤の所持は所持だ。四課の点数にはなる。

山本はもう一度息を吐くと、それ以上なにも言わず、隣にいる部下を見た。

「おい、こいつを引致しろ」

有賀は、はい、と返事をすると、近藤に肩を貸しながら立ち上がらせた。

パトカーに乗せられるとき、近藤は日岡に向かって捨て台詞《ぜりふ》を吐いた。

「お前みとうなヤツ、刑事じゃないわい。極道以下の外道じゃ！」

近藤は地面に唾《つば》を吐いた。

「頬に斬り傷か。外道らしい面しやがって」

「ええかげんにせえ！」

まだ食って掛かろうとする近藤を、有賀が力ずくでパトカーの後部座席へ押し込める。

山本は近藤の隣に座りドアを閉めると、窓を少し開けた。

「書類では、こいつを殴った理由は正当防衛ということにしとけよ」

山本は窓を閉めると、運転席に乗り込んだ有賀に、車を出すよう顎で指示した。

雨のなかへ消えていくパトカーのテールランプを見ながら、日岡は近藤が吐き捨てた言葉を思い起こしていた。

——お前みとうなヤツ、刑事じゃないわい。極道以下の外道じゃ！

苦い笑いがこみ上げてくる。

近藤が言ったことは正しい。国光と盃を交わした自分は、刑事という名の極道だ。国光同様、目的のためなら外道にでもなる〝凶犬〟だ。

左の頬にしびれるような痛みが走り、日岡は頬に手を当てた。二年前、国光につけられた傷だ。雨の日には時折、疼《うず》くように痛む。

痛みとともに、祥子の泣き顔が脳裏に浮かんだ。

国光が起こした人質立てこもり事件が解決したあと、日岡は十日間、城山町の町立病院に入院した。救急車で運び込まれた当初は、一週間という予定だったが、頬の傷が思いのほか深く、感染症を心配した医師が大事を取って延ばしたのだ。

祥子が病院に現れたのは、入院して五日目だった。

腕に針を刺したまま、点滴台を押して廊下を歩いていると、奥に見知った顔を見つけた。祥子だった。学校帰りなのか、制服姿だった。

「祥子ちゃん、もしかして見舞いに来てくれたんか」

そばまで行き訊ねると、祥子は苦しそうに顔を歪《ゆが》め、目を背けた。そのときは、顔の半分をガーゼで覆っている姿が痛々しく見えるのだろうと思ったが、祥子が日岡と目を合わせなかった理由はほかにあった。

閉ざされた病室で顔を合わせているより、開放感がある場所がいい。そう思った日岡は、祥子と屋上へ行った。

秋も深まり、冷えた風が吹く屋上には誰もいなかった。

日岡は錆びたベンチに座ると、売店で買った缶ジュースを祥子に渡した。隣に座った祥子は、受け取った缶ジュースを両手で握りしめたまま、俯《うつむ》いている。日岡のほうを見ようとしない。重い沈黙が続く。

日岡は缶ジュースを飲み干すと、ぼそりと祥子に詫《わ》びた。

「ごめんな」

屋上へきてから、祥子がはじめて日岡を見た。

日岡は祥子の視線から顔を背けるように、前方の山々に目をやった。

「前も言ったけど、もう祥子ちゃんに家庭教師は必要ない。それに、いまの俺はこんな状態じゃ。傷が完治するまでしばらくかかる」

そのときの日岡には、祥子に割く時間も、心の余裕もなかった。なにより、極道と盃を交わした自分が、汚《け》れ《が》ない祥子と関わりを持ってはいけないと思った。

日岡は遠くの山を見つめた。

「祥子ちゃんは、ひとりでも大丈夫だ」

「違う！」

祥子がいきなり叫んだ。

驚いて祥子を見る。

祥子は必死の形相で日岡を見つめていた。

「違う……謝らなければいけないのは、うちのほう……」

意味が分からず、眉根《まゆね》を寄せる。

祥子は再び俯くと、消え入りそうな声で言った。

「ゴルフ建設場に指名手配犯がいるって通報したの、うちなの」

日岡は息を呑《の》んだ。

国光が人質をとって立てこもったときから、どこから国光たちの情報が漏れたのか、ずっと考えていた。

「川で篤史を助けてもろうたときに、濡れたシャツが透けて、男の人の背中の刺青《いれずみ》が見えたの。それで気になって……駐在所で見たら、指名手配の写真があって……それで……」

国光の面が割れた経緯《いきさつ》はわかった。しかし、祥子はなぜ気づいた時点で身近にいる自分に言わず、県警に通報したのか。

じっと見つめる視線から日岡の疑問を察したのか、祥子は長い沈黙のあと、震える声で言った。

「あの人……」

「あの人？」

思わず日岡は繰り返した。

祥子は思い切ったように顔をあげると、日岡を真正面から見つめた。

「日岡さんを訪ねてきた、女の人」

頭に晶子が浮かんだ。晶子がどうしたというのか。

「あの人が来てから、日岡さん、うちに冷たくなって……もう家庭教師もやめるって……」

日岡は駐在所を訪ねてきた晶子が口にした言葉を思い出した。

──あの娘は間違いのう、秀ちゃんに惚れとる。

一度、思いを口にした祥子は、捲し立てるように訴えた。

「あの人だけじゃない。逮捕された男の人たちもそう。あん人たちが来てから、日岡さん、うちのほう見てくれんようになった。あん人たちがいなくなれば女の人も来んようになるし、日岡さんはずっとうちのそばにいてくれる、そう思った。だからうち、うち……」

祥子の目に、見る間に涙があふれた。

「でも、うちがしたことで、日岡さんがこんな目に遭《お》うてしもうた……」

祥子は両手で顔を覆うと、肩を震わせて泣きはじめた。

日岡は呆然《ぼうぜん》とした。

世間の耳目を集めた事件を引き起こした源は、組織の思惑や警察との駆け引きなどではなく、たったひとりの少女の嫉妬《しっと》だったというのか。

祥子はベンチから立ち上がると、日岡の顔を見ずに頭を下げた。

「本当に、ごめんなさい」

祥子が屋上から走って出ていく。

ひとりになった日岡は、空に浮かぶ薄い雲を、いつまでも見上げていた。

自分の車に戻った日岡は、煙草をくわえた。ジッポーで火をつける。

耳の奥で、近藤の声が蘇った。

──頬に斬り傷か。外道らしい面しやがって。

入院していた病院の医師が言うには、月日が経てば薄くはなるが、傷跡が完全に消えることはないとのことだった。日岡にとって頬の傷は、刑事でありながら極道と盃を交わした、刻印のように思える。

煙草を車の灰皿で揉《も》み消したとき、無線が音を立てた。有賀だった。有賀は近藤の尿検査の結果を日岡に伝えた。

「日岡さんの言うとおり、ばっちり出ました。やつは、覚せい剤所持および使用で送検されます。どうぞ」

日岡は有賀の言葉に付け足した。

「公務執行妨害のおまけつきじゃ」

無線の向こうで言葉に詰まる気配がした。やがて、有賀の遠慮がちな声がした。

「先輩に対して失礼を承知で言わしてもらいますが、こんなやり方は、今回で終わりにした方がいいように思うのですが……」

有賀の声には、山本のような敵意はない。有賀は課のなかで日岡を慕う数少ない刑事だった。有賀は本心から、違法捜査で処罰されるかもしれない日岡を心配しているのだ。

「このようなことが何回も続けば、さすがの斎宮さんも庇《かば》いきれないのではないかと……」

日岡は心で笑った。

県警内部の人間は、捜査四課の課長である斎宮が日岡に目をかけていると思っている。たしかに、県北の駐在所から県警捜査四課という、花形の部署に日岡を引いたのは、斎宮だ。だが、それは日岡に対して特別な情があるからではない。人質立てこもり事件で命をかけて事件解決へ導いた立役者を、無視することができなかったからだと、日岡は踏んでいた。

日岡の違法捜査を見て見ぬふりしているのも、庇っているわけではない。斎宮は日岡が把握している県警内部の不祥事――大上が残したノートの中身が、表ざたになることを恐れているのだ。できることなら、日岡を手懐《てなず》け、パンドラの箱を我が物にしたい、というのが本音だろう。

日岡の沈黙を怒りと捉《とら》えたらしく、有賀はすぐに謝罪した。

「すみません、出過ぎたことを言いました。いまのことは忘れてください」

日岡は窓の外を見た。まだ雨は降っている。

「ええんじゃ、お前の気持ちはわかっとる」

有賀はもう一度、すみません、と詫びて無線を切った。

日岡は無線を本体に戻すと、シートに深く背を預けた。

有賀の言葉を頭のなかで反芻《はんすう》する。たしかに、こんなやり方は終わりにした方がいい、と思う。だが、日岡がそう思う理由は、有賀の意図とは異なっていた。

少しでも兵隊を減らすべく近藤のような下っ端を検挙してはいるが、それはその場しのぎでしかない。仁正会の内部抗争を終結させるには、笹貫を検挙し、反主流派をばらばらにするのが一番だ。笹貫の引きネタを入手することが喫緊の目標だった。

それともうひとつ──日岡には早急にやるべきことがあった。

元北柴組組長、北柴兼敏の死の真相を探ることだ。

日岡は、雨の滴が流れるフロントガラスの向こう側を見つめた。暗闇に、国光の顔が浮かぶ。

北柴が死亡したひと月後、日岡は北海道の旭川《あさひかわ》へ向かった。一之瀬から密かに、国光が収監された先は旭川刑務所であり、本人が日岡との面会を望んでいると聞いたからだ。

日岡は次の非番を利用し、飛行機を乗り継いで旭川へ入った。

周りを田畑に囲まれた旭川刑務所は、突哨山《とっしょうざん》を背にしてひっそりと佇んでいた。

受付を済ませ、待合室へ向かう。名前を呼ばれて面会室に入ると、ほどなく、国光が刑務官に付き添われて入ってきた。丸刈りにされた頭とポケットがない受刑服が、国光が受刑者であることを日岡に突き付けてくる。

だが、それ以上に日岡の目についたのは、国光の憔悴《しょうすい》しきった顔だった。おそらくろくに食事をとっていないのだろう。顔色が悪く、頰がげっそりと削《そ》げ落ちている。しかし、目だけは異様に鋭い光を放っていた。

国光は静かに椅子に座ると、落ち着いた声で言った。

「遠いところ、すまんのう」

穴が開いたアクリルの板の向こうで、国光は軽く首を折る。

日岡は顎を引き、会釈を返すと、早速切り出した。

「俺を呼んだんは、親父さんの墓の件か」

国光がかすかに笑う。

「さすが兄弟、鋭いのう」

やはり――国光が自分を呼んだ理由は北柴の件だ。

自分の親父が自ら命を絶つようなことをするわけがない。一番そう思っているのは、おそらく国光だ。

北柴の死は、自由時間にテレビで流れるニュースで知ったのか、心和会系列のほうからなにかしらの方法で耳に入ったのだろう。いずれにせよ、北柴の死を国光はすぐに知った。そして、日岡に面会を求めてきた。

国光は言葉を選びながら言う。

「ひとつ頼みがある。親父の墓のことじゃ。墓に、糞《ふん》を垂れていく鳥がいてのう。大事な墓が汚されとると思うと、わしはいてもたってもいられんのよ」

国光は、ぐっと前に身体を突き出すと、声を潜めた。

「その鳥のこと、調べてくれんか」

日岡は伏せていた目を、国光に向けた。国光の目が殺気に満ちている。

「どこの林におる鳥かは大方見当はついとる。じゃが、鳥の名前まではわからん」

林とは組織のことで、名前とは組員個人のことだ。

身体の前で握っている国光の拳に、力がこもる。

「糞で汚されたままじゃあ、親父も成仏できん。大儀じゃろうが、頼む」

国光は項垂れるように、頭を下げた。

日岡は力強く肯《うなず》いた。

盃を交わした兄弟の頼みならば、断るわけにはいかない。

刑務官が腕時計を見た。

「時間だ」

国光は椅子から立ち上がると目で、頼む、と念を押し部屋を出て行った。

日岡は車のエンジンをかけた。

国光との最初の面会から一年半のあいだ、四方を駆けずり回り、北柴を殺《や》った犯人を捜している。しかし、依然として情報は手に入らない。

日岡は北柴殺しに、大きな疑問を抱いていた。

極道らしくない手口。

部屋住みの若い者の目を掻《か》い潜《くぐ》る侵入経路。

内部犯行とは考えられない北柴組の結束。

いったい誰が、なんの目的で北柴を殺したのか。

兵庫県警はなぜ、早々と自殺説をとったのか。

日岡はワイパーを動かした。

フロントガラスの水滴が払われ、視界がはっきりとする。

――大儀じゃろうが、頼む。

一年半前の国光の声が、はっきりと耳の奥で聞こえる。

日岡はライトを点《つ》けた。

――待っとれ、兄弟。何年かかろうと、お前の親分を殺った犯人は、きっと見つけ出す。

日岡はハンドルを強く握り、アクセルを踏んだ。

神戸三宮《こうべさんのみや》駅で電車を降りた日岡は、素早くあたりを見回した。

平日の午後だというのに、若い男女が目につく。観光か、まもなくやってくるクリスマスのプレゼントでも買いに来たのか。

日岡は鼻先に掛けていた伊達《だて》眼鏡を、指でくいっと持ち上げた。駅を出て、元町《もとまち》方面へ歩き出す。

旧居留地の通りに立ち並ぶビルを眺める振りをして、後をつけてくるものがいないか探った。

尾行の気配はない。

そのまま南京町《なんきんまち》へ向かう。最寄りの元町駅で下車しなかった理由は、尾行がいた場合に撒《ま》くためだった。

念のため、古めかしい洋館の前で立ち止まる。懐から煙草を出し、ジッポーで火をつけた。煙を吐きながら、それとなく周囲を窺う。

後ろを歩いていた者たちは、薄汚れたトレンチコートを着た男には目もくれず、日岡の前を横切っていく。視線も感じない。

煙草を路上に落とす。靴のつま先で揉み消した。

南京町に着くと、日岡は表通りから逸れて裏道に入った。

物事にはなんにでも裏と表がある。

若者が好みそうな華やかな店が多い表通りとは裏腹に、裏道は日焼けしたいくつもの看板を掲げた雑居ビルが立ち並び、寂れた下町の風情を感じさせる。

裏道を歩く日岡は、目印だと教えられた壁一面が黄色いビルを右に折れると、そこから三軒目のビルに入った。

ビルの入り口は、人ひとりがやっと通れるくらいの狭さだ。壁に肩を擦《こす》らないよう注意しながら、ビルの奥へ進む。

通路のつきあたりに、目的の店はあった。年季が入った木製のドアの横に、置き看板がある。「喫茶店　ジュピター」

——間違いない。指示された店だ。

腕時計を見る。午後三時。約束の時間ぴったりだ。

ドアを開けてなかに入ると、カウンターの隅にいる老人が、日岡にちらりと視線をくれた。

「いらっしゃい」

愛想もなにもない。迷惑だと言わんばかりの口調だ。どうやら店のマスターらしい。

前もって伝えられている合言葉を口にする。

「粗挽《あらび》きのブラジルはあるか」

マスターと思《おぼ》しき男は、日岡を値踏みするように見ると、店の奥を顎で示した。

「そこの階段を下りて、一番奥のテーブルや」

マスターの前を通り、店の奥にある階段を下りる。

いったい何人がこの階段を上り下りしたのだろう。もとは明るかったと思しき板は、汚れと摩擦で錆色《さびいろ》になり、ぎしぎしと音を立てる。

半地下になっているスペースには、ボックス席が四つあった。テーブルのあいだには、目隠しのための緑が置かれている。窓ひとつない部屋は、隠し部屋を想像させた。

マスターが言うとおり、一番奥のボックス席に、ひとりの男が座っていた。

ダークスーツに、薄暗がりの室内にもかかわらずサングラスを掛けた姿は、堅気に見えない。

日岡は男のテーブルに近づくと、前に立ち見下ろした。

「あんたが千手《せんじゅ》さんか」

男は、読んでいた週刊誌から目だけを上げて、日岡を見た。つま先から頭のてっぺんまでべろりと眺める。逆に問い返してきた。

「粗挽きのブラジル、頼んできたかい」

「いや、細挽きのグァテマラだ」

一連の合言葉を交わし終えると、男は週刊誌をソファの上に乱暴に置いた。指で、向かいに座るよう促す。

日岡はトレンチコートを脱ぎ、指示に従った。

「吸うかい」

男はテーブルにあった煙草の箱を、日岡に押し出した。

葉巻で有名なコイーバのシガレットだ。

日岡は酌を受けるつもりで、箱から一本抜いた。

はじめて喫《の》む煙草だが、かなりきつい。常用しているのか、男はさも美味《うま》そうに煙を燻《くゆ》らせる。

男の名前は千手光隆《みつたか》。兵庫県警一の不良刑事とも、県警マル暴一の情報通とも呼ばれている。

調べたところ、多くのエスを飼ってはいるが、警察のためになる仕事はほとんどしない。千手が動くのは、金になるときだけだ。そんな阿漕《あこぎ》なことをしながらも僻地《へきち》に飛ばされないのは、日岡のかつての上司である大上同様、県警の闇をごっそり抱えているからだとの、もっぱらの噂だった。

マスターが運んできた、香りだけで安物とわかるコーヒーを飲みながら、日岡は千手を観察した。歳は四十代半ばと聞いているが、贅肉《ぜいにく》がつき崩れた体形は、六十代のそれに近い。顔には煙草の吸い過ぎによるものか、単なる体質なのか、茶色い染みが目立つ。

一服つけ終わると、千手が口を開いた。

「ところで、広島県警のカープ……ちゃうホープが、わしなんぞになんの用や」

広島東洋カープに掛けた冗談だろう。日岡はわずかに口角をあげた。が、すぐに真剣な顔に戻る。

これから話すことは、絶対に誰の耳にも入れられないものだった。

日岡は客が入ってこないか確かめるため、階段を目の端で見た。

視線から、日岡がかなり警戒していることを察したのだろう。千手はヤニで汚れた歯を見せて笑った。

「安心しい。上でマスターが客を入れんよう捌《さば》いとる。誰もここへは来《き》いへんがな。そうそう、最初に言うとくがな。マスターへのチップはお前持ちやど。お前が店に迷惑かけるんやさけ、当たり前やろ」

日岡は上着の内ポケットから財布を出し、万札を一枚テーブルに置いた。

予想より多かったのだろう。金払いがいいと思ったらしく、千手の顔に生臭い笑みが浮かんだ。

「滝田《たきた》からあんたの写真を見せてもろうたときにええ男じゃ思うたが、気風《きっぷ》もええじゃないの。まあ、冷めんうちにコーヒー飲みいや。砂糖いるか、いらんのか。ミルクも。ブラックか。若いのに渋いんやな」

そう言いながら、千手は糖尿にでもなりそうなくらい、コーヒーに砂糖を入れた。

小料理屋志乃の女将《おかみ》、晶子から日岡に電話があったのは、ひと月前だった。

外で飯を食いアパートに戻ると、懐で携帯電話が震えた。

「秀ちゃん、いまちょっとええ？」

晶子に問われて、腕時計を見た。まもなく日付が変わる。おそらく、店を閉めてすぐに電話をかけてきたのだ。

「大丈夫です。自分の部屋ですけ」

「さっき守ちゃんが店に来てね。秀ちゃんへ伝言を頼まれたんよ」

上着を脱ぎかけていた日岡は、その手を止めた。

「一之瀬さん、なんて言うとりました」

「例の件、なんとかなりそうじゃって。そう言えばわかる、言うとった」

晶子の言葉に、携帯を強く握りしめる。

日岡は一之瀬に、ある頼みごとをしていた。滝田正剛《まさたか》に関することだ。

滝田は、姫路《ひめじ》市に本拠を置く正剛《せいごう》会の会長だ。正剛会は組員三十人ほどの組織で、規模としては小さい。そのため指定暴力団の枠を外れているが、会長の滝田が、明石組二次団体の山里《やまさと》組若頭、藤沢卓司《ふじさわたくじ》と兄弟分の盃を交わしているため、不用意に粉をかける者はいない。滝田の組に手を出すことは、山里組、ひいては明石組を、敵に回すことを意味するからだ。

北柴の死の真相を探っていた日岡は、暴力団と持ちつ持たれつの関係があると噂される刑事、千手の存在に行き着いた。千手は家宅捜索などに関する警察内部の情報を教える代わりに、多額の金銭を受け取っているという。

日岡が飼っているエスの情報によると、千手と一番濃い関係にあるのが滝田だった。

その話を聞いた日岡は、すぐに一之瀬に連絡を取った。

一之瀬が組長を務めている二代目尾谷組は、もともとは明石組に近い。いまでこそ仁正会に加入しているが、山里組若頭の藤沢とは、何度か顔を合わせたことがあると聞いていた。その筋を辿《たど》れば、滝田に連絡を取ることは可能なはずだ。

履歴に残ることを避けるため、日岡は公衆電話から一之瀬の携帯へ電話をかけた。

電話に出た一之瀬に、滝田を通して千手と会う手筈《てはず》を整えてほしい、そう頼むと、一之瀬は怪訝《けげん》そうな声を出した。

「そんなまどろっこしいことせんでも、直接、その刑事に連絡したらええでしょうが。それが無理なら、同じ警察の者の伝手《つて》を辿った方が、話が早い思いますがのう」

一之瀬が言うのはもっともだった。しかし、日岡はそれをしなかった。日岡が千手から手に入れようとしている情報は、警察にとって絶対に触れてはいけないものだからだ。北柴の死を警察は、自殺で貫き通さなければならない。そうしなければ、組織同士の抗争が勃発《ぼっぱつ》するからだ。

日岡が北柴の死に疑問を抱いて探りを入れていると警察の上層部に漏れたら、今度は県北の駐在所に飛ばされるだけでは済まないかもしれない。ともすれば、なにかしらの理由をつけて懲戒免職に追い込まれる可能性もある。事は慎重に進めなければならなかった。

日岡は県警を通さない理由は言わず、取引を進めた。

「一之瀬さんと滝田さんへの礼は用意しとります。一本でどうですか」

顔を繋《つな》ぐだけで百万円。謝礼としては破格だろう。

宝石、車、情報。なんでも本物を手に入れようと思ったら銭がかかる。かつての上司、大上の言葉だ。

呉原東署から異動したあと、日岡は金を貯めた。いざというときに、本物の情報を手に入れるためだ。

駐在勤務は金の使い道がない。東署時代から合わせると、七百万の貯金ができた。いまが、その金の使いどきだ。

少しの間があり、一之瀬の答えが返ってきた。

「わしもあちこちに借りを作りとうないけ、滝田への一本は預かるが、わしへの礼はいらん。あんたにはいろいろ世話になっとるけんのう」

そう言うと、一之瀬は声を潜めた。

「あんたがなにを探っとるのかは聞かん。答えんじゃろうし、聞いてもわしは動けそうにないけんのう。なんにせよ、くれぐれも用心しいや」

先が見えたら晶子を通じて連絡する、そう言って一之瀬は電話を切った。


千手は新しい煙草に火をつけると、天井に向かって盛大に煙を吐いた。

滝田の伝手を通じて千手に会う算段をつけてほしい、と一之瀬に頼んだのが、二ヶ月前。晶子から電話があったのは、ひと月前だ。千手に直《じか》に顔を合わせるまで、そこからひと月かかったことになる。

不遜《ふそん》な態度から、一見、千手は大雑把な性格のようだがかなり用心深く、日岡への連絡も女を通じて取ってきた。会う日にちと時間も、三回変えている。そのくらい慎重でなければ、危ない橋を渡って生き残ることはできないのだろう。

千手は肩の凝りをほぐすように首をぐるりと回すと、話を切り出した。

「で、わしになんの用や」

日岡は率直に答えた。

「北柴組長の服毒死の件で、ちょっと情報が欲しいんですわ」

濃い色が入ったレンズ越しにも、千手の目が鋭くなるのがわかる。

千手はしばらく日岡を見据えていたが、天井を仰ぐと軽い口調で言った。

「ありゃァ、わしの担当ちゃうで。当たるとこ、間違えとるがな」

ひと息つき、食い下がる。

「千手さんのとこには、いろんな情報が入る、いうて聞いとります。兵庫県警一の情報通だと——」

千手は口角を引き上げると、それとわかる薄ら笑いを浮かべた。

「仮に入ったとしても、なんでわしがあんたに教えなならんのや」

「ただで、とは言いません」

「言うとくけど」

千手はサングラスを外した。睨みつけるように視線をぶつける。

「わしの情報は、高いで」

低い、脅すような口調だ。

「それも、聞いとります」

日岡は千手の言葉を、真っ向から受け止めた。

「マスター！」

千手は階段の上に向かって怒鳴った。

「コーヒー追加や。安物の豆やないで。そや、ブルーマウンテンがええな。熱うしてな。温《ぬる》いのはかなわん」

千手は日岡を見た。

「そっちは」

「ブレンドで」

「あと、ブレンドや！」

千手は同じく、怒鳴るような口調で注文を通した。

コーヒーが運ばれ、マスターが上に戻ると、沈黙していた千手が口を開いた。

「で、あんた。なにが知りたいんや」

日岡は懐から、ハイライトとライターを取り出した。

それに合わせるように、千手が新しい煙草をくわえる。

日岡は狼の絵柄が彫られたジッポーで千手の煙草に火をつけると、自分のハイライトに移した。互いに煙草の煙を、低い半地下の天井に、盛大に吐き出す。

いつまでも用件を言わない日岡に焦《じ》れたのか、千手が忌々し気に舌打ちをくれた。

「それで、あんたはなにが知りたいんや」

千手は、先ほどと同じ科白《せりふ》を吐いた。

大きく息を吐き、ぼそりと答える。

「北柴組長を殺した犯人です」

煙草を吸っていた千手の手が止まる。

ふたりのあいだに、沈黙が広がった。

沈黙を破ったのは千手だった。日岡の目を見ながら言う。

「あんた。おもろいこと言うな。あれは自殺やで」

手にしている煙草の灰が落ちそうだ。

日岡は、あいだにある灰皿を、千手の方へ押し出した。

「兵庫県警は、それで納得したんですか」

「納得も納豆も、あれは自殺以外考えられん――」

千手は煙草を指で弾《はじ》いて灰皿に灰を落とすと、先ほどの薄ら笑いを浮かべた。

「――ちゅうのが、上層部の見立てや」

「上層部ということは、千手さんの見立ては違うということですか」

「さあ、どやろなァ」

煙草を灰皿で揉み消すと、千手は再びサングラスを掛け、椅子に反り返った。

「もし北柴が自殺するんやったら、拳銃使うやろ。銃口をここに当てて――」

千手は右手の人差し指を、自分のこめかみにあてがった。

「引き金引けば一発や。服毒なんてそんなややこしいことするかい。そもそも、自殺するタマちゃうやろ、あれは」

同意を込めて肯く。

「俺も、そう思います。だから、こうしてあんたに会《お》うとるんです」

千手はサングラスの奥から、日岡を見据えた。囲碁・将棋でいうところの長考に入る。

指し手が決まったのか、千手は天井を仰ぎ、ぼそりとつぶやいた。

「五十万」

目線をテーブルに落としていた日岡は、顔を上げた。

千手は顔を日岡に向けると、テーブルに片肘《かたひじ》をついて、身を乗り出した。

「情報料やないで。手付けや。弁護士かて着手金とるやろが。それと同じや。言うとくが、当然、現金やで。仕事も女も、あと腐れがないようにするんが、わしの流儀や」

日岡は念のために、銀行の預金通帳と印鑑を持参していた。

千手との取引の場で、まとまった金が必要になることは想像できた。キャッシュカードで一日に下ろせる額は決まっている。もし、それ以上の金が必要になった場合を考えて、窓口で下ろせるよう準備していた。

五十万円なら、キャッシュカードで一度に下ろせる。ここへ来る途中、日岡が口座を持っている都市銀行の神戸支店があった。

「十分、待ってもらえますか」

千手はにやりと笑った。

「よし。それでいこ」

日岡は立ち上がる。

もし千手から有力な情報が得られなかったら、滝田に払った百万円と千手への手付金、合わせて百五十万円をどぶに捨てることになる。それでもいいと日岡は思っていた。世の中、事がいつも上手く運ぶとは、限らない。むしろ、その逆の方が多い。千手が使えなければ、また一からやり直せばいい。

日岡の考えを見越したのか、階段を上りかけた日岡に向かって、千手が声をかける。

「わしなあ、この店で交わした取引は、大概、上手くいくんや。そりゃそやろう。神さんに仏さんや。最強のタッグやろうが」

店の名前が神話に登場する神ジュピターで、自分の名前が千手観音の千手——なるほど、上手いことを言うものだ。日岡は今日はじめて、千手の冗談に感心した。

いまの日岡は、こんなゲン担ぎにすら、縋《すが》りたい心境だった。

師走《しわす》の北の地は、ひどく凍《い》てついているだろう。こうしているいまも、国光は旭川の刑務所で、自分の親分を殺した犯人が判明するのを、じっと待っている。仏、鬼、悪魔、なんでもいい。北柴を殺した犯人を教えてくれ、そう思う。

日岡は階段を上ると、すぐ戻る、とマスターに言い残し店を出た。

二回目に千手に会ったのは、一週間後だった。

即金で五十万円を払った日岡を信用したのだろう。次に会う場所を決めたのは千手だったが、日にちと時間は日岡が指定した。その日が非番だったからだ。千手は日岡の提案を、素直に呑んだ。

日岡は、一週間前と同じ席に腰を下ろした。

先に来ていた千手は、読んでいた新聞を脇に置くと、サングラス越しに日岡を見た。

「どうや、景気は」

日岡は持ってきた書類カバンのなかから、封筒を出してテーブルに置いた。

千手が右手の親指をべろりと舐《な》めて、封筒を開ける。

なかには、帯封をしてある万札が、みっつ入っていた。情報料として千手が提示した金額だ。

千手がにやりと笑う。

「昨今の若い警察官《サツカン》は銭がないいう話やが、あんたは別みたいやな」

マスターがふたり分のコーヒーを運んでくる。

千手は金が入った封筒を、無造作に上着のポケットへ突っ込んだ。

半地下の部屋にふたりきりになると、千手はサングラスを外した。

「あんた、北柴の日課がなんやったか知っとるか」

「たしか、写経だったはずです」

千手は、ほう、と感心したように声を漏らした。

「死んだ者の日課までは、新聞にもテレビにも出とらん。それを知っとるっちゅうことは、あんたも案外、ええ情報筋を持っとるやないか」

北柴の死を知った翌日、日岡は一之瀬に連絡を取った。北柴が自殺などするはずがない。そう思い、事実を尋ねるためだった。日岡同様、一之瀬も他殺の可能性が高いという考えだった。その話のなかで、北柴の日課を知った。

千手はコーヒーで口を湿らせると、話を続けた。

「その日も北柴はいつもどおり、自宅の書斎で写経をしとったいう話や。北柴はコーヒー党でな。若い者にコーヒーを運ばせると、部屋に閉じこもって写経をはじめるそうや。けんど、いつもならとっくに終える時間になっても、北柴は部屋から出てこんかった。そこで、若い者が様子を見に行ったら、北柴が死んどった——っちゅうとこまでは、ええな」

千手を見据えたまま肯く。

「北柴が服毒したっちゅう青酸カリが発見されたのは、若い者が運んだコーヒーカップからや。当然、警察はコーヒーカップやら皿やらスプーンやら、指紋を調べるわな。ここで、面白いもんが出てきた」

日岡は千手を見ることで、続きを促した。

「杉本の指紋や」

千手の口から出た意外な名前に、日岡は聞き返した。

「杉本って、舎弟頭の杉本昭雄のことですか」

「おうよ」

千手の話によれば、北柴が死んだ日の本家の当番は、杉本組だった。北柴の自宅には、杉本を含む杉本組の組員が、四名ほど詰めていたという。

千手はテーブルに置いていた煙草に手を伸ばした。

「杉本の指紋が、北柴が飲んだカップと一緒にあったスプーンについとった」

「それのなにが面白いんですか」

「よう考えてみい。仮にも組長本人がやで、自分でコーヒー淹《い》れるわけないやろが。そんなん、若い者の仕事や」

日岡は絶句した。

絞り出すように、言葉を発する。

「まさか――」

身を乗り出して続けた。

「若頭の国光が収監されたいま、杉本は北柴組のナンバーツーじゃないですか」

千手は嘲笑《あざわら》うかのように鼻を鳴らした。

「ナンバーツーがナンバーワンの寝首掻くちゅうんは、どこの世界でもようあるこっちゃないか」

たしかに千手の言うとおり、どの世界でも、上が信頼する部下に裏切られることは少なくない。だが、動機がわからなかった。北柴組に内部分裂があるという話を、これまで耳にした覚えはない。

仮に――と前置きをして、日岡は訊ねた。

「杉本が北柴を殺ったとしたら、動機はなんですか」

「さあな」

千手は大げさに首を捻《ひね》った。

「まァ、暴対法が出来てからっちゅうもの、ヤクザも世知辛いからの。どこもシノギに汲々《きゅうきゅう》としとる。北柴組の代紋より明石組の代紋のほうが、そりゃァ、シノギもしやすいやろ」

「杉本は、自分が明石組に復帰するために、親に手を掛けたんですか」

詰め寄る日岡を、千手は軽く往《い》なした。

「わしはわかった情報を伝えとるだけや。聞いたあんたがどう思おうが関係あらへん。けどわしは、杉本が本ボシやと思うとる。まあ、見とってみい。ほとぼりが冷めたら、杉本は明石組幹部の誰かと盃して、元の鞘《さや》に収まるやろ」

「そう言い切れる理由は」

千手は吸い終わった煙草を灰皿に押しつけると、テーブルに置いたパッケージから新しく一本抜き、口にくわえた。

「北柴の書斎へコーヒー運んだ若い者が、そのあと行方不明になっとる。たぶん、海の底にでも沈んどるんちゃうか」

日岡はテーブルの下で、拳を握った。

「そこまでわかっとって、なんで兵庫県警は捜査せんのですか」

千手は煙草に火をつけると、日岡に向かって煙を吐き出した。

「こんな状況証拠に毛が生えたようなもんで、立件できる思うてんのか。裁判にもならんわ。それに――」

千手はくっと喉の奥で笑った。

「ヤクザがひとりでも死ぬんは、ええこっちゃないか。それも親玉や。明心戦争の火種をたやす意味でも、北柴の死は警察庁にとって大歓迎やろ」

千手は半分も吸っていない煙草を灰皿で揉み消すと、椅子から立ち上がった。

「若い者が行方不明になったたっちゅう話は、特別サービスやで。同業者やからな」

歩きかけた千手は、日岡の横で立ち止まると、たったいま思い出したような口調で尋ねた。

「お前、仁正会の一之瀬の頼みで、動いとるんやろ」

日岡は目の端で千手を見た。

千手は鋭い目つきで、日岡を上から見下ろしている。

「取引先の相手がどういうやつか、わしは前もって調べるタイプでな。あんた、前に呉原のマル暴におったやろ。一之瀬とも、知らん仲やないみたいやな」

千手は腰を屈《かが》めて、日岡と目線の高さを合わせた。

「一之瀬と国光は兄弟分や。国光は無期で旭川に沈んどるから自分では動けん。そこで、一之瀬に北柴を殺ったやつを調べてくれと頼んだ。とはいえ、一之瀬も軽々《かる》しくは動けん。一歩間違えりゃあ、抗争にならんとも限らんからな。で、あんたを使うた。わしはそう睨んどるが、ちゃうんけ」

危ない橋を山ほど渡ってきた千手だが、さすがに極道と盃を交わす刑事がいるとまでは思わないのだろう。

日岡は千手の問いを無視して、目の前のコーヒーに口をつけた。

千手は腰を伸ばすと、札束が入っているポケットを軽く叩《たた》いた。

「まあ、あんたの事情なんかどうでもええわ。わしは、銭さえ手に入ればそれでええ」

日岡に顔を近づけ、耳元で囁く。

「またなんかあったら、いつでも言うてこい。金払いのええやつは大歓迎や」

千手は鼻歌をうたいながら、階段を上っていく。日岡は残ったコーヒーを、一気に飲み干した。

ジュピターを出た日岡は、新神戸駅へ向かった。

新幹線のホームで、下りのこだまを待つ。

自由席車両が停まる場所には、乗客の長い列ができていた。

日岡の前にいるふたり連れの少女が、なにが面白いのか楽しそうに笑っている。彼女たちは紙袋を持っていた。そこに、メリークリスマスの文字が印刷されている。それを見て日岡は、クリスマスが近いことに気づいた。

はしゃいでいる若いふたりを目でやり過ごし、日岡はトレンチコートのポケットに両手を入れ、自分の足先を見つめた。

耳の奥で、千手の声が蘇る。

——ヤクザがひとりでも死ぬんは、ええこっちゃないか。

日岡に逮捕された国光は、裁判で死刑が求刑された。

そのときの裁判記録を、日岡は伝手を辿って入手し、隅々まで読んだ。

被告人が首謀者であることは明白としたうえで、周到な計画性と残虐性、社会に与えた不安と恐怖は甚大で筆舌に尽くし難いとして、検察官は論告で死刑を求刑した。国光は、意見陳述でこう答えている。

——武田ら明石組幹部を殺害した行為は、ヤクザとしてやらなければいけない、当然のことをやったまでだと思っています。その考えはいまも変わりません。ただ、世間に迷惑と不安を与えたことは申し訳なく思っているし、亡くなった人たちの冥福《めいふく》は祈ります。

続けて国光は、自分とともに逮捕された高地、井戸、川瀬に対する情状酌量を求めた。

──三人は自分の命令で動いただけで、すべての責任は自分にあります。彼らには、どうか寛大な処罰をお願いします。

死刑の求刑をどのように受け止めているか、との裁判官の問いには、言葉少なに答えている。

──自分はどんな刑でも受け入れます。ここにきて命乞《いのちご》いをするような卑怯《ひきょう》未練な真似はしたくありません。

裁判官が国光に下した判決は、無期懲役だった。

弁護側、検察側双方が控訴したが、二審でもこの判決は覆らず、最高裁まで行き、国光の無期は確定した。

裁判記録のなかに、日岡の胸に強烈に残った一文があった。

裁判官から自分が犯した罪をどのように思っているのか問われた国光が、口にした言葉だ。一連の抗争で命を落とした者に対して冥福を祈る、と告げたあと、国光はこう言った。

──それが仁義というものです。

仁義と正義。一文字違うだけで、意味合いは大きく異なる。

国光がしたことは正義か、と問われれば、否、と答えざるを得ない。なにがあっても人の命を奪うことは許されず、その行為を容認してはならないからだ。だが、仁義であ抗争になれば、個人的恨みがなくても、先頭に立って相手方の命を殺《と》る。それがヤクザの掟《おきて》だ。

しかし、亡くなった人の冥福は祈る。

ヤクザになれば、殺る殺られるは当たり前のこと——そこに、人情の入る隙間はない。

国光が言いたいのはそういうことだろう。

脳裏に、証言台に立つ国光の姿が浮かぶ。

鋭い眼差《まなざ》しでまっすぐに前を見据え、あの少ししゃがれた声で、静かに、だが重く自分の意見を述べたに違いない。

日岡は足元から、視線を空へ移した。

冬の夕暮れは、鈍色《にびいろ》の雲に覆われている。北国の空はどんな色をしているのか。

重苦しい空を、日岡は眉根を寄せて見据えた。

北柴を殺った者が身内の杉本だと知ったら、国光はどうするだろう。

おそらく、いや間違いなく、杉本の命を殺ろうとする。事と次第によれば、義誠連合会だけで、杉本組はおろか明石組本家そのものを、狙わせるかもしれない。

——兄弟。

ホームに新幹線到着のアナウンスが流れ、下りのこだまが滑り込んできた。

前にいる少女が、甲高い声を上げながら、突風から身を庇う。

すぐにでも旭川に向かいたい気持ちを抑え、日岡は帰広の新幹線に乗った。

六章

「週刊芸能」平成五年三月二十五日号記事

関西極道界に衝撃！　元心和会系北柴組最高幹部が不審死

心和会の壊滅によって終結したかにみえた明心戦争だが、ここにきて不穏な動きが出てきた。

二年前に起きた元心和会顧問の北柴兼敏組長の服毒死に続き、最高幹部の舎弟頭・杉本昭雄の惨殺死体が、駐車場に乗り捨てられた車のトランクから発見されたのだ。

警察当局が目をつけたのは、遺体には凄絶《せいぜつ》なリンチの痕《あと》が残されており、まるで見せしめのようにそれが放置されていたことだ。

兵庫県警のベテラン暴力団係は首を捻《ひね》る。

「やり方からして、アウトローの仕業やろう。けど、極道の手口とは違うんやないかな。極道なら弾《はじ》いてお終《しま》いや。第一、いまさら神戸が北柴を狙うとは思えん。抗争の真っ最中でさえも、手を出しとらんからな」

心和会トップの浅生直巳はすでに引退し、命の保証と引き換えに会は解散している。抗争を蒸し返すことは、仲裁人の顔を潰《つぶ》すことになり、極道社会では御法度だ。

そもそも、とそのマル暴刑事は言う。

「熊谷が五代目の座に就けたんも、もとはっちゅうたら、国光のおかげや。あれが武田を殺《や》らなんだら、五代目の座布団が熊谷んとこへ回ってきたかどうか、怪しいもんやさかいな。心んなかじゃ、手ェ合わせて拝んどるんちゃうか」

だとしたら杉本はなぜ、誰によって惨殺されたのか。

「杉本にはいろいろ、ようない噂もあったからの」

そう語るのは明石組系幹部だ。

「クスリで揉《も》めたとか、借金で揉めたとか、そんなとこ違うか」

だが一方で、明石組最高幹部のひとりは、筆者にこう打ち明けた。

「組長の北柴からして、ようわからん死に方しとる。北柴んとこは一枚岩いわれとったけど、ほんはいろいろあったんかもしれん」

最高幹部は続けた。

「もし仮に、あれが極道の報復《かえし》やとしたら、大輝《だいき》しかおらんやろ」

大輝とは、暗殺された武田力也の実弟、武田大輝のことだ。

武田力也が暗殺された当時、武田組は総勢二千人近くの組員を抱える巨大組織だった。

しかも大輝は、その後の明心戦争で、多大な武勲を挙げている。

心和会系幹部の首をはじめて取ったのも武田組だし、敵の首級をもっともあげたのも武田組だった。

しかし、やがて武田大輝は明石組のなかで孤立していく。あくまでも浅生のタマ取りを主張する大輝と、政治的解決を図ろうとする明石組執行部の間で、隙間風が吹くようになったのだ。

そして、大輝は五代目体制が発足すると同時に、明石組を離反。あくまでも浅生暗殺を企てた。

このままでは組のメンツが立たないと考えた明石組執行部は、一転して武田組を的に掛け、殲滅《せんめつ》戦を仕掛ける。度重なる系列事務所への銃撃やダンプ特攻、組員の引き抜き──二千人部隊を誇った最強軍団・武田組は、櫛《くし》の歯が欠けるように組員が離れ、ついには最盛期の百分の一にまで戦力を削《そ》がれた。

「親の仇《かたき》も討たんで、なにが極道や！」

そう言い続けた大輝は、明石組の波状攻撃に一切、反撃していない。自分の兄貴が四代目を務めた組に、弓を引く真似はできない。そう周囲に漏らしているという。

「ありゃァ、ごじゃもんやさかい、殺ると決めたら、誰がなに言うても殺るんちゃうか」

ごじゃ、というのは播州《ばんしゅう》弁で無茶を意味する。

北柴組長と幹部の死が、新たな抗争事件の火種にならないことを願うばかりだ。

ジャーナリスト　山岸晃

日岡は手酌の酒を、ぐいっと呷《あお》った。

同じ広島の酒でも、志乃で飲むと腹に染みる。酒のアテが美味《うま》いからか、勝手知ったる、気が置けない店だからか。

煮つけを作っていた晶子が、日岡の手酌に気づいた。

「気ぃつかんでごめんね」

カウンターの向こうから銚子《ちょうし》に手を伸ばす。

「大丈夫です。ひとりでやります」

日岡は銚子を遠ざけようとした。が、それより早く、晶子が銚子を摑《つか》んだ。

ちろりで温めていた酒を、銚子に注ぎ足す。

「手酌が似合うようになっちゃあ、いけんよ」

「どうしてですか」

「ええことなんか、ありゃせんけえね」

「女にもてるようになる、と聞きましたが」

晶子は噴き出すように笑いながら、酒でいっぱいになった銚子を日岡に差し出した。

「誰の受け売りなん。手酌が似合う男に寄ってくるんは、淋《さび》しい女だけ。そんな者が一緒におったって、なーんもええことありゃあせんよ。それに――」

日岡の猪口《ちょこ》に酒を注ぐと、晶子はカウンターに銚子を置いて背を向けた。

「手酌が似合う男は、ろくな死に方せんけえね」

手にした猪口のなかに、大上の顔が浮かんだ。しばらく見つめて、一気に飲み干す。

「ところで――」

カウンターの背面にある棚から、晶子が皿を取り出しながら訊《たず》ねる。

「国光さんとこの三回忌、どう？　無事にすんだん？」

国光率いる義誠連合会が所属している北柴組の組長・北柴兼敏が死んでから、二年が過ぎた。

北柴死亡の一報が入った日も、今日のように、黄砂交じりの冷たい風が吹いていた。

北柴の三回忌は、自宅がある神戸の菩提寺《ぼだいじ》で営まれた。いかに兄弟分の親とはいえ、警察官の自分が列席するわけにはいかなかった。日岡は足を運んでいない。

晶子の問いに、日岡は肯《うなず》いた。

「はい。国光の兄弟もほっとしとるでしょう」

晶子は、日岡が国光と盃《さかずき》を交わしたことを知っている数少ないひとりだった。

「かなり、人は集まったん？」

日岡は少し考えてから首を振った。

「参列者はごく一部の、身内だけだったと聞いとります」

この場合の身内というのは、姐《あね》さんと直参の組長を指す。

「そう」

晶子はなにかに同意するように、小さく肯いた。

「そのほうがええね。気持ちのない者が雁首《がんくび》並べとっても、空々しいだけやもんね。仏事は、ほんまに故人を偲《しの》ぶ者だけでしたほうが、故人も喜ぶと思う」

日岡は同意も否定もしなかった。黙って猪口を口に運ぶ。

一本目の銚子を空けたとき、店の引き戸が開いた。

「いらっしゃい」

晶子が声を掛ける。

日岡は俯《うつむ》いたまま、肩越しに戸口を見やった。

埃《ほこり》っぽい夜気とともに、ひとりの男が入ってくる。

立花吾一《たちばなごいち》だった。大柄な体軀《たいく》——義誠連合会の若頭。国光がもっとも信頼を置く部下だ。

日岡は自分の腕時計を見た。夜の九時。約束の時間ぴったりだ。

立花はカウンターの隅にいる日岡のところまでやってくると、股《また》を大きく開いて腰を落とし、両膝《りょうひざ》に手を置いた。深々と頭《こうべ》を垂れる。

「叔父《おじ》さん。この度はえろう世話になって、ほんまにありがとうございました」

自分とさほど歳が変わらない相手から、叔父と呼ばれることに抵抗を覚えるが、国光と盃を交わしたからには、そう呼ばれるのが筋だ。

国光が刑務所に収監されたあと、ふたりが兄弟になったことを知り、中津郷まで会いに来た。——親父っさんの兄弟分なら自分にとっては叔父貴です。今後、よろしゅうお願いします。

駐在所の椅子に座る立花は、そう言って日岡に頭を下げた。

この三年ほどのあいだに、立花とは何度か顔を合わせている。義誠連合会事務所の近くで茶をしたこともあるし、一年前にふたりで国光の面会に行ったこともある。

弁が立つ国光とは違い、立花は口数が少ない。感情をあからさまに表に出すこともない。

出会った当初は、なにを考えているのかわからなかったが、会う回を重ねていくうち、立花のそうした態度は、言葉を慎重に選び、物事を冷静に判断しようとする考えによるものなのだと理解した。何よりも、立花は親が第一の極道だった。背を丸めながらつぶやくように発する言葉には、国光や北柴を慕う思いが籠《こも》っていた。

日岡は隣の椅子を後ろに引いた。

立花が軽く頭を下げ、席に座る。小ぶりな椅子に身体の大きな立花が座ると、子供用の椅子に大人が腰かけているようだ。

晶子は外の看板の灯《あか》りを消すと、店の入り口に錠をかけた。

カウンターに戻り、着物の襟を合わせながらさりげなく言う。

「このごろはなにかと煩《うるさ》いけえ、貸し切りにするね」

暴対法のことを言っているのだろう。警察官とヤクザが飲食を共にするのは、昔と違って御法度に近い。

「すいません、姐さん」

一般の客なら、女将《おかみ》さん、もしくはママさんと呼ぶところだ。しかし、立花は姐さんと呼ぶ。晶子が初代尾谷組若頭の妻だったことを知っているからだ。国光の兄弟分、一之瀬の兄貴分だった者の妻だから、姐さんと呼ぶ。

「なにを呑《の》まれます」

カウンターに戻った晶子が、立花に訊ねる。

「叔父貴と同じものを」

晶子が猪口を立花の前に置く。それと差し違えで、立花が手持ちの紙袋からビニール袋を晶子に差し出した。

「これは？」

受け取っていいものかどうか迷っているらしく、晶子は宙に手を浮かせたまま日岡に視線を向けた。肯き、笑みを返す。

「叔父さんに礼をと思うたんですが、親父が、どうせ兄弟は受け取りゃあせん、言うもんですから、せめてこれを、思うて、持ってきました。姐さんに捌《さば》いてもらえれば――」

紙袋を受け取った晶子は、なかを見るなり高い声をあげた。

「蟹《かに》じゃないの！　こがあに大きなもん、うち、はじめて見たわ！」

立花は、へぇ、と言いながら軽く頭を下げた。

「北海道いうたら、これや思いまして。いまが旬やし」

立花は今日、国光の面会を終えて旭川から戻ってきた。その足で志乃へ来た。飛行機で大阪へ飛び、新幹線で来広したのだろう。

晶子が子供のようにはしゃぐ。

「これじゃと刺身にもできるね。茹《ゆ》でてもええし、焼いてもええし」

晶子は日岡を見た。

「秀ちゃんはなにがええ？」

美味い物はどう調理しても美味い。判断を晶子に委《ゆだ》ねる。

「なんでも」

晶子は少し考えてから、微笑んだ。

「せっかくじゃけい、全部作ろうか。そうや、蛸飯《たこめし》やなくて蟹飯もええね。飲んで待っとって。美味《おい》しいもん作るから」

晶子はふたりに酌をすると、流しに向かい調理をはじめた。

日岡と立花は乾杯の仕草をし、酒を口にした。

カウンターに置いた煙草の箱から一本抜き出し、日岡は口にくわえた。

「兄弟は、どうしとりました」

立花が懐からライターを出し、火をつける。

「先週、独居房から出ました」

国光の独居房の懲罰は二ヶ月だったはずだ。まだ、二週間残っている。なにがあったのか。

日岡の目から、疑問を察したのだろう。立花は言葉を続けた。

「辰巳《たつみ》はんが、骨折ってくれはりまして」

成道会理事長補佐、辰巳慎太郎《しんたろう》のことだ。

日本三大暴力団のひとつ、関東成道会のホープで、実力派の若手組長として知られている。いまから五年前に起きた群馬での抗争事件で、対立組織の組長のタマ取りを指揮したとして、懲役十五年の刑を受けた。いま、国光と同じ旭川刑務所に下獄している。

国光が独居房に入ったのは、今回がはじめてではない。刑務所に収監されたときから、一年間はそこで過ごしている。

どの受刑者も、投獄されていきなり大部屋の雑居房に入ることはない。まずは独居房に入り、そのあいだに刑務所の一日の流れを覚える。しかし、その多くは一週間程度のもので、国光のように一年間という長さは異例だ。

もっとも、そのときに国光が独居房に入っていた理由は、別なところにあった。

独居房への入房事由には、刑務所暮らしを覚えるためのほかに、規則を破ったことによる懲罰がある。むしろこちらが主だ、と言っていい。

だが、国光が一年間そこで過ごしていた理由は、そのどちらでもない。

刑務所には、個人で罪を犯し服役している者もいれば、ヤクザのように組織に属している者もいる。後者だと、娑婆《しゃば》での遺恨を刑務所内で晴らそうと考える場合がある。旭川刑務所クラスの大きな収監施設には、当然のことながら、国光と敵対していた明石組系列の組員も多数、服役している。その者が外からの指示で、国光を手にかけないとも限らない。そう危惧《きぐ》した刑務所当局は、国光を独居房に入れて隔離したのだ。

やがて一年が過ぎ、明心戦争の騒ぎも落ち着きを見せたところで雑居房に移り、木工場へ配属された。

国光を見ていると、頭が切れる者は場所を選ばず頭角を現すものなのだ、とつくづく思う。

刑務所内での作業は種類によっていくつかに分かれるが、そのひとつに計算工がある。作業の内容は、雑務の処理だ。

作業には彫刻工、研磨工など身体を使うものがあるが、計算工はそのなかでも一番上級の作業にあたる。工場ごとにいる計算工を学校組織図で喩《たと》えるならば、さながらクラス委員長だろうか。生徒が受刑者、教師が刑務官だ。

表向きは事務作業になっているが、刑務官が計算工に求めるものは、受刑者を束ねることだった。

人が集まれば、おのずと摩擦が生じ、諍《いさか》いが起きる。それは世間も塀のなかも同じだ。いくら刑務官が目を光らせているとはいっても、限界がある。どんなに監視していても、問題が起きることは避けられない。

その問題が、作業場で起きる喧嘩《けんか》のような目に付くものであれば、刑務官も対処できる。しかし、何事にも限界はある。陰で起きる些細《ささい》な諍いまでは、目が行き届かない。群れにボスが必要なように、受刑者を束ねる者が必要なのだ。

集団を統べる力があり、刑務官が信頼の置ける人物。それが計算工だ。

木工場で計算工に選ばれた国光は、黙々と責務をこなした。受刑者たちも国光に一目置き、好んで事を起こす者はいなかったという。

往々にして問題を起こす者は、規律を守れない者が多い。しかも、刑務所は法律を──娑婆の規則を、守れなかったものが入ってくる場所だ。なかには血の気の多い者もいる。

いまからひと月ほど前に、未決囚の新入りが入ってきた。

この男が横暴にして横着、加えて礼儀も知らない。しかも質《たち》が悪いことに、変なところで頭が回るらしく、刑務官が見ていないところでほかの受刑者と揉めていたという。

その男によって受刑者同士の感情の均衡は崩れ、統率は乱れた。

国光の忍耐が限界を超えたのは、その男が別の受刑者が使用していた鑿《のみ》を、その者が便所に行った隙を見計らってごみ箱に捨てたことによる。

作業用具の紛失は、減点かともすれば懲罰房行きだ。男は人の足を引っ張ることで、憂さを晴らしていたのだろう。

作業場で、国光はその男の腹に拳《こぶし》をめり込ませた。

「ここは娑婆とは違うんやで。ええ加減にさらせ——外道が」

床に突っ伏して嘔吐《おうと》する男に、国光はそう言ったという。

刑務官たちも、男が刑務所内の規律を乱していることには気づいていた。国光の暴力は許されることではないが、陰では国光を擁護する言葉を発する刑務官もいたという。しかし、どのような理由があったとしても、受刑者の暴力を官が罰しないわけにはいかない。国光は二ヶ月間の独居を科せられた。

面会から帰ってきた立花からその話を聞いたとき、日岡は国光の苛立《いらだ》ちを感じ取った。千手から、北柴を殺った犯人は杉本である可能性が高い、との情報を仕入れた日岡は、次の休みに旭川へ飛んだ。

厳冬の地は白く染まっていた。空も街も旭川刑務所の背後に横たわる突哨山も、雪で覆われている。

冷え冷えとした面会室で、暗に、北柴を殺った犯人は杉本である可能性が高い、と伝えると、国光はそれまで見たことがない、苦渋に満ちた表情をした。やがて、言葉少なに、その話が本当ならば杉本を始末する、とやはり暗に答えた。

国光が受刑者の男を殴った理由は、人の足を引っ張る下種《げす》への教えもたしかにあっただろう。しかしその根底には、身内に裏切られた怒りがあったはずだ。その感情が、国光に拳を振るわせた。

日岡は、隣の立花に煙草を差し出した。立花はもらい煙草を丁重に断り、上着の内ポケットから自分の煙草を出した。

煙草に火をつけて煙を吐くと、嬉《うれ》しそうに言う。

「辰巳はん、理を尽くして刑務所当局へ掛け合ってくれたんですわ。懲罰は仕方ないが二ヶ月は重すぎやないかって。一度や二度じゃありません。刑務所当局も、親父が男を殴った理由は知っています。建前で二ヶ月という重い処分にしたけれど、どこかで、懲罰を短縮する大義名分みたいなもんが欲しかったんやないか、そう思うてます」

日岡は煙草を指で弾き、長くなっていた灰を、灰皿に落とした。

「兄弟、三回忌の件、なんて言うとりました」

立花は少しの間のあと、ぼそりと言った。

「そうか――とだけ」

日岡の頭に、杉本の変わり果てた姿が浮かぶ。

晶子は知らないが、日岡と立花が口にする「三回忌」には、別な意味合いがあった。

北柴殺害のケリをつける、ということだ。

杉本が死んだという報を、日岡は最初に一之瀬から聞いた。

ことの後始末をしている立花に代わって、日岡に連絡をしてきたのだ。

「鳥の巣があった例の樹じゃけどな。いましがた切り倒したそうじゃ」

電話の向こうで、本当に樹木の伐採でもしたかのように、一之瀬は淡々とした口調で言った。

どのような手段を用いたかはわからないが、遺体には凄絶なリンチの痕跡《こんせき》があった、と週刊誌は伝えている。

日岡から北柴殺害犯の話を聞いた国光は、すぐに鳩を飛ばし、立花に指令を出した。杉本の身柄を拉致《らち》し真実を吐かせろ、というものだ。

黒の確証が得られたら、命《タマ》を取る。杉本組は攻撃しない。明石組本家にも手を出さない。あくまで杉本ひとりの問題として動け、と国光は指示したという。

おそらく、いま懲役に行っている者たちのことを考えての決断だろう。

大規模な抗争事件にして組が壊滅してしまえば、務めに行っている組の者たちの帰る場所がなくなってしまう。

帰る場所がある――

それは受刑者にとって大きな心の支えだ。堅気もヤクザも変わりはない。組が壊滅すれば、生きる縁《よすが》を奪うことになる。

「はい、まずは刺しね」

晶子の声と同時に、目の前に皿が置かれた。肉厚で透き通った蟹の身が盛り付けられている。舌に載せずとも、見ただけで美味いとわかる。

「そういえば、守ちゃんが――」

晶子の口から出た名前に、思わず箸《はし》を持つ手が止まる。このタイミングで一之瀬の名前が出たことに、自分の思考を見透かされたような気がした。

「こないだ店に来て言うとったけど、なんでも、朋美さんとこに五代目が顔を出したんじゃってね」

武田力也亡きあと、明石組五代目を継いだ熊谷元也のことだ。若い頃から国光と並び称される、明石組きっての有望株だった。若頭補佐から若頭、そしてついに、明心戦争を経て頂点へと上り詰めた。いまは国光と、真逆の立場だ。

朋美は、国光の古い馴染《なじ》みの女で、神戸で宝石店を営んでいる。

朋美の兄、道永芳朋は、国光の稼業違いの兄弟分のひとりだった。芳朋は飲食店を経営していて、関西に数十店舗を構えている。

晶子の言葉に、銚子を差し出しながら立花が答える。

「へい。外に若いもん待たして、神戸の姐さんの店へふらりと立ち寄ったそうですわ。この店で一番高え宝石《いし》をくれ、言うたそうです。じゃが、姐さん、きっぱり断りはられましてん」

晶子は立花の酌を受けながら、驚きの声をあげた。

「なんで断ったん。もったいない」

立花の目が、険しくなる。

「なんぼ手打ちになったいうても、明石組はわしらにとって、いまでも敵でっさかい」

晶子ははっとしたように顔を伏せると、軽く肯き、先ほど受けた酌を立花へ返した。

日岡はすでに、この話を一之瀬から聞いていた。

一連の出来事は、当の五代目の口から広まった。

熊谷が国光の女の店に顔を出した本当の理由は、国光——ひいては義誠連合会には手を出すな、との暗黙の指示だった。

様々な思惑が絡み合っているとはいえ、熊谷が五代目の座に就けたのは、国光が四代目を暗殺したからだ。以前からのライバルで、敵対したとはいえジギリを懸けて先陣に立った国光に侠気《おとこぎ》を感じた熊谷は、国光の女の店に自ら足を運ぶことで、国光への報復を考えている若い者へ釘《くぎ》を刺したのだ。

一之瀬の話を聞いた日岡は、さもありなん、と納得した。武田が殺されたあと、心和会は怒濤《どとう》の猛攻に晒《さら》された。しかし、義誠連合会への報復は一度もなかった。裏で当時若頭だった熊谷が抑えていたのだから当然だ。

電話の向こうで一之瀬は、感慨深げに息を吐いた。

「熊谷はな、さすが国光の女や——そう言うとったげな」

己の身命をなげうち、日本最大の組織のトップを殺《と》った国光の行為は、ヤクザ社会で「極道の鑑《かがみ》」と称賛する声が絶えない。裁判で国光が述べた意見陳述を聞いた明石組最高幹部の口からさえも、「国光は男やな」という声が出た、との話が漏れ伝わっている。敵でありながらも相手を認める最高幹部の言葉は、血気にはやる明石組組員を鎮めるものとなった。結果、明心戦争はいま、完全に終結を迎えている。

広島仁正会の内部分裂も、ここに来てようやく収まりを見せつつあった。反主流派の笹貫組と接近していた瀧井組若頭の佐川義則が破門され、五十子会の残党と結託していた笹貫自身も、的に掛けられて身の危険を感じ、引退表明を出さざるを得なくなったからだ。

荒れ狂っていた海が、凪《なぎ》になるのは近い。

「親父もどれだけ、美味い酒が飲みたいか――」

立花は手のなかの猪口を、ぐるりと回した。

そう言葉にすると、一度ぐっと口をきつく結び、遠くを見やる。

「なんぼ無期じゃいうても、塀んなかで大人しゅうしとったら、三十年も経っちゃァ仮釈放の対象になります。わしは親父が出てくるのを、いつまでも待ちます。じゃが――」

立花は言葉を区切り、無念そうに言った。

「じゃが、親父《おや》っさん。わしゃァ死ぬまでヤクザや、言われはって……」

立花が、それとわかるほど肩を落とす。

国光らしい、と日岡は思った。

無期の極道が仮釈放を得るためには、ヤクザを引退するとの宣言がいる。おそらく国光の口からは、一生、その言葉は発せられないだろう。

二度と、ともに釣りはできず、酒も飲めない。だが、国光は生きている。北の果てに、国光はいる。

晶子が銚子を差し出す。日岡は酌を受けながらつぶやいた。

「例のもん――」

晶子の手が止まる。日岡は店の裏口に目をやった。大上が残したノートと金を隠した冷蔵庫がある場所だ。

日岡は晶子を見た。

「例のもん、受けとります」

晶子ははっとしたように日岡を見つめ、目を潤ませて肯いた。

日岡は、猪口に注がれた酒に口をつける。

国光が一生ヤクザなら、自分は一生刑事だ。泥にまみれても生き残ってみせる。

日岡は残っていた猪口の中身を飲み干した。

――兄弟。長生きせいよ。

エピローグ

横道重信《よこみちしげのぶ》は、鉛筆で板につけた下書きに沿って平刀を滑らせた。削られた木片が、渦を巻いていく。

横道が作っているものは、幼児用の玩具《がんぐ》だった。平面にいろいろな形の溝があり、そこに合う部分をはめて遊ぶパズルだ。台となる平らな板の上下に、幾何学模様のような彫り物を施していく。

横道が熊本刑務所から旭川刑務所へ不良押送されて、半年が経った。行き先を聞いたとき、天が味方したと思った。

横道が投獄された罪状は、銃刀法違反、凶器準備集合、傷害で、量刑は懲役八年。自分の親父――組長が殺されたと知ったのは獄中だった。あとから下獄してきた枝の組員から、組の上部団体は解散し、それぞれの組が元の鞘《さや》に収まっていった、と聞いた。

その話を聞いたとき、横道のなかに激しい怒りが生じた。

そんな馬鹿なことがあるか。極道が親を殺られて殺《と》りかえさないなど、考えられない。親父を殺した首謀者が旭川にいると知り、不良押送を企て、同じ房の受刑者と揉《も》めごとを繰り返した。その目論見《もくろみ》どおり押送されたが、自分でもまさか目的の旭川にすぐに行けるとは思っていなかった。

さらについていたのは、ターゲットと同じ工場へ配属されたことだ。それも、彫刻班のひとりとして。あとで思ったことだが、自分は組が解散した時点で、極道認定《G》を外れたのかもしれない。そうでなければ、因縁のある相手がいる工場へ、配属はされないだろう。

横道は手を動かしながら、自分の背後へ意識を向けた。受刑囚が作業中に視線を動かすことは許されない。

後ろには、辰巳慎太郎がいる。耳に入る、シュッシュッという彫刻刀を動かす音から、黙々と作業をしていることが窺《うかが》える。

旭川で辰巳は、男を上げた。官のメンツで独居を強いられた受刑囚を、身体を張って独居房から救い出したからだ。おかげで辰巳も一ヶ月の懲罰を喰《く》らい、出てきたのは一週間前だ。

ガッと音を立てて、平刀が板に食い込んだ。刃がだいぶすり減っている。研磨しなければいけない。

横道は、ぶるっと震えた。

やっと目的を果たすときが来た。この日を、どれほど待ったことか。

横道は大きく息を吸うと、手を挙げて声を張った。

「願います！」

担当台にいた刑務官が横道に気づいた。横道を指さし、発言を許す合図を送る。

「丸刀、平刀、研ぎものです！」

平刀と丸刀、その隣にある長いキリを、タオルで包《くる》んだ。道具をそのまま持ち歩くことは、規則で禁じられている。

作業場と通路を隔てている白線を越えて、両手を腰に当てて歩く。

研磨機で刀を研ぐと、摺《す》り足で作業場へ向かった。

視線はつねに足元に置く。顔を上げることは禁止されている。

研ぎ終えた彫刻刀を包んでいるタオルを握りしめながら、横道はかすかに視線を上げた。

その先に、計算工の背中が見えた。

計算工は作業をしている受刑者と向かい合う形で、自分に与えられた机に座っている。なにか書き物をしているのだろう。少し前かがみの姿勢で帳面を見やり、ペンを走らせている。

工場には作業の音だけが響いている。口を利く者は誰もいない。

横道はそろりと足を止めた。

なにかを感じたターゲットが身を起こす。
と同時に、すばやくタオルからキリを取り出し、ターゲットの胸に突き刺した。
受刑者たちが、一斉に声をあげた。
刑務官が怒声を張り上げながら駆け寄り、横道を羽交い絞めにする。
その腕を力ずくで払いのけ、横道は何度もターゲットの胸部へキリを突き立てた。
叫ぶ。
「国光！　親分の仇《かたき》や！」
国光は鋭い眼光で、横道を睨《にら》んだ。
「われ、武田んとこのもんか」
喘《あえ》ぐように言う。
肯《うなず》いた。
「往生せい！」
逆の手に握りしめていた平刀で、首の動脈を掻《か》っ切った。
血が迸《ほとばし》る。噴き出した血で、床が汚れた。
非常ベルが鳴る。
何人もの刑務官が駆けつける姿が見える。
国光は肩を抱くように横道を引き寄せると、顔を近づけた。

親の仇を討った男を見やる眼が、にやり——と、笑うように歪《ゆが》んだ。

（了）

解説

吉田大助

今や出す本はみなベストセラーランキング入りし安心確実のブランド力を誇る柚月裕子が、二〇〇九年のデビューから始まる助走期間を経て、本格的ブレイクを果たしたのは二〇一五年八月に単行本刊行された『孤狼の血』だった。

それまでは、「人間ドラマを重視したミステリー作家」という印象が強かった。しかし、『孤狼の血』により「同性も惚れる男のかっこよさを書かせたら天下一」という二つ名を獲得することとなる。もちろん、「人間ドラマを重視したミステリー作家」としても優れた仕事をしたことは、同作が第六九回日本推理作家協会賞（長編及び連作短編集部門）を受賞した事実から明らかだろう。

舞台は昭和六三年の広島、架空都市の呉原。所轄に赴任した新米刑事の日岡秀一は、マル暴のベテラン刑事・大上章吾とタッグを組んで、ヤクザ絡みの失踪事件の捜査に乗り出す。その過程で目の当たりにしたのは、ヤクザ以上にヤクザな大上の「悪徳刑事」としての顔だった——。

二〇一八年五月に劇場公開された同名実写映画も、圧巻の出来栄えだ。製作は、昭和を代表するヤクザ映画『仁義なき戦い』シリーズを手掛けた、東映。コンプライアンス、コンプライアンスとうるさいご時世と知りながら、よくぞ手を挙げ、よくぞ世に送り出した。白石和彌《かずや》監督らしい血みどろ展開の娯楽性に加え、「二時間強で完結する物語」としての改変も実に的確。結果、第四二回日本アカデミー賞において優秀賞最多一二部門を受賞し、主演男優賞（役所広司）と助演男優賞（松坂桃李）を始め最優秀賞も四部門で受賞した。

いよいよ本題だ。二〇一八年三月に単行本刊行されこのほど文庫化された本書『凶犬の眼』は、『孤狼の血』の続編に当たる。

喧騒に満ちた灼熱の広島から、音もない極寒の北海道へ。プロローグのわずか七ページで、前作からがらっと空気が変わり、真新しい物語が始まることを予感させる。一章が始まるやいなや、さらに空気は変わる。まず目に飛び込んでくるのは、〈「週刊芸能」平成二年五月十七日号記事〉という文字だ。……平成二年？　次いで、前作を読んでいるならば忘れることなどできない人物の名が、実体を伴って現れる。日岡秀一。「小料理や　志乃」の晶子。不在の大上の思い出を軸に進む二人の会話と回想から、前作から二年あまりが経過していると知らされる。

冒頭の印象をひとことで言うならば、「動から静へ」。意外性に満ちた幕開けに、くらくらする感覚を抱いた人も少なくないのではないか。ただ、この展開は『孤狼の血』のラストで予告されていたとも言える。エピローグ突入直前、本編の後日談を伝える略年表が見開きで登場していた。その中の一項目が、〈平成元年 四月五日 日岡秀一巡査、比場郡城山町中津郷地区駐在所に転属〉。二年前の事件の余波で、日岡は「左遷」させられたのだ。

物語の序盤は、都会の刑事から、ド田舎の駐在さん（＝駐在所に住み込みで働くおまわりさん）へと転身した日岡の、鬱々とした心情が記録される。仕事といえば、バイクを繰って地域をパトロールし、住民のたわいない愚痴を聞くぐらい。転属後に流れたのは〈無為に等しい時間〉であり、〈この一年ちょっとのあいだに、使命感も熱い思いも薄れてしまっていた〉。地形的にも〈どん詰まり〉にある、田舎ならではの閉塞感の描写が卓抜だ。

鬱屈した日岡の前に、超大物ヤクザが現れる。史上最悪の暴力団抗争・明心戦争の〈抗争終結の鍵を握る人物〉と目されており、日本最大の暴力団組織の組長殺害に関与したとして全国指名手配中の、国光寛郎《ひろお》だ。一度目の出会いは偶然だったが、二度目の邂逅《かいこう》は、国光からのアプローチだった。

「あんたが思っとるとおり、わしは国光です。指名手配くろうとる、国光寛郎です」

「わしゃァ、まだやることが残っとる身じゃ。じゃが、目処がついたら、必ずあんたに手錠を嵌めてもらう。約束するわい」

必ず逮捕されるから、捕まえるまでの猶予がほしい。そんな提案、かつての日岡であれば一蹴していただろう。なにしろ日岡は呉原東署の新人刑事時代に、県警上層部の人間から〈愚直なまでに強い、正義感が必要なんだ。お前しかいない〉（『孤狼の血』より）という理由で、ある特命を受けた経歴の持ち主なのだ。しかし、大上という「師」から警察学校では絶対教えてもらえないことを学び、その「血」を受け継いだ自覚のある日岡は、国光に詳しい事情を問いただしたうえで、異例の提案を受け入れる。

前作のストーリーテリングは、爆発の火花が、次の爆発の導火線に火をつける「春節の爆竹」状態だったが、今作は「時限爆弾」形式だ。〈必ずあんたに手錠を嵌めてもらう〉。日岡が国光と交わした約束はいつ、どのような形で果たされるのか？　また、前作は「広島抗争」が題材となっていたが、今作では史上最大の暴力団抗争と言われる「山一抗争」が題材に選ばれている。しかし日岡は今作において、広島の〈どん詰まり〉の集落にいる。集落の外ではヤクザ同士の抗争が活発化しているものの、集落の中ではひたすらのどかな時間が流れているのだ。そうしたコントラストが、日岡の焦燥をさらに掻き立てる。ジリジリする彼の内面にひたすらフォーカスを当てながら、時限爆弾が炸裂する瞬間を、今か今かと待ち望みながら読者もページをめくることとなる。

前作と今作の違いに気づけば気づくほど、前作から今作へと受け継がれているものの存在が際立って見えてくる。前作では大上の言動を通して、今作では国光の言動を通して現れる、「正義」の感触だ。それは大上との出会いによって日岡の中に芽吹き、国光との出会いによって花開いた。

だが、「正義」という言葉ほど、大上と国光に似合わないものはない。日岡の心には何度も浮かび上がってくる言葉だが、国光はその言葉を一度たりとも口にしないし、『孤狼の血』で大上は〈大上さんの正義って、なんですか〉という日岡の問いに対し、〈わしの正義かァ……そんなもん、ありゃァせんよ〉と答えている。

　大上と国光の中に、「正義」の価値観がないわけではない。むしろ、確固たるものとしてある。ただ、自分の中に確固としてあるものが世間一般に「正しい」とされる尺度とは異なる、もっと言えば「正しくない正義」であることを認識しているからこそ、彼らはその一語から距離を取るのだ。「正しくない正義」は、別の言葉で表すことができる。その言葉は、『凶犬の眼』の最終盤において、意外なことに、本シリーズで初めて登場する。「仁義」だ。

〈抗争になれば、個人的恨みがなくても、先頭に立って相手方の命を殺《と》る。／しかし、亡くなった人の冥福は祈る〉。この矛盾に象徴されるヤクザのロジック――「筋」――を、『凶犬の眼』の日岡は受け入れる。しかしもともと、『孤狼の血』のラストで日岡は、こんなふうに思考を巡らせていた。〈法律は私刑を許さない。(中略)しかし一方で、犯した罪はまっとうに償うべき、という考えも、日岡のなかにあった〉。大上との出会いによって日岡の中に芽吹き、国光との出会いによって花開いた……と先ほど記したのは、それが理由だ。つまり、二作をかけて描かれたのは、日岡が「仁義」の意味を腹の底から理解し、血肉化していくプロセスだった。

　そう考えた時に、一人の人物が、日岡と肩を並べていることに気づく。柚月裕子が二〇一〇年から書き継いできた〈佐方貞人〉シリーズの主人公である、検事（のちに弁護士）の佐方貞人だ。佐方の口癖は、「罪はまっとうに裁かれなければならない」。そのためならば、法の番人であり正義の担い手である、検察のメンツをぶっ潰したって構わない。二〇一九年四月に単行本刊行された最新第四作のタイトルは、佐方の人生観を最もよく表している。『検事の信義』だ。

仁義と正義は、『凶犬の眼』の文章を引用するならば〈一文字違うだけで、意味合いは大きく異なる〉。しかし、仁義と信義は、使われる文脈は異なるものの、意味合いは大きく重なる。世間一般にとって、あるいは自分以外の人間にとっては「正しくない」かもしれないが、自分にとっては「正しい」と思うこと。それを、貫くこと。そこで、起こること。日岡秀一と佐方貞人は……いや、もしかしたら柚月裕子作品の主人公たちはみな、己の命を燃やしてその有り様を見せようとしているのではないか。

それは、苛烈な人生だ。常人では敵わない、超人的な意志の強さが必要になってくる。マネなんてできないし、マネしないほうがいい。しかし、人間の不思議な習性として、マネできないような超人の言動を目の当たりにすると、ほんの一部でもいいから自分にもできることはないかと探り始めるのだ。イチローのプレーを見て、野球を始めるようなものだ。イチローに匹敵しようなんてさらさら思っていないが、美技を前に、心と体がどうしようもなく動くのだ。藤井聡太が快進撃というニュースを聞くと指したことものない将棋を指したくなり、いい小説を読むと何か文章が書きたくなるのも、同じ作用だ。

では、一般的に「正しくない」かもしれないが、自分にとっては「正しい」と思うことを貫く超人を前にして、常人は何を思うのか。自分にとって「正しい」と思うことを貫くのは無理かもしれないけれども、一般的に「正しい」と言われていることは本当に「正しい」のかどうか、疑えるようになる。それぐらいならばもしかしたら自分もできるかもしれない、と心が動き出す。

ネットを中心に「正義」の大氾濫が起きている今、柚月裕子の小説が読まれるべき理由は、ここにある。

さて、本文庫の刊行からほどなくして、シリーズ第三作『暴虎の牙』がついに単行本刊行される。作者が早い段階で公言していた「三部作」の、完結巻だ。一足先に原稿を読ませていただいたのだが、さすがに内容は匂わせる程度にとどめておくべきだろう。一点だけ感動を記させてもらうならば、シリーズの発明的な「続け方」についてだ。『孤狼の血』から『凶犬の眼』は、時間軸が前へと進む意味でもシンプルに「1→2」だった。そこへ『暴虎の牙』が加わった時、まったく違う式が現れた。「1＋2＝3」。その意味するところは、実際に『暴虎の牙』を手にとって確かめてほしい。その意味をしかと味わうためにも、『孤狼の血』、『凶犬の眼』と読み継いでいってほしい。

本書は二〇一八年三月に小社より刊行された単行本を加筆修正の上、文庫化したものです。

本書はフィクションであり、実在の個人・団体とはいっさい関係ありません。平成二年〜五年当時の法律や制度に基づき執筆しています。

凶《きよう》犬《けん》の眼《め》

柚《ゆ》月《づき》裕《ゆう》子《こ》

令和2年 3月25日 初版発行
令和6年 10月30日 21版発行

発行者●山下直久

発行●株式会社KADOKAWA
〒102-8177 東京都千代田区富士見2-13-3
電話 0570-002-301(ナビダイヤル)

角川文庫 22079

印刷所●株式会社KADOKAWA
製本所●株式会社KADOKAWA

表紙画●和田三造

●お問い合わせ
https://www.kadokawa.co.jp/ (「お問い合わせ」へお進みください)
※内容によっては、お答えできない場合があります。
※サポートは日本国内のみとさせていただきます。
※Japanese text only

ISBN 978-4-04-108896-8 C0193

角川文庫発刊に際して

角川源義

第二次世界大戦の敗北は、軍事力の敗北であった以上に、私たちの若い文化力の敗退であった。私たちの文化が戦争に対して如何に無力であり、単なるあだ花に過ぎなかったかを、私たちは身を以て体験し痛感した。西洋近代文化の摂取にとって、明治以後八十年の歳月は決して短かすぎたとは言えない。にもかかわらず、近代文化の伝統を確立し、自由な批判と柔軟な良識に富む文化層として自らを形成することに私たちは失敗して来た。そしてこれは、各層への文化の普及滲透を任務とする出版人の責任でもあった。

一九四五年以来、私たちは再び振出しに戻り、第一歩から踏み出すことを余儀なくされた。これは大きな不幸ではあるが、反面、これまでの混沌・未熟・歪曲の中にあった我が国の文化に秩序と確たる基礎を齎らすためには絶好の機会でもある。角川書店は、このような祖国の文化的危機にあたり、微力をも顧みず再建の礎石たるべき抱負と決意とをもって出発したが、ここに創立以来の念願を果すべく角川文庫を発刊する。これまで刊行されたあらゆる全集叢書文庫類の長所と短所とを検討し、古今東西の不朽の典籍を、良心的編集のもとに、廉価に、そして書架にふさわしい美本として、多くのひとびとに提供しようとする。しかし私たちは徒らに百科全書的な知識のジレッタントを作ることを目的とせず、あくまで祖国の文化に秩序と再建への道を示し、この文庫を角川書店の栄ある事業として、今後永久に継続発展せしめ、学芸と教養との殿堂として大成せんことを期したい。多くの読書子の愛情ある忠言と支持とによって、この希望と抱負とを完遂せしめられんことを願う。

一九四九年五月三日

角川文庫ベストセラー

臨床真理　柚月裕子

臨床心理士・佐久間美帆が担当した青年・藤木司は、人の感情が色でわかる「共感覚」を持っていた……美帆は友人の警察官と共に、少女の死の真相に迫る！著者のすべてが詰まった鮮烈なデビュー作！

魔物（上）（下）新装版　大沢在昌

麻薬取締官の大塚はロシアマフィアの取引の現場をおさえるが、運び屋のロシア人は重傷を負いながらも警官2名を素手で殺害、逃走する。あり得ない現実に戸惑う大塚。やがてその力の源泉を突き止めるが――。

悪夢狩り　新装版　大沢在昌

試作段階の生物兵器が過激派環境保護団体に奪取され、その一部がドラッグとして日本の若者に渡ってしまった。フリーの軍事顧問・牧原は、秘密裏に事態を収拾するべく当局に依頼され、調査を開始する。

影絵の騎士　大沢在昌

ネットワークと呼ばれるテレビ産業が人々の生活を支配する近未来、新東京。私立探偵のヨヨギ・ケンは、ネットワークで横行する「殺人予告」の調査を進めるうち、巨大な陰謀に巻き込まれていく――。

深夜曲馬団《ミッドナイト・サーカス》　新装版　大沢在昌

作品への手応えを失いつつあるフォトライターが出会ったのは、廃業寸前の殺し屋だった――。「鏡の顔」他、4編を収録した、初期大沢ハードボイルドの金字塔。日本冒険小説協会最優秀短編賞受賞作品集。

角川文庫ベストセラー

ドミノ　恩田　陸

夢違　恩田　陸

私の家では何も起こらない　恩田　陸

悪果　黒川博行

疫病神　黒川博行

一億の契約書を待つ生保会社のオフィス。下剤を盛られた子役の麻里花。推理力を競い合う大学生。別れを画策する青年実業家。昼下がりの東京駅、見知らぬ者同士がすれ違うその一瞬、運命のドミノが倒れてゆく！

「何かが教室に侵入してきた」。小学校で頻発する、集団白昼夢。夢が記録されデータ化される時代、「夢判断」を手がける浩章のもとに、夢の解析依頼が入る。子供たちの悪夢は現実化するのか？

小さな丘の上に建つ二階建ての古い家。家に刻印された人々の記憶が奏でる不穏な物語の数々。キッチンで殺し合った姉妹、少女の傍らで自殺した殺人鬼の美少年……そして驚愕のラスト！

大阪府警今里署のマル暴担当刑事・堀内は、相棒の伊達とともに賭博の現場に突入。逮捕者の取調べから明らかになった金の流れをネタに客を強請り始める。かつてなくリアルに描かれる、警察小説の最高傑作！

建設コンサルタントの二宮は産業廃棄物処理場をめぐるトラブルに巻き込まれる。巨額の利権が絡んだ局面で共闘することになったのは、桑原というヤクザだった。金に群がる悪党たちとの駆け引きの行方は——。

角川文庫ベストセラー

螻蛄
黒川博行

信者500万人を擁する宗教団体のスキャンダルに金の匂いを嗅ぎつけた、建設コンサルタントの二宮とヤクザの桑原。金満坊主の宝物を狙った、悪徳刑事や極道との騙し合いの行方は⁉「疫病神」シリーズ‼

繚乱
黒川博行

大阪府警を追われたかつてのマル暴担コンビ、堀内と伊達。競売専門の不動産会社で働く伊達は、調査中の敷地900坪の巨大パチンコ店に金の匂いを嗅ぎつけると、堀内を誘って一攫千金の大勝負を仕掛けるが⁉

燻《くすぶ》り
黒川博行

あかん、役者がちがう——。パチンコ店を強請る2人組、拳銃を運ぶチンピラ、仮釈放中にも盗みに手を染める小悪党。関西を舞台に、一攫千金を狙っては燻り続ける男たちを描いた、出色の犯罪小説集。

破門
黒川博行

映画製作への出資金を持ち逃げされたヤクザの桑原と建設コンサルタントの二宮。失踪したプロデューサーを追い、桑原は本家筋の構成員を病院送りにしてしまう。組同士の込みあいをふたりは切り抜けられるのか。

喧嘩《すてごろ》
黒川博行

ヤクザ絡みの依頼を請け負った二宮がやむを得ず頼ったのは、組を破門された桑原だった。議員秘書と極道が貪り食う巨大利権に狙いを定めた桑原は大立ち回りを演じるが、後ろ楯を失った代償は大きく——？

角川文庫ベストセラー

海の稜線　黒川博行

大阪府警の刑事コンビ〝ブンと総長〟は、東京からやってきた新人キャリア上司に振り回される。高速道路での乗用車爆破事件とマンションで起きたガス爆発。2つの事件は意外にも過去の海難事故につながる。

軌跡　今野　敏

目黒の商店街付近で起きた難解な殺人事件に、大島刑事と湯島刑事、そして心理調査官の島崎が挑む。(「老婆心」より) 警察小説からアクション小説まで、文庫未収録作を厳選したオリジナル短編集。

熱波　今野　敏

内閣情報調査室の磯貝竜一は、米軍基地の全面撤去を前提にした都市計画が進む沖縄を訪れた。だがある日、磯貝は台湾マフィアに拉致されそうになる。政府と米軍をも巻き込む事態の行く末は？　長篇小説。

殺人ライセンス　今野　敏

高校生が遭遇したオンラインゲーム「殺人ライセンス」。ゲームと同様の事件が現実でも起こった。被害者の名前も同じであり、高校生のキュウは、同級生の父で探偵の男とともに、事件を調べはじめる――。

Cの福音　楡　周平

商社マンの長男としてロンドンで生まれ、フィラデルフィアで天涯孤独になった朝倉恭介。彼が作り上げたのは、コンピュータを駆使したコカイン密輸の完璧なシステムだった。著者の記念碑的デビュー作。

角川文庫ベストセラー

クーデター　楡　周平

日本海沿岸の原発を謎の武装軍団が狙う。米原潜の頭上でロシア船が爆発。東京では米国大使館と警視庁に同時多発テロ。日本を襲う未曾有の危機。〝朝倉恭介vs川瀬雅彦〟シリーズ第2弾！

猛禽の宴　楡　周平

NYマフィアのボスを後ろ盾にコカイン・ビジネスで成功してきた朝倉恭介。だがマフィア間の抗争で闇ルートが危機に瀕し、恭介の血は沸き立つ。〝朝倉恭介vs川瀬雅彦〟シリーズ第3弾！

天使の屍　貫井徳郎

14歳の息子が、突然、飛び降り自殺を遂げた。真相を追う父親の前に立ち塞がる《子供たちの論理》。14歳という年代特有の不安定な少年の心理、世代間の深い溝を鮮烈に描き出した異色ミステリ！

崩れる　結婚にまつわる八つの風景　貫井徳郎

崩れる女、怯える男、誘われる女……ストーカー、DV、公園デビュー、家族崩壊など、現代の社会問題を「結婚」というテーマで描き出す、狂気と企みに満ちた、7つの傑作ミステリ短編。

北天の馬たち　貫井徳郎

横浜・馬車道にある喫茶店「ペガサス」のマスター毅志は、2階に探偵事務所を開いた皆藤と山南の仕事を手伝うことに。しかし、付き合いを重ねるうちに、毅志は皆藤と山南に対してある疑問を抱いていく……。